U0477928

鸣川文集

龙关战事

周诠 著

北京出版集团
北京出版社

图书在版编目（CIP）数据

龙关战事 / 周诠著. — 北京：北京出版社，2021.12
（妫川文集）
ISBN 978-7-200-16848-8

Ⅰ.①龙… Ⅱ.①周… Ⅲ.①中篇小说—小说集—中国—当代 Ⅳ.①I247.7

中国版本图书馆CIP数据核字（2021）第244990号

妫川文集
龙关战事
LONGGUAN ZHANSHI
周诠 著
*
北 京 出 版 集 团
北 京 出 版 社　出版
（北京北三环中路6号）
邮政编码：100120

网　　　址：www.bph.com.cn
北 京 出 版 集 团 总 发 行
新　华　书　店　经　销
北京朝阳印刷厂有限公司印刷
*
787毫米×1092毫米　16开本　17.5印张　236千字
2021年12月第1版　2023年7月第2次印刷
ISBN 978-7-200-16848-8
定价：58.00元
如有印装质量问题，由本社负责调换
质量监督电话：010-58572393

"妫川文集"编委会

顾　　问：胡昭广　许红海　邱华栋　杨庆祥　杨晓升
　　　　　乔　叶　马役军　刘明耀　胡耀刚
总 策 划：赵安良
主　　任：乔　雨
副 主 任：高立志　高文洲　赵　超　周　诠
主　　编：乔　雨
副 主 编：周　诠
编　　辑：谢久忠　林　遥　周宝平　许青山　张　颖

序

飞雪迎春到

2022年，四年一度的冬奥会即将在北京举行，届时大会将上演一场拥抱冰雪的激情盛宴，而最令人感奋的高山滑雪等精彩项目是在延庆境内北京第二高峰海陀山上举行。为迎接冬奥会来临，中国国际文化交流基金会妫川文学发展基金管委会、延庆区作协联手北京出版集团编辑出版了这套大型丛书"妫川文集"，以之作为盛会文化礼品，这是一个非常值得称赞的文化创意。

延庆，古称妫川。28年前，我任北京市副市长的时候主管科技、教育，多次到过延庆，结识了一些文化、科技、教育工作者。特别是1997年兼任北京控股集团有限公司董事局主席时，吸纳八达岭旅游公司加盟北控在香港成功上市，进而收购龙庆峡、开发玉渡山风景区之后，跟延庆的联系就更紧密了。延庆是个被历史文化深深浸润着的地方，缓缓流动着的古老妫水，炎黄阪泉之战的古战场，春秋时期山戎族遗迹，古崖居遗址，饮誉海内外的八达岭长城，厚重的历史人文和钟灵毓秀的山川，滋润着这片土地，也滋润着这里文化的传承和发展。

一转眼快30年了，无论我在北京工作，还是后来到香港工作，我对延庆的文化、科技、教育发展始终投以关注，也相知、相识了一批默默推动文学艺术发展的有志之士。延庆乡土作家孟广臣同志是个代表人物，20世纪50年代曾出席过全国文联代表大会，受到过毛泽东主席和周恩来总理的接见，出版过许多颇有影响的文学作品，他影响和培养了一大批文学爱好者，对当地的文化发展做出了卓越贡献。

而更重要的是，坚持推动地区社会主义文化艺术繁荣发展，一直为延庆区委、区政府所高度重视。据了解，延庆区作协成立较晚，但是最近5年，在党和政府的大力支持下，他们做了许多事情，在对重点作家进行培养、助力文学新人成长方面，打造了一种积极热情的社会氛围。特别是在挖掘弘扬延庆红色文化方面，做出了不俗的成绩。在这里，还要特别提到一位也曾在延庆工作过的乔雨同志，他当时是我们北京控股集团有限公司董事局最年轻的执行董事、八达岭旅游公司董事长，也是中国作家协会会员。乔雨在诗歌、散文、纪实摄影创作方面成绩斐然，先后在伦敦、巴黎举办了"行走中国"个人摄影展。更重要的是，他对延庆当地文学艺术创作的发展，发挥了承前启后的推动作用。

进入21世纪以来，当代文学创作多少受到了经济发展的冲击，延庆也一样。这个时候，在相隔10年的时间里，乔雨先后主编出版了《妫川文学作品精选集》《妫川文学作品精选集（2001—2011）》。前一套汇集了1950年至2000年80余位延庆籍作家的260余篇作品，后一套汇集了21世纪前10年的佳作，计有135位延庆作者的500篇作品选入。这两套书的出版，在当地产生了较大的影响，团结和发现了一批文学创作者，激励和调动了他们的创作热情，这些人中的佼佼者先后加入了北京作家协会和中国作家协会，成为当今妫川文学创作的中坚力量。

还有，在乔雨的积极奔走努力下，2018年夏天，中国国际文化交流基金会专门为延庆设立了"妫川文学发展基金"，资助延庆作家出版图书；设立妫川文学奖，每两年评选一次；激励、支持延庆作家和文学爱好者进行文学创作，冲击国内外大型文学奖，从而促进延庆作家创作出具有时代意义和世界眼光的精品力作。这对延庆的文学艺术发展，是一件功在当今、泽及后人的事情。据了解，这个基金成立后作用显著，已经有19位作家正式出版了个人文学专集或获奖。以上这些都为本次大型丛书"妫川文集"的诞生，奠定了坚实而重要的基础。

文学，作为文化重要的表现形式，在德化民风、善润民心方面发挥着不可替代的作用。延庆正是因为有了像孟广臣、乔雨、赵安良、周诠、谢久忠等一大批埋头苦干、默默耕耘者的无私奉献，才推动了妫川文学大发展、大繁荣。

本次编辑出版的"妫川文集"，是对延庆文学创作的一次大检阅和汇总，也是延庆经济和文化共同繁荣发展的一个标志，更是当代延庆文艺工作者留给历史的文学记忆。本文集精选了乔雨、石中元、陈超、华夏、远山、谢久忠、郭东亮、周诠、林遥、张和平、浅黛11位作家的文学作品，以个人单集的形式出版，汇成文集。石中元创作的报告文学《白河之光》，真实再现了"南有红旗渠，北有白河堡"的历史画卷，是记录妫川儿女在那个火红的社会主义建设年代中埋头苦干、默默奉献的群英谱；郭东亮主编的《妫川骄子》涉及古往今来41位延庆籍人物，从侧面反映了延庆的历史发展进程；周诠的《龙关战事》收录了近年来他创作并在《解放军文艺》等期刊发表的5部中篇小说，基本代表妫川小说的水平。"妫川文集"收录的作品包括诗歌、散文、小说、报告文学、摄影作品，大部分都是在全国文学期刊和报纸上发表过的，有不少曾结集出版，其中还包含了许多曾获得过全国奖项的作品。它不仅能够体现一个地区的文学水平，其中有的作品甚而达到了中国当代文坛的艺术水准。

伟大的时代需要创造伟大的业绩，伟大的业绩需要伟大的作品来讴歌和表达。新的历史时期，以习近平同志为核心的党中央高度重视社会主义文艺工作。习近平指出："文艺是时代前进的号角，最能代表一个时代的风貌，最能引领一个时代的风气，实现'两个一百年'奋斗目标，实现中华民族伟大复兴的中国梦，文艺的作用不可替代，文艺工作者大有可为。广大文艺工作者要从这样的高度认识文艺的地位和作用，认识自己所担负的历史使命和责任，坚持以人民为中心的创作导向，努力创作更多无愧于时代的优秀作品，弘扬中国精神、凝聚中国力量，鼓舞全国各族人民朝气蓬勃迈向未来。"引导广大文艺工作者，也包括入选本文集的延庆籍的作家们，应充分意识到重任在肩，时不我待，要结合实际，深入生活，扎根人民。为人民书写，为人民立传，为时代放歌，创作出更多无愧于时代的优秀作品，推动社会主义文学艺术繁荣，这不仅是我们的责任，更是我们的光荣使命。

古往今来，包含民族精粹的博大精深的文化和当代的文学艺术，都是推动社会发展进步的重要动力。我深信，这套大型文集的出版，无论是对宣传延庆、展示延庆，提升延庆的知名度和美誉度，还是对延庆文化的传承创新以及经济社会发展，都将产生积极而深远的影响，也为实现首都"四个功能"战略定位贡献一份力量。

是为序。

胡昭广

2021年金秋于北京

注：

胡昭广，北京市原副市长，中关村科技园区第一任主任，（香港）北京控股集团有限公司董事局主席，京泰集团董事长，中国国际文化交流中心顾问。

目录

001　龙关战事

071　小权力

115　生死界

169　徐小伍的四分之一人生

231　岛国故事

265　跋　长城脚下的文学梦

龙关战事

一

夜里，徐昆躺在炕上，梦见他在巍峨的龙关长城上行走，看见一个日本军官笑眯眯地向他走来。两人握手的时候，日本人的胳膊突然变成了一条蟒蛇，往自己脖子上盘绕。徐昆拼死挣扎，嘴上连骂三声，才从噩梦中醒来。

"徐团长，你咋了？做梦啦？"孟排长问。

"一做噩梦就骂人，老毛病了。"徐昆下地倒了口水，喝下去，发紧的嗓子舒服了些，重新躺到炕上，伸手去拉灯绳，就听到门外响起零乱的脚步声，肃杀感瞬间挤进了破败的小屋。

前一天，也就是腊月初八，徐昆奉命到锁阳关下的三贤庙工作，途中住在上虎村。住在上虎村老乡家的还有孟排长和警卫员小马，八区的白代表前来迎接他们。会开到后半夜才结束。躺下后，徐昆听小马聊了两句龙赤地区的长城，就睡着了，还做了噩梦。醒来后喝水，上炕，熄灯，日伪军突然包围住处，令人猝不及防。徐昆从门缝儿里看到院里人头攒动，个个端着枪，顿生疑团——这个疑团比冬日里冻在缸里的黏馍馍还硬，但他来不及多想，立刻去腰里摸枪。他们四个人有两把枪，徐昆一把，孟排长一把。孟排长的枪里只有三颗子弹，徐昆把自己的子弹扔给他一匣，跟外面打起来。开始是徐昆射击，后来警卫员小马从他手里夺过枪，把他护在身后，自己跟敌人打起来。小马有一颗手榴弹，但是他不急于扔出去，总想着最后跟敌人同归于尽。两分钟过去了，徐昆觉得凶多吉少，开始烧文件。白代表搭手一起烧。小马的右手食指被打断了，改用左手射击，可是没有一点准头儿，白白浪费了两颗子弹。情急中，白代表不烧文件了，站起身蹿到小马跟前，夺过手枪，一抬手就打掉了一个伪军头儿。孟排长也打到一个鬼子兵的肩胛骨。

白代表是附近连庄会的头头，为了安全起见，迎接徐昆时没有带枪。鬼子和伪军很贼，他们爬上屋顶，用镐头把房顶刨了一个洞。情急中，孟排长和白代表只好向不同方向射击，应接不暇，子弹很快打光了。

鬼子和伪军蜂拥而至。小马忍住断指的疼痛，趔着身子去拿掖在腰里的手榴弹，却被冲在最前面的鬼子一枪托砸在头上，晕了过去。此时，屋里全是鬼子兵和伪军的得意，好像他们抓到了八路军总司令。徐昆看着他们骄狂的样子，嘴角浮起一丝鄙夷。

去龙关的路上，天已放亮，朝霞映红了天际，古老的城墙在晨曦中透迤沉雄，生机勃勃。徐昆脚戴镣铐，望着远处的土长城，飘忽的心忽然变得沉实起来。他摸了摸腰裹，笔记本还在，他轻轻叹了口气——那上面有他昨天夜里睡前记下的一段话：

龙赤地区有三段长城，一段是北魏长城，一段是北齐长城，一段是明代长城。北魏长城东起后城乡滴水崖，西经雕鹗、三岔口、龙关进入宣化，系土筑长城，全长五十多公里。

徐昆是平北军分区四十团副团长。他被抓进龙关监狱的那个晌午，院子里传来激烈的争吵声，先是中国话对中国话，后来是日本话对日本话，仿佛发生了瘟疫，令狱卒们惊慌失措。聒噪与喧嚣归于平静的时候，他们被押进了最北边院子东房的一间屋子。屋子很小，两米见方，像个笼子，憋屈得让人喘不过气来。四个人站在地上，能听到彼此间的呼吸。西墙上的通风孔有六〇迫击炮的炮口那么大，寒风像蛇一样从孔里钻进来，冲散了屋里的混浊与沉闷。

日本人对龙关很重视，认为龙关与满蒙接壤，战略地位重要，其得失关系到华北的布局。他们在龙关驻了四个中队，五六百人，由松井中佐带领，还有两个警察中队、三个特务队，总兵力两千多人。

龙关监狱是日本人的模范监狱。它是一个三进的四合院，坐北朝南。这里原来是一个地主家的宅院，改成监狱后，院墙上方拉着铁丝网，由外入里要经过一道大铁门。一进的院子也称前院，住着普通犯人；二进的院子称作中院，住着战场俘虏；三进的院子为后院，住着要犯——日本人认为最有转化价值的中国军官。前院的犯人流动性强，其次是中院的，最后才是后院的要犯。鬼子兵、伪警察三十六人，分住各院，配固定岗、流动哨。前院和中院，监舍都是十间，其中东西房各三间，北房四间。其余的北房是审讯室、转化厅（也称改善厅）、值班室和日伪宿舍。后院的北房有十间，比前面两进院子的北房多出一间，但监舍也只有四间，其余六间是值班室、转化厅、狱长室、宿舍、伙房，伙房占了两间。后院的东西房同样做监舍，算起来有监舍十间。犯人们喜欢把监舍叫作笼号。每个笼号住三至五人，整个监狱拢共有囚号一百二十多人。徐昆住在后院东房靠北的那间。身高一米八五的他躺在地上，总觉得腿脚伸不直——脚下躺着身体微胖的白代表，徐昆怕踢到他。他们坐了一下午，屁股都坐疼了，晚上再坐着就吃不消了。

"狗日的，房子弄得跟鸟笼子似的，没法睡！"徐昆小声骂道。

"没关系，我和老白坐墙角儿凑合一下，你们两个睡。"孟排长也发现了问题，从地上爬起来，重新坐在墙角。

"坐牢还能好受啊?！"紧挨着徐昆的白代表没好气地说，身体慢慢地往起站。昏黄的灯光下，他的脸阴得能拧出水来。

徐昆让他们躺里面，自己和孟排长坐外面两侧墙角，可白代表不答应。最后，徐昆提议轮班睡——前半夜孟排长和白代表坐墙角，后半夜自己和小马坐墙角，白代表才勉强同意。

其实谁睡谁坐不是徐昆最关心的问题。他连龙关长城都暂时抛在了脑后。除了打仗，一闲下来他就琢磨长城，琢磨龙赤地区长城有一段时间了。可此时，他却没心思琢磨它，那个疑团又从心底浮起来：头天晚上住进老乡家，天亮就来了鬼子，附近有特务？还是内部有奸细？

孟排长和小马年轻，躺下没多久就睡着了。白代表偶尔咳嗽一下，声音显得阴鸷。"他为什么还没睡？有心事？"徐昆的怀疑就像被按到水缸里的水瓢，一松手又从水里浮上来。

徐昆承认，从一天前认识白代表开始，就对他没有好感。白代表个子不高，长着一张孙猴子脸，却又没有孙猴子的性格——脸庞呆滞、肃穆，绝不活蹦乱跳，怎么看都不像是抗日的连庄会头目。开会时人家坐炕上，他倚着板柜站着，有一搭无一搭地看着炕桌，好像自己是局外人。"你坐下，这是跟团长开会，你瞧瞧你，挺在那儿像个僵尸！"孟排长这么说，他都无动于衷。两个人熟。他始终站着，一副苦大仇深的样子，而且发言不积极，偶尔从嘴里蹦出一句话，也不着边际。大家讨论平北抗战形势，他冒出一句："打败日本呢？以后咋办？"孟排长生气地说："以后咋办是延安考虑的事，你扯啥淡！"白代表并不生气，但就是不坐下。他开始叹气，单叹复叹，弄得屋子里满是惆怅。徐昆初来乍到，也不便说什么。

"娘，娘，"警卫员小马说起梦话，"鬼子来了！"

徐昆轻轻拍打他的肩膀。

"鬼子来啦！"小马又说了一遍。

"鬼子早来啦！"白代表语气里含有讥讽。他的话总是很突兀，让人感到意外，像幽灵。

"老白，还没睡啊？"徐昆克制住自己的反感，跟白代表搭话。同时，他轻轻摸着小马的头——他知道，只有这样小马才不会做噩梦。

"你不是也没睡吗？"白代表的话慢了半拍，话里像裹着冰碴儿。

二

第二天上午，杜警长带着两个伪警察来到笼号，要把徐昆和白代表以外的两个人带走。孟排长站起来，没有立刻迈步，静静地看着徐昆，似有话要说。徐昆摆摆手："走吧，还会见面的。"小马眼睛湿润，不肯迈步，伪警察踢了他一脚。

徐昆知道，这是敌人有意要把他们分开。

半小时后，面无表情的伪警察又把两个犯人送进笼号，像在撵羊。走在前面的，中等身材，腰板挺直，头发乌黑，戴一副眼镜，有些斯文。伪警察推搡他的时候，他反推了他们一把，目光如炬，紧紧地盯着他们。伪警察立刻矮了一截。走在后面的，个子不高，圆脸，微胖，被推搡时脸上不满，只是小声嘟哝了两句。

"这么小的屋子，养鸟啊?！"戴眼镜的人说着瞟了眼徐昆和白代表，扭身又对伪警察说，"房子太小，我不住这儿！"

一个胆子大的伪警察瞪起眼睛，掏出警棍，准备打戴眼镜的人。

"住手！"杜警长从后面赶过来，拨开两个伪警察的肩膀，"李师长，您先在这儿委屈一夜，明天给您换北屋，我保证！"

戴眼镜的人扭过身，用眼睛剜了一眼杜警长："就一夜。"

杜警长赔着笑离开了。

戴眼镜的人站在屋子中央，再次看徐昆，从上往下地看，目光里有打量的意思。徐昆倚站在墙角，抱着胳膊，也静静地看着他。

"师长？这里没师长。进了监狱，都是囚犯。"坐在墙角的白代表说。

戴眼镜的人瞟了一眼白代表，嘴角浮起不屑，在屋里踱起步来。房间太小，不好踱步，他只好坐到地上，闭目养神。屋子里很静，静得有些压抑。

"朋友们，初来乍到，多关照啊！"个子不高的胖子打破寂静，"我叫冯林，龙崇赤联合县政府财政科长。放心，关这里的都是自己人。"他走向徐昆，伸出手："您是？"

徐昆只好伸出手，跟他握了握，小声说："姓徐，四十团……"

"知道知道，我跟你们团长见过面，你们属于平北军分区，司令员是……"

徐昆立刻冲他"嘘"了一声。冯林噤声，眨巴眨巴小眼睛，看了看屋外，又看了看屋里的两个人。徐昆的个子比他高了一头。

戴眼镜的人跟白代表交换一下目光，第三次把目光投向徐昆。徐昆从余光里感觉到，被称作师长的人也正在看自己。

"请问阁下大名？"戴眼镜的人问。

徐昆犹豫片刻，想到上午杜警长已经喊自己"徐团长"，想必是他们已经知道了自己的身份，回答道："四十团副团长，徐昆。"

"哪个四十团？"

"第十八集团军。"徐昆笼统地说。他不想说得更细了，又问，"你是？"

戴眼镜的人显然对徐昆的回答不太满意，但是并未追问。面对跟前这个人的提问，他没有立刻回答，而是沉默了五秒钟，矜持地说："鄙人，第二战区第十四集团军第五十四师副师长李伯年，集团军司令是卫立煌将军，我们军长是郝梦龄。"

"郝梦龄？郝军长神勇！"徐昆脱口而出，"忻口战役打得好！第九军是好样的，五十四师也是好样的！你们师长姓……姓什么来着，好像也壮烈了。"

"刘家麒师长，也牺牲了。"

"你就是那次……"

李伯年点了点头。他在忻口战役被日本人捉住当了俘虏。当时，五十四师只剩下了不到一千人，师长也牺牲了。他当机立断，指挥弟兄们都是北房宽敞,厢房狭小,日本人来以前,我在这家吃过饭。"

"妈的,住牢房也分三六九等!"徐昆也很气愤。

冯林发起牢骚:"可恶的是,鬼子还把窗户都给封上了……刚才老白问得好,凭什么呀?"

"凭你官小!"白代表没好气。

"我是一个县的财政科长,怎么就小了?打仗我不行,打算盘他还不行呢!"冯林一本正经地说。

徐昆笑了。

徐昆知道,在日本人的眼里,不仅因为李伯年级别比自己高,还因为国民党政府军要比八路军装备好、力量大,更正规。此时,他的心里有一点儿酸楚,不服。"狗日的,你们忘了平型关战役了吗?忘了阳明堡机场怎么被炸的?"

这天晚上,屋里只有三个人睡,宽敞了许多。冯林爱说话,主动跟徐昆聊天,白代表不磨牙了,打起了呼噜。冯林小声说:"那个杜警长深得日本人信任,他老婆姓白,就是老白的姐姐。"

徐昆眼睛一亮:"你怎么知道的?"

"我是本地人,龙崇赤地区好多事我都知道。"

他告诉徐昆,杜警长有两个老婆,另一个老婆姓匡,是龙崇赤联合县一个中队长——外号"宋老五"的小姨子。

徐昆眉头紧皱,但也很快捋清关系:杜警长是白代表的姐夫,是宋队长的连襟,但是白代表跟宋队长没亲戚,因为姓杜的有两个老婆。

"这个人有用。"冯林竖起食指,"听说他喜欢摸麻将!"

"白代表我刚认识不久,这个人有点儿怪。"徐昆若有所思,瞟了眼鼾声如雷的白代表,"跟宋老五倒是见过两面。"

白代表不打呼噜了,翻了个身。冯林望着徐昆,一时没接话。

徐昆暗自想,这个冯林,知道的事还真不少。

三

腊月十四，监狱组织犯人出城挖沟，徐昆见到了宋老五。他没有像冯林那样称呼"老五"，而是客气地叫"宋队长"。

"没想到在这儿见到徐团长！"宋队长说，"上次见面还是清明时，咱们在大海陀开会。"

"不是，那是更早的一次了。"徐昆纠正，"上次是在秋天，咱们掩护地委领导从赤城去延庆。"

"哦，对对。"宋老五拍了拍脑袋，"你说得对。瞧我这脑子！娘的，人一过五十岁，脑袋就不灵光了！"

日本人组织囚犯挖沟，这不是第一遭。三个人一组，每组负责五米长、一米深、两尺宽的沟，活茬儿很重。挖沟的地方大都是沙石地，五米沟挖完，体格再好的三条汉子，身体也软得跟面条似的。

这次挖沟，徐昆、冯林和宋老五被编到一组，李伯年、孟排长和白代表一组，每组间隔有二十来米的距离。

龙关外的西河套不好挖，土少石头多，一个时辰过去了，也才挖下去二尺深。三个人想坐下歇歇，直直腰，巡逻监工的鬼子嗷嗷乱叫，不允许。伪警察的鞭子抽在冯林肩上。鬼子的枪托砸在徐昆的胳膊上。"不是不打犯人吗？不是模范监狱吗？看来都是假的。"徐昆暗骂，"狗日的！"鬼子兵和伪警察走向别处。宋老五抡镐的时候格外用力，但是这一镐碰到了石头，第二镐碰到了比石头还硬的东西——一块铁疙瘩，外面裹着一层布。宋老五捡起铁疙瘩，撕开粘连在上面的那层布，发现是一把毛瑟枪，八成新，没生锈。宋老五做这个动作的时候是站在地上的，这时他赶紧蹲下，把枪放在沟里。他朝四周望了望，没发现鬼子和伪警察注意这边，就轻声叫道："徐团长。"

徐昆转过身，俯视着宋老五，也看到了他手里的家伙。

宋老五把枪握在手里，低低地贴着沟底，轻轻地掂着。徐昆瞳孔放大，不久又恢复如常。他镇定地往周围望了望，城墙上的机关枪对着挖沟人，沟两侧站着鬼子兵，三八大盖上的刺刀直晃眼。十几个伪警察有的端枪，有的手执木棒或鞭子，幽灵般巡逻着。

徐昆的脑子飞速转动，最后，他泄气地说："没用，扔了吧。"

宋老五不甘心，摇摇头。

这时，冯林也注意到蹲在那儿的宋老五，注意到他手里的枪，脸上立刻紧张起来："这，快……"

"把枪拆了，咱们把零件分头装进兜里。"宋老五压低声音，眼睛里燃着一团火。

"没法儿拆，就算拆了，拿回去也没法装。"徐昆说，"而且，撞针多半锈住了，不一定能用。"

"快扔了吧。"冯林的胆子有点儿小。

宋老五不耐烦地瞪了冯林一眼，又期待地看着徐昆。

"这样吧，你把枪放在这儿，去向杜警长报告，说你挖到了一支枪。"徐昆往远处的日本军官和身旁的杜警长望了望，"目前，获得日本人的信任最重要。"

宋老五没懂徐昆的意思，蹲在地上没动，他真想把枪掖在腰里带回去。他懒得理杜警长。这小子不是东西，连自己的大姨子——宋老五的老婆的屁股都敢摸，简直猪狗不如。当然，这都不是大事，关键是他跟日本人干，这个就没的说了。

"我不去，懒得理那个流氓！"他甩出一句，像甩出一把鼻涕。

"如果你不去，我去！"徐昆说。

没等宋老五反对，徐昆转身向三十米外的杜警长走去。杜警长身旁站着日本参事官兼狱长安里。安里身后站着日本兵。两个日本兵见徐昆靠近，立刻举起三八大盖，徐昆毫无惧色，说有消息向杜警长报告。

杜警长听完徐昆的报告，小声对身旁的翻译官说了句什么。翻译官又跟安里嘀咕起来，然后对徐昆说："前面走，带路！"

众人走到徐昆负责的沟段，果然发现沟底有一支枪。宋老五站在那儿，并不理睬杜警长。

安里"呜里哇啦"地说了些什么，翻译官崔政马上翻译。

"皇军问，谁挖出的手枪？"

"他。"徐昆手指宋老五，"但是他胆小，不敢向皇军汇报。"

"呦西！良民的，大大的！"安里冲宋老五和徐昆竖起大拇指。

杜警长脸上很得意。他想告诉安里，宋老五是自己的连襟，但是又忍住了。鬼子翻脸不认人，多一事不如少一事。

四

这天，徐昆换笼号了，也搬到了北房。北房的屋子确实比东房的屋子大，宽敞，亮堂。徐昆没想到的是，屋子里竟有椅子、桌子，椅子上坐着李伯年。李伯年正在看书。他戴一副眼镜，怎么看也不像参加忻口战役的英雄。徐昆暗想，真是人不可貌相。

"李师长好！"徐昆打招呼。

李伯年不慌不忙地把目光从书里转出来，看了眼徐昆，没吱声，只是点点头，点头的幅度也很小，不细看这个动作会被忽略。

笼号里还有另一个人，徐昆很熟，是七团参谋长老黄。这个老黄原来是四十团的副参谋长，他当副参谋长时徐昆还是参谋，后来老黄由四十团调任七团参谋长，徐昆提拔为副参谋长，一年后又当副团长。从某种意义上说，他们既是战友，也是上下级。两人在一起时无话不谈，黄欣赏徐，徐敬重黄，是莫逆之交。老黄长徐昆八岁，也算忘年交。老黄打仗有一套，对延安提出的独立自主的山地游击战有独到理解，也有创造性运用，多次受到平北军分区领导表扬。

"老黄，你是啥时候进来的？"徐昆问。

"一年了，先是关在张家口，最近才转来的。"老黄中气十足，声音洪亮,"小徐,你是什么情况?"

徐昆把自己被捕的经过说了说,声音尽量压低,不知是怕影响李伯年看书,还是避免他听到他们的谈话内容。

"妈的,有叛徒,一定有叛徒!"老黄的大嗓门儿恨不能把屋顶掀翻,"要找到这叛徒,我亲手毙了他!"

"这两年形势不好,叛徒格外多。当然,也可能内部有奸细。"

"说不定。"

"这两年,您没少受罪吧?"

"可不,在张家口监狱,十八般武艺全上来了,什么老虎凳、辣椒水、火烙铁,都上了,咱都扛过来了,就等鬼子给颗枪子了,还真他妈邪行,不但没杀我,还把我弄到这儿,好吃好喝地伺候着。"

徐昆对老黄竖起大拇指:"参谋长,好样的!"说罢,他目光移动,扫了一眼旁边看书的李伯年,小声说:"这人我认识……"

"人家是大英雄,"老黄打断徐昆,直着嗓子说,眼睛瞟着李伯年,"战场上杀过鬼子,见过大阵仗,牛啊!"

徐昆不动声色地望着李伯年。

李伯年放下书,不慌不忙地站起来,走到老黄跟前,推了推鼻梁上的眼镜:"说话别夹枪带棒的好吗?我忍你不是一天两天了……老子睁一只眼都能摔你俩跟头,信不?!"

"不信!"老黄"嗖"地站起来。

"算了,你这么大岁数,摔出个好歹来没法儿交代。"

"什么叫'这么大岁数'?老子今年才四十八!"老黄瞪起牛眼,伸出右边胳膊,亮起架子,"来,来,小子,我让你一只胳膊!"

两个人真的摔了起来,你来我往,互不相让,一招接一招。李伯年当然不会闭着一只眼,老黄也没让一只胳膊,摔了七八分钟,最后,还是年龄大的老黄倒下了。老黄不服,起来又摔,三分钟后又倒下了,躺在地上直喘粗气。

徐昆没有立刻去扶老黄。他微眯双眼，琢磨着要不要跟姓李的摔一跤。李伯年抖搂抖搂袄袖上的灰尘，瞟了眼徐昆，然后若无其事地坐到椅子上，重新看书去了。

"这狗日的，真狂！"徐昆在心里骂了一句。真想跟他摔一跤，杀杀他的威风，可转念一想，在日本人的监狱里，两个中国人摔来摔去地非要一争高下，也没啥意思，最后还是忍住了。

徐昆走到老黄身旁，安慰道："胜败乃兵家常事。"

大寒那天，安里提审徐昆。安里是监狱的首席"改善官"，号称"华北地区改善中日关系的典范"——在他的手上，许多中国人被"转化"或"改善"了。安里旁边站着翻译官崔政。

安里笑眯眯地望着徐昆，半晌不吱声。徐昆没理他，越过他头顶的目光旁若无人。后来安里熬不住了，终于开口。

"这里是'龙关'，我喜欢这个名字。徐桑，你呢？"安里会说汉语，徐昆没想到。

"中国的地方，我都喜欢。"徐昆眯起眼睛。

"不不，我是说长城。中国有长城的地方，有一种特殊的魅力，我喜欢。旅团调我去洛阳，我不想去，那里没有长城……我喜欢长城，无论是延庆的八达岭，还是赤城的独石口，我都喜欢。中国人了不起，很了不起！"

徐昆抬头看了眼安里，略感意外："那当然。"

"中国人把自己比喻成龙。其实，长城就像一条龙，你们是龙的传人。"

"长城万里，是我们老祖宗在不同时期修建的军事工程，就像这龙关县，既有唐长城，也有明长城，它们都是天然屏障。"

"这里有唐长城？"

"长城是中国的魂。"徐昆没接他的话茬儿。

"唐长城在哪里？"

"万里长城永不倒！"

"不不，它已经倒了，任凭它再坚固，也挡不住我们大日本帝国的雄师！"

徐昆不知道说啥好，只是冷笑了一下，心里像被针扎出了血。

"咱们可是朋友。"

"'朋友'？你是日本人，我是中国人，你拿着枪来中国杀人，能跟我是'朋友'？"

"中国有两个词儿，一个叫'化友为敌'，一个叫'化敌为友'，你喜欢哪个？"

徐昆不屑地"喊"了一下："我喜欢'化敌为鬼'！"

安里没有生气，问："你摆什么架子呢！你是军分区司令吗？"

"当然不是。"

"司令在哪儿？司令部在哪儿？"

司令是郭汉，司令部在延庆，徐昆都知道，但是他不能说。

"不知道！"徐昆从座位上站起来，伸伸懒腰，"要杀就杀，要剐就剐，废什么话呀！"

转化室里挂着许多镜框，里面镶着奖状、报纸、照片，都是日本字，间或有两个汉字。安里身后的墙上挂着一个镜框，镜框里是一张横幅书法作品，上面写着四个字：东亚共荣。徐昆默默地看着它，嘴角浮起冷笑——这个细节被翻译官发现了。翻译官瞥了眼站在那儿有些尴尬的安里，眼睛里闪过一丝诡谲。他走到安里身旁，用日语叨咕了两句。安里瞟着徐昆说："我喜欢长城，你也喜欢，咱们应该成为朋友。"说完转身走了。

"你坐下，给你弄点儿饭吃。"崔政说。

"不吃。"徐昆乜了他一眼。

"你不说可以，可是不吃饭不行，没劲儿了就不能斗了。"

徐昆觉得这话有点儿味道，正眼看了看崔政。

"你不能跟他们硬来，应该用这儿。"崔政指了指自己的脑袋。

徐昆对面前这个人感兴趣了。他思忖片刻，问："你是中国人吗？"

"是啊。"

"你如果有点儿中国人良心的话，就得爱祖国。"

"日本侵略中国，可是俄国大鼻子不也侵略中国吗？"

徐昆一愣，没想到他会说这个。赶紧向他解释，苏联是中国的朋友，跟中国是同一个战壕里的战友。徐昆没说是八路军的朋友，更没说是共产党的朋友。徐昆要有所保留，而且也有些拿不准这个问题，听说斯大林最近忽冷忽热的。但是，徐昆尽自己所知，给崔政讲起中苏关系和世界反法西斯形势。

崔政默默点头，中间去了趟茅房，回来时眼镜片上蒙了一层雾。徐昆继续讲，耐心地讲，崔政眼镜上那层雾逐渐化开。崔政说他是大学生，看过高尔基的著作，曾被日本人监禁过。他的老家在东北，祖父死于俄国人的炮火，父亲带着他逃到关内，定居北平。

"我也是北平人，咱们算老乡了。"徐昆跟崔政套近乎。

当天，崔政把徐昆送回笼号，对杜警长和他身旁的伪警察说："你们对徐团长要好好照应，怠慢了可不成。平时让他们在院里走动走动，别出差池，拉铃时进监舍就成！"

徐昆注意到，翻译官的话说得很文气，把笼号说成了监舍。

五

不久，冯林也被提到北屋，不知道日本人葫芦里卖的什么药。

冯林一见徐昆，非常高兴，伸出胖手就要握。跟徐昆握过后，他瞟了眼李伯年，做了个鬼脸，目光落在了老黄身上。

"这位是老黄，我的老领导。"

"你好，你是？"冯林握住老黄的手问。他是要问老黄的身份。徐昆一下子明白了：怪不得冯林知道的事情那么多呢，爱打听！也不分时间场合，不分青红皂白，上来就问。不过也好，有时还真能问出点儿情况来。

"黄苏城，七团参谋长。"老黄还是大嗓门儿。

徐昆不太习惯老黄的说话方式，更不习惯冯林爱打听的习惯。虽然关押在监狱里的多是政治犯，日本人对大家的身份也大体清楚——他们唯一的职责就是"转化"犯人。但是，他还是觉得小心为妙，让敌人知道的越少越好。按徐昆的家乡话说，这两人有点儿潮性。

相反，虽然李伯年傲气，但是徐昆更喜欢他一点。

腊月二十三，徐昆被叫到了宪兵队。安里又跟他谈起长城，好像自己是长城专家。徐昆心里说："老子生在长城下，长在长城下，从小听爷爷讲长城，你跟我谈长城，我谈死你！"随即跟安里谈起自己家门口的长城。

水关长城是八达岭长城东段，是明长城的遗址，由抗倭名将戚继光督建，距今有三百多年历史。水关长城地势险要，城堡相连，烽燧向望，全长十三华里……

徐昆一口气讲完，安里高兴得眉飞色舞："徐桑，你的长城知识非常渊博，有些我也不知道。很好，真的很好！龙关县城西边的锁阳关，有什么讲究吗？跟山海关、居庸关，有何区别？"

关于锁阳关，徐昆知之甚少，但是他脑子飞转，想起《薛丁山征西》，随口胡诌了两句。安里微微摇头，表示对徐昆的分析不满意。

"参事官，你今天找我来，"徐昆瞟了瞟安里身后墙上的镜框，"不是专跟我谈长城的吧？"

"哈哈，徐桑，你多虑了。不过，你也很直爽，这很好。我们都喜欢长城，如果按中国老话说的那样'物以类聚，人以群分'，那我们应该是朋友了。既然是朋友，那我就直说了吧，给你三个县的特务队长，干不干？"

"不干。"

"三县队长不干，五县剿匪司令总可以吧？"

"什么也不干。"

站在一旁的杜警长提醒："皇军信任你，你别不识好歹！"

徐昆"哼"了一声。安里的眼睛瞪了瞪，又眯成一条缝儿。

"在八路军那儿，副团长你都干，现在给你剿匪司令，怎么不干呢？"崔政嘴唇嚅动，声音柔和。

"啥也不想干了，就想歇着。"徐昆始终没承认自己是共产党。他知道党员身份一旦暴露，将凶多吉少。

"歇着咋还带枪？"

"防身用的。团长送的，我救过他命。"看安里和杜警长半信半疑，徐昆笑了笑，"你们总是不相信，要是还在八路军里干，我乱跑什么？咋穿这么旧的衣服？"

"你不要挺着了，他们已经招了。"杜警长指了指东屋，"你们有新的任务。说说吧，什么任务？"

徐昆知道敌人在东屋审问孟排长和白代表，但是他不信汉奸的话。"他们有任务，你问他们去，我不知道，啥也不知道！"他的语气有些不耐烦。

安里从兜里摸出一支钢笔，拔出笔帽，走到徐昆跟前，用笔尖在他脖子上划着："不急，慢慢想，皇军的大门永远向你敞开。"

"狗脸！"徐昆心里骂了一句。

安里收回钢笔，微笑着说："徐桑，刚才跟你开个玩笑，咱们还是朋友。"说罢，他就往外走，经过崔政时说："你留下来，陪徐司令吃饭。"

午饭四菜一汤，菜中有肉。徐昆看见红烧肉就咽口水——这是生理反应。他马上移开目光，若无其事地摸了摸下巴，又偷偷掐了掐脖子上的皮肉。他不认为自己嘴馋，而是胃馋，是胃可恶，不争气。

崔政倒上两盅酒，徐昆说："要是毒酒就好了！来个痛快的！"

"饭是皇军的，酒可是我个人的。你觉得我会毒死你？"

徐昆二话不说，端起酒盅，一仰脖干了。

"痛快！"崔政也端起酒盅干了。

徐昆眼睛一转，问："能不能帮个忙？"

"啥忙？"

"给外面捎个信儿。"

"这是掉脑袋的事儿。"崔政瞟了瞟伙房门口，他知道外面有岗，不是宪兵就是警察。

"不让你白忙乎，给你一百块！"徐昆亮出底牌。

"你有这么多钱？"

"就这么多了。"

"给谁捎信儿？干什么？"

"延庆城郎家药铺，找郎掌柜的！就说我说了，朝他借点儿钱花。"

崔政点了点头。

晚上，徐昆把受审情况说给了老黄和冯林，两人反应不尽相同。

"崔政熟悉敌人情况，要是跟咱们一条心，对咱们出去有好处！"老黄说，他的声音终于降下来。

"给他使点儿钱，给外面报个信儿，让组织营救咱们。"冯林说，然后又嘬了下牙花子，"当然，不使钱更好！"他们的钱都由他管，虽然管钱，但是他花钱吝啬——精打细算惯了。徐昆身上有一点儿钱，但是进来时被搜掉了。老黄的钱也不多。冯林的四百块钱缝在棉袄里，鬼子没发现。

徐昆想了想："现在翻译官和杜警长对咱们有好感，日本人也在乎咱，想策反咱，这是有利因素。关键是下一步，是设法跟地委联系上，还是咱们自己想出路，这是个方向性问题。"

"可以两条腿走路。"老黄竖起两根手指。

"嗯,老黄说得对。一边自己想出路,一边争取跟外面联系上。"

"可是钱不多了。"冯林抱着胳膊,面露难色。

徐昆和老黄看了眼冯林,陷入沉默。是的,狱中生活十分难熬,单靠冯林兜里的钱坚持不了多久。

"老冯,还剩多少?"徐昆问。

"不到三百。"

"给我一百,我抽空给崔政。"

"那不行。凭啥给他?!"

"舍不得孩子套不着狼。咱们要出去,得跟外面取得联系。"

"那要是舍了孩子,也套不着狼呢?!"

徐昆无话可说,老黄也无言以对。

"我会掂量着使钱的,如果使了,就有百分之八十的把握。"徐昆打破沉默。

"那不行!你必须有百分之百的把握!"

"老冯!你让老徐跟你拍胸脯打保票吗?他能打这个保票吗?"老黄提高声音,歪着脑袋问冯林。

坐在墙角的冯林立刻躺在地上,说自己要睡觉。

三个人小声嘀咕的时候,李伯年隐约听到了。他们想出去,正谋划办法,但是防着他,他只好装作浑然不知。此刻,他躺在床上,假装睡着了,后来,还真的睡着了。

李伯年做梦了,梦见他答应了日本人的要求,出任张家口警备司令,把自己吓了一跳,醒了。

六

两天后,崔政找到徐昆,小声说:"郎掌柜说不认识你,你记错了吧？"

徐昆"扑哧"一笑："喝多了，那天我胡说八道呢！哈哈。"

崔政瞪起眼睛："拿我当猴儿耍呢？"

"不是不是，兄弟，对不住了！"

"说好一百块，那天你给五十，把另一半也给我！"崔政这么说的时候脸拉得老长。

"别呀兄弟，你啥信儿也没传出去，啥人也没找到呀！"徐昆决定把猫捉老鼠的游戏继续玩下去。

"少废话，赶紧掏钱！"

"容我几日，我跟监友们再借点儿！"

"一边去，懒得搭理你了。"崔政起身往外走，忽又转过身来，"都说八路军讲信用，我看也屁味！"

"嘿，这话可不对！"徐昆抬高嗓门儿，正色道，"我是我，八路是八路，两码事！"

"你是八路军军官，当然一回事。"崔政撇了撇嘴。

"扯淡！不就是五十块钱嘛！给你！"徐昆宁可自己受辱，也不能让八路军蒙羞，立刻从兜里掏出钱。

崔政眯起眼睛，得意地笑了。

晚上，徐昆讲完花钱贿赂翻译官的经过，冯林急得直龇牙，一个劲儿在屋里走溜儿，好像身上的肉被剜掉一块。

"好端端的一百块钱，扔河里还能听个响呢！"

"纸票子有啥响？"徐昆纠正。

"可这——这一百块，说没就没了。老徐，你这是败家呀！"冯林摊着手说，着实心疼他的一百块钱。

"老冯，别激动！"老黄劝道。

"鬼子没把郎掌柜抓来，说明崔政没告密，"徐昆说，"这就是一百块钱的价值。"

"那太不值了！"冯林仍感到扎心。

"崔政没有告密，有两种可能，"老黄坐在墙角分析，"一种是他知道郎掌柜真的跟咱们没关系，他佯装生气，暗地里等待我们下一步行动；另一种是他为了钱，真想帮助咱们。"

"你说的这两种可能，我都想到了。从目前来看，还确实不能完全得出第二个结论。但是凭感觉，我觉得他跟咱们……还是挺近的！"

"下一步咋办？"

"还得试！"

"试什么？"冯林警觉地问。

"继续掏钱，让他去延庆王福记，找咱们真正的人。"徐昆说。

"那不成！"冯林立刻捂紧裤兜——里边藏着剩下的二百块。

徐昆和老黄好说歹说，冯林只答应拿出五十块，而且声称是最后一次。"就算跟外边联系上，又能怎样？"冯林嘟哝道，很不情愿地把钱交出来。

"不敢说能立刻营救我们出去，但至少让组织知道我们被捕了，也知道我们还没投降！"徐昆把钱装进兜里。

"知道又怎样？"冯林眼睛望着窗外。

"救我们啊！里外一条心，跟他们斗啊！"老黄攥紧拳头。

"咋斗？"冯林倔劲儿上来了。

"咋斗需要咱们想，需要谋划！组织上也未见有现成的法子。"徐昆的话带着点儿愠怒，也有点儿不耐烦，但是当他意识到这一点的时候，马上换了副口气，和蔼地说："老冯，咱们都是共产党员，什么时候都要相信组织，都要积极乐观！"

这时，笼号外传来窸窣的脚步声，众人不约而同地望向门口。宋老五站在门外，朝徐昆摆摆手："老徐，你过来。"

徐昆站起身，走到门口。

"老徐，会搓麻将吗？"宋老五问。他身后不远处站着杜警长。

"玩儿得少，不熟。"

"走，搓两圈去！杜警长值班！"

"妈妈的，一值班就睡不着觉，烦死人！"杜警长怪腔怪调。

徐昆脑子飞速地转了转，宋老五讨厌杜警长，可杜警长未见得讨厌宋老五，两人毕竟是连襟，于是张口说："不会赢，还不会输吗？走！"

"你！"冯林瞟了眼老黄，脸冲着往外走的徐昆，恨不得把他吃了——我刚给你五十块钱，你就出去陪汉奸搓麻将啊！——心里一万个想不通。

老黄朝冯林摆了摆手。

值班室有两间屋子，里间有土炕，睡人，外间北墙摆着一张柏木桌，桌子一米见方，两侧各放一把榆木椅子。桌子外侧摆着两个鸡翅木圆凳，旧得不成样子。麻将牌从布袋里跳到桌子上，个个生龙活虎。

跟杜警长一起值班的警察还有一个，五大三粗的，长着一脸横肉，说起话来瓮声瓮气。宋老五介绍说那个警察姓王，叫他王警长就行。徐昆点了点头，叫了声王警长，王警长说自己不是警长，名字叫王巨发，外号"王大肚子"。徐昆有点儿纳闷儿，问："王警长的肚子不大啊，怎么落个如此外号？"

杜警长哈哈大笑，解释道："这你就有所不知了，人称'王大肚子'，不是说他肚子大，是他爱把娘儿们的肚子搞大！"

徐昆和宋老五笑了，王大肚子也跟着笑。

杜警长补充说："老王是沧州人，会武功，你们俩一起上也不是对手。"

"那就是说，王警长输钱了不给，咱也没招儿呗！"徐昆打哈哈的时候，看了眼王巨发。但是王巨发并不看他，沉默两秒钟后说："不会，不会。"说话慢半拍。

徐昆随便夸了句王巨发，往他身后瞟了一眼。发现屋子靠西墙有一个火炉，通过暗道连着里间土炕，炉子里煤火通红。

七七事变以后，徐昆就没摸过麻将，将近六年了。不过，他的手仍然利索，洗牌、码牌、摸牌非常自如，看上去像个老手。杜警长很满意。王巨发脸上没有表情。

徐昆一边搓麻将，一边往对家那里看，表面上是看王巨发的表情和动作，实际上是窥视他身后的里屋。徐昆说不清自己要干什么，但是潜意识里，了解这间值班室的情况，大有好处。

麻将搓到凌晨两点，宋老五打起哈欠，徐昆也说困了，想回去睡觉。杜警长问："老徐，你输了，不想捞回去？"

徐昆答："今天手背，改天吧。"

杜警长说了句"有意思"，看了眼王巨发和宋老五，就站起身来。

临出屋时，杜警长说："都是自己人，没事就过来耍耍，我们奉陪。"看了眼外面，压低声音说："皇军对你们两个印象不错，好好待着，等有机会了，想法把你们弄出去。"

宋老五看了眼杜警长，又把目光移向别处，没理他。徐昆立刻说："好啊杜警长！要是能出去，绝不亏待你！"

杜警长说："别跟八路干了，整天到处瞎跑，担惊受怕的！"

徐昆想了想，说："是啊，确实没劲！这两年就想着回家种地，过两天太平日子。"

杜警长点了点头，在徐昆的肩上拍了拍，"押"着他和宋老五往笼号里走去。

七

从雕鹗到龙关的土夯长城断断续续，在夕阳下更显沧桑和厚重。跟安里坐车回来，徐昆把看到和听到的情况总结一下，在本子上记下来。

龙赤地区有一段唐长城，东起古子坊村，西南至后城镇四十里长嵯，改西行到雕鹗镇，然后西北行至龙关镇，约百里……

"狗日的对长城感兴趣，我也不能白跑一趟。"徐昆想。

安里在车上喋喋不休，卖弄长城知识。徐昆从他的眼睛里发现，安里并非为了劝降而迎合自己，而是真的喜欢长城。徐昆突生跟安里说说话的冲动。他告诉安里，自己的理想就是攒点儿钱、买点儿地，家里雇两个长工种地，自己出去考察长城，十年之内把中国的长城走遍了。安里听得两眼放光，提出也要跟徐昆考察长城去。徐昆一笑了之。

晚上，徐昆回到笼号，发现老黄不见了，宋老五坐在老黄原来的床上。

徐昆跟宋老五打过招呼，问冯林："又换号啦？"

冯林点点头，瞟了眼坐在椅子上闭目养神的李伯年，话里有话地说："其实，我觉得老黄挺好的！要是他还在，我还要跟他学摔跤呢！"冯林听说老黄跟李伯年摔跤的事情了。

"就你这身段，还学摔跤呢，拉倒吧你。"宋老五笑着说。

"嘿，你别瞧不起人，咱不就是矮点儿胖点儿嘛，底盘低，轴实，想摔倒我还真没那么容易呢！"

"老黄教不了你，我还差不多。"徐昆开玩笑说。

冯林摆摆手："算了，我还是不学了，还是干老本行吧。在整个张家口，谁不知道咱大名鼎鼎的——铁算盘冯林！"

徐昆和宋老五哈哈大笑。

李伯年也笑了一下。这是徐昆第一次见他露出笑容。

腊月二十六，日本宪兵队提审孟排长，想得到平北军分区司令部的位置。孟排长善于周旋，啥也没说，可也没激怒日本人。下午提审白代表，结果让参事官动了怒。

"你是哪里人？"安里用日语提问，崔政给翻译。

白代表瞪着安里，嘴唇一动不动。

"你是不是八路？"

白代表的嘴唇还是一动不动，眼睛根本不看崔政，一味地瞪着安里，好像他脸上趴着一只蚂蚱。

安里突然失去耐心，跟崔政说起鸟语，然后在屋子里踱步。

崔政问白代表："那个徐昆，是不是共产党员？"

白代表继续沉默，坚硬地沉默。

"他是副团长，这个皇军已经知道……你识相点儿，说吧，他是不是共产党员？"

屋子里只有翻译官的声音，那声音听上去很单调。白代表心里纳闷，知道是八路军了，还问是不是党员做甚，八路军和共产党不是一回事吗？白代表一心想着参加八路军，还没想过加入共产党。他的连庄会有四十多人，在家里等着他的回信儿呢。

翻译官提高声音："平北军分区在哪儿？说出来皇军有赏。"

白代表不知道，真的不知道。屋子里异常安静，他肚子里响起咕噜声，像蟾蜍在叫，闷声闷气的。他已经绝食多日。安里粗重的喘息声在静寂中越发急促。白代表目光如炬，紧紧地盯着他。

安里脸上狰狞，冲着崔政喊："他瞪我，总瞪我，好——好，把他的眼睛挖下来！"这个号称"首席改善官"的日本人，也不想"改善"跟白代表的关系了。

崔政一愣，微微蹙着额头，只好原原本本地翻译出来。他知道，今天安里动怒了。很快，一个膀大腰圆的伪警察和一个低矮的日本兵从里屋走出来，手里拿着剜眼勺和割肉刀。白代表被绑在柱子上，可是仍然二目圆睁，眼里的光像是炉子里通红的炭火，要把安里的脸灼伤。

安里继续盯着白代表，眼睛里也吐着火舌。

剜眼勺靠过来的时候，白代表的眼睛依然直视安里，毫无惧色。随着

"啊"的一声惨叫，白代表的嘴终于张开。

"小日本，我操你娘！你不得好死！"

安里走出转化室时，扔下一句话："你们中国人，不可理喻！"

翻译官知道这话有一半是说给自己听的，嘴上"嗯嗯"了两声，立刻跟了出去。他不想留在转化室。他有点儿恶心，见不得血腥。安里也没有特别交代让自己做白代表的工作，可是今天出现这个局面，有点儿始料不及。安里的突破重点还是徐昆，其次是李伯年和冯林。

"徐昆那里有什么动静？"安里边走边问。

"哦，没什么动静。上次他让我去延庆城郎家药铺，找郎掌柜的借钱，人家没给。"

"这个你说过。你确定姓郎的不是共产党？"

"确定。他就是个卖药的。"

"徐昆为什么给你一百块钱？如果没把握的话，岂不是肉包子打狗——有去无回啦？"

"长官，您真是中国通，都知道肉包子打狗啦！"崔政陪着笑，"这些八路军，也不是所有百姓都拥戴，真正的泥腿子跟他们走，小业主开商铺的就不一定了，一头闹革命，一头怕革命，他们认为跟着他们早晚得背兴，终归落不着好，很多是阴阳人、两面派。"

"他给你钱，让你找郎掌柜的，这里面……定有蹊跷。"

"我暗地里调查，请参事官放心！"

安里满意地点点头。这些天，他一直谋着如何策反徐昆、李伯年，让他们为皇军所用，实现"以华治华"。安里的姑父曾经告诫他，日本军界有一批军人认为，中国自元朝以后，汉人不再是汉人，他们以此为由，肆意侮辱杀戮如今的汉人，这是危险的，是不明智之举，跟天皇建立"大东亚共荣圈"的想法是相悖的。

安里内心的想法从未跟崔政说过，但是崔政通过观察，知道安里跟一般的日本人不同，他好像对吞食中国有自己的观点。至于什么观点，崔政也说不清。安里的心深得像一口井，从井台上无法看到井底。

徐昆跟李伯年还是摔了一跤，起因是冯林，他说了刺激李伯年的话。李伯年拽住他的袄领子，一个扫堂腿就把他撂倒了。冯林忍着疼痛从地上起来，李伯年还要摔他，被徐昆挡在中间。

"李师长，冯科长不会摔跤，有什么气往我头上撒！"

李伯年用胳膊往边上推徐昆，徐昆没防备，被他推了个趔趄。

"还真有把子力气。"徐昆说。

李伯年再次去捉冯林的时候，徐昆生气了，伸手从后面掐住李伯年的肩，并用足力气。

李伯年并不回头，单手薅住徐昆的手，想顺势来个背跨，但是没成功，徐昆防着呢。两个人扭在一起。冯林嘴上劝着，宋老五蹲在墙角看热闹。

第一回合摔了十分钟，徐昆赢；第二回合摔了七分钟，李伯年赢；第三回合摔了八分钟，徐昆赢。两个人坐在地上，气喘吁吁，谁也没有再起来的意思。

"怎么样，李师长？"徐昆问。

"不怎么样！"

"嘿——，还不服？"

"不服。"

徐昆看了眼宋老五和冯林，泄气似地说："不服也不摔了，累死老子了。"

李伯年比徐昆小五六岁。关键时刻，这五六岁显出差距来了。

这天晚上，徐昆又被叫去搓麻将了。宋老五坐杜警长上家，不断顶着打，使杜警长一张牌也吃不上。他很生气。要不是大姨子总往家里送钱，他才懒得管宋老五的事儿，可狗日的不领情，处处跟自己作对。

杜警长吃不上牌，自己手气又一般，所以很少和牌，嘴上开始骂骂咧咧。宋老五也不示弱，跟着对骂，气得杜警长鼻子都大了。

"真是铁公鸡，一毛不拔！"

"铁公鸡不吃、不喝、不等、不靠，自在。"

"剜去姓白的双眼，不如剪掉铁公鸡的爪子。"

"敢剪铁爪子，剪子给你废喽！"

徐昆忙问："杜警长，你说剜去姓白的双眼，哪个姓白的？"

"跟你们一块进来那个姓白的，他关在前院，今天被剜眼了，以后皇军提审你们，可要注意喽！"

徐昆心里一惊："为什么？"

宋老五也这么问。

"他一声不吭不说，还瞪太君，把太君惹毛了。"杜警长压低声音。

"瞪他就剜眼啊？狗……"徐昆差点儿骂出来。

"狗日的！"宋老五骂出来了。

"胡说什么？找死啊！"杜警长立刻制止。

"你跟我瞪什么眼，小心你的眼珠子！"宋老五梗着脖子。

"你以为你是日本人呀？真是高摆自己。"杜警长不屑道。

王巨发打圆场，徐昆也劝，两个人才停止斗嘴。徐昆这才想起来，最近两天早上跑操，都没见到白代表，怪不得呢。

虽然不争吵了，但是宋老五还在有意顶杜警长。又搓了两圈，姓杜的只和了一把牌，没兴致了，把麻将一推，不玩儿了。宋老五的表情有些幸灾乐祸，站起身往外走："上次不输不赢，今天赢了两块钱，回去睡大觉喽！"

徐昆没跟宋老五往外走，他急中生智："杜警长，刚才我输了五块钱，这倒不说，关键是瘾头刚上来，没过瘾哩，能不能再找个人搓两圈？"

"找谁？"

"我笼号里冯林，他会玩儿！"

杜警长看了眼王巨发，王巨发老鼠眼转了转，摇摇头。杜警长说："算了，改天再玩儿吧。"

徐昆知道，头大面憨的王大肚子非常狡猾，防心重，不可小觑。

临出门时，杜警长说："明天带你去个好地方。"

"什么地方？"徐昆问。

"去了就知道啦！"杜警长挤眉弄眼，"先回去养精蓄锐吧。"

八

第二天上午，徐昆和李伯年、冯林像贵宾一样，被翻译官崔政和杜警长陪着，去城里一家戏园子看戏。宋老五闹肚子，一个人待在笼号里歇着。戏园子不大，徐昆坐在最好的位置——第二排八仙桌的正中间，崔政和杜警长坐在他两侧，李伯年和冯林分别挨着杜警长和崔政坐。最后一排的八仙桌围坐着五个便衣，腰里都别着枪。

听戏时，崔政不时跟徐昆和李伯年说话，聊戏情或演员的功夫。徐昆面前摆着花生、瓜子和柿子。他伸手去拿一把瓜子吃，看戏的神情很投入。他当然没心思看戏，他更关心崔政和杜警长这出戏的根底。他知道，这场戏的导演应该是安里，虽然安里没在场。李伯年的态度也很从容，想着同样的问题。冯林的表情有些窘，没有吃花生、瓜子，也没有吃柿子，忧虑和紧张令他胸闷气短。

吃午饭的时候，徐昆大开眼界——桌子上鸡鸭鱼肉应有尽有——自从参加革命，也没见过这么多好吃的。"还是你们的日子好过啊！"他感慨道。

杜警长说："都是一辈子，何必跟自己较劲呢！"

崔政说："识时务者为俊杰！"

"也是。"徐昆问，"还有什么？"

"跟着我们干，高官得做，骏马得骑。"崔政说。

"吃香的喝辣的不说，还有钱花，有娘儿们玩，多好！"杜警长说罢，使劲儿拍了拍巴掌。很快，一个眉清目秀的后生端上来一个托盘，托盘上盖着一块方巾。

在杜警长的示意下，后生把托盘端到徐昆面前。杜警长问："徐团长，不，徐司令，不想看看吗？"

徐昆伸手拽掉方巾，十沓簇新的蒙疆票子和两块金锭绽放出诱人的光。

"如果跟皇军干，这些都是你的了。"杜警长说。

徐昆瞟了眼崔政，发现翻译官正在看自己。

"对，没错，都是你的了！"崔政补充说。

徐昆看了眼李伯年和冯林，杜警长立刻说："见者有份，每人十万元，外加两块金条。"

"日本人够大方的！"李伯年揶揄道，"出这么大价钱，想买我们什么？"

"只要你们跟皇军干。"杜警长说。

"做梦！"李伯年拍了下桌子。

徐昆看着李伯年，感觉自己瞳孔放大了一点儿，又看了眼冯林，发现冯林的眼睛正盯着托盘上的金锭，问："老冯，你啥意见？"

"没——没啥意见，跟李师长一样。"

"我以为你动心了呢。"徐昆开玩笑说。

"你小瞧人！我冯林生为中国人，死为中国鬼，决不当亡国奴！你们少来这套，如果没猜错，这钱这金子都是中国人的吧？用中国人的钱和金子来贿赂中国人，你们还觉得日本人很大方吗？"

杜警长和崔政脸上有点儿窘。

徐昆哈哈一笑："不愧是管钱的，脑子就是不一样。"他话锋一转，正儿八经地说："今天翻译官和杜警长带咱们看戏，请咱们吃饭，毕竟是一番好意，咱也不能不当回事。杜警长、翻译官，这么跟你们说吧，第一，承蒙大日本皇军和你们哥儿俩抬举,我们三个心领了,谢过了!第二,至于你们说的事儿,容我们想一想。说实话,打了这么多年仗,真是不想打了,确实想告老还乡,过几天安生的日子。可你们这……也挺让人心动的……不过话说回来,这毕竟是大事,容我们再想想,商量商量,过些天再给二位准信儿。"

李伯年瞪了徐昆一眼,心说:"谁跟你商量!"

李伯年是太原人,毕业于燕京大学,有点儿瞧不起这个看上去没什么文化的八路军团长。

冯林也不解地瞅着徐昆。

"好,一言为定!"杜警长往杯子里倒酒。

饭吃到一半,三个浓妆艳抹的女人走进来。崔政介绍说,这是刚才唱戏的角儿,特地过来陪大家喝几杯。徐昆立刻说:"都是好女子,都很漂亮!但是本人有个毛病,喝酒不要女人,要女人不喝酒。让她们给大家斟杯酒,走吧。"

杜警长只好照办,三个戏子给众人满了一杯酒,出去了。

"看上哪个,哪个就跟你们睡觉。要是想找老婆,外面给你们找去,包你们满意!"

"家里有!"李伯年说。

"再讨个小的嘛!"杜警长点拨起来。

"就是,"徐昆接过话茬儿,瞟了眼李伯年,"死脑筋!"

崔政静静地看着徐昆,眼睛里闪烁着辨识的光。他没有喝酒,他知道,喝酒这种事有杜警长就行了。如果说杜警长负责给面前这几个人灌迷魂汤,自己的任务,就是要拷问他们内心深处的想法了。

崔政没有去延庆王福记,他让跟自己要好的刘警长去了。刘警长攥着崔政给的字条,找到延庆王福记布店,一进门就嚷嚷着要见掌柜的。一个瘦瘦的老头从二楼下来,刘警长说:"我是大海陀徐掌柜的朋友,他让我从你这儿借点钱,端午节还你,二分的利息。"

精瘦的王掌柜把刘警长引到楼上，问："徐掌柜咋没来？"

"让海陀山的豹子伤了腿！"

王掌柜点了点头，回身从一个柜子里拿出一个匣子，从匣子里数出一沓钞票："眼下只有这么多了，你先拿着。要是不够，下个月我再凑一些。"

刘警长没忘记打借条，这是崔政千叮咛、万嘱咐的。刘警长在借条上写下"徐廷柱"三个字，心里还纳闷："我写这个人的名字，借条能管用吗？徐廷柱是谁？"

徐廷柱是徐昆原来的名字，在北平做地下党时化名徐昆，到根据地后干脆就叫了这个名字。

回到龙关监狱，刘警长把五百块钱交给了崔政。崔政叮嘱他："这件事你知我知，天知地知，任何人都不能说！"

刘警长点点头。崔政给了他五十块钱。

徐昆拿到五百块钱后心花怒放，他把消息第一时间告诉了宋老五和冯林。宋老五也十分高兴，知道徐昆跟外面取得了联系。冯林看着厚厚的一沓票子，脸上露出久违的笑容："太好啦！来钱啦！"

"小点儿声！"徐昆制止他，"你是财神爷，钱都归你管！"

"这——这个……"冯林面露羞涩，接过钞票笑嘻嘻地说，"钱咋用，都由你说了算！"

徐昆和宋老五哈哈大笑。李伯年躺在那儿似睡非睡。

"崔政会不会告密？王掌柜有没有危险？"笑过后宋老五小声问。

"八成不会。就算他告密，也抓不到把柄，王掌柜是我表兄，表兄借钱给表弟，有什么大惊小怪的？！"

宋老五点了点头。李伯年闭目养神，耳朵把他们的话都听到了，心里佩服徐昆办事缜密。他有些纳闷，他们瞒着他，可又没有完全防备他，不知啥意思。他陡然生出跟他们合作的冲动，但还是忍住了。

巡夜的走到窗外，提醒道："都睡了，明天下雪，早操推迟一小时。"

是杜警长的声音。

徐昆答应了一声，反问："杜警长，不用早点儿起来扫雪吗？"

"不用，下完了再扫。皇军体恤你们，一般不用你们扫雪。"

杜警长走后，宋老五把嘴凑到徐昆耳朵旁，小声说："他们让我出去。"

徐昆一愣，瞟了眼对面的李伯年和冯林，轻声问："为什么？"

宋老五说："让我回龙崇赤，继续干中队长，表面上抗日，暗地里查访平北军分区的下落。"

徐昆"哦"了一句，知道这肯定是杜警长的主意并且给宋老五作了保。

宋老五问："咋办？"

徐昆果断地说："出去！"

宋老五忧心忡忡道："那你们呢？"

徐昆假装嗓子不舒服，干咳了一下，小声说："甭管！出去一个是一个！"

冯林想凑过来听，徐昆向他摆摆手。

宋老五问："我出去干点儿什么？"

徐昆思谋了一下，说："帮我两个忙。第一，跟鬼子提条件，把白代表和小马带出去，你随便找个理由。第二，去延庆王福记，看看王掌柜在不。如果还在，让他设法跟我们团长联系，报告我们的情况；如果他不在，你通过龙崇赤县委，把情况转告地委的段老板。"

宋老五小声答应："好，好的。"

冬日龙关，漫天飞雪，下了整整一上午。晌午放茅时，徐昆在院子里遇到崔政，见他站在廊台上冲自己笑，并挥手示意自己过去。

"翻译官有何见教？"徐昆走到崔政身边说。

"考虑得咋样？"

"没这么快！凡大事都得三思而后行。"

"宋队长可是要出去啦！"

"狼有狼踪，鼠有鼠道。"

"你倒是沉着。"

"急有鸟用！"

"啥时候找你表兄借钱，还跟我说。"

"那是自然，绝不亏待你，只要你嘴严！"

"这个你放心！说出去对我也没好处。不过，我也奉劝你，要是跟皇军合作了，你也犯不着跟表兄借钱了……如果没猜错，他的钱来得也不那么容易吧？"

崔政阴阳怪气的样子令徐昆有点儿讨厌，也让他提高了警惕。"如果翻译官想在日本人那儿立功，可以去告密，把我表兄抓进来，给他上点儿刑，让他承认是共产党；可这是立小功，要是想立大功……"

崔政见徐昆停顿了，马上问："要想立大功，咋样？"

"你就给我时间，让我说服李伯年和冯林，给皇军效劳。"

崔政笑了："当然想立大功！"

徐昆心里一震。

"也许，我还能立更大的功！"崔政眯起眼睛。

一个日本兵跑到崔政跟前，冲他耳语几句，崔政立刻奔安里屋子走去。

"立更大的功？啥大功？"徐昆不解，心里琢磨起来。

后响扫完雪，宋老五走到徐昆身旁："他们答应我带上小马，但是不同意带上老白。"

"为啥？"

"他们说，老白眼睛瞎了，带上也没用。"

"你说，老白救过你命。"

"就是这么说的。不管用。"

"狗日的！"

最后，徐昆叮嘱宋老五："你明天再找找杜警长，就说必须让老白出去，否则你也不出去了。"

宋老五没等明天，当天晚上搓麻将时就跟杜警长说了，杜警长面露难色。他说安里对白代表印象不好。宋老五说老白是他的救命恩人，自己出去不管救命恩人了，不仁不义嘛，传出去让人笑话嘛！徐昆正要敲边鼓，王巨发说："反正是个瞎子，出去也无妨，留下反而占个坑儿！"听口气他像监狱长。后来，杜警长答应改日再跟安里说说，争取让姓白的也出去。宋老五暗自高兴，立刻给他点了一个门清，让他一把就赢了十块钱。

杜警长乐得合不拢嘴，说："呵呵，好、好！可是，你宋老五出去了，我这儿还三缺一了呢！"

徐昆立刻说："让老冯替老宋玩儿，他没问题，绝不扎账！"

"可靠吗？"

"可靠！将来我要做司令，他就是副的。"

杜警长微微点头，又去看王巨发。这回，王巨发没摇头。

"用人不疑，疑人不用。"姓王的来了这么一句。

"李伯年怎么样？"杜警长问。

"人家是大官儿，有大志向，跟咱们不是一路人。不过，"徐昆话锋一转，"我估摸，国民党大官有钱，麻将也搓得好。"

"是啊，改天叫他搓两把。"杜警长说。

"就是，玩物丧志。让李伯年多赌几次，"徐昆说，"他的狗屁志向也就磨得差不多啦！"

"高见！不愧是徐司令！"

"别叫我司令，我还没答应你们呢。生孩子还得怀胎十月呢！"

"那也快！大姑娘一入洞房，就有奔头啦！"王巨发说。

九

犯人被带到红河上凿冰去了。

凿冰为了捕鱼，捕鱼为了使日本人的胃舒服。日本人三天不见鱼腥，就浑身不自在，好像抽大烟的人犯了烟瘾。

红河又名阳乐河，发源于龙关镇大龙王堂，中间流经诸多铁矿，河水呈红色。红水结冰后呈褐色，此刻，褐色的冰面在铁钎子的凿击下冰花舞动。鬼子兴奋得像是在看节目。铁钎子攥在孟排长手里，就像一根冰坨敷在伤口上，寒风一过，又像鞭子抽在脸上。

杜警长和翻译官站在附近，看孟排长他们凿冰捕鱼。再有两天就要过年了，皇军嘴里没荤腥可不成。当然，他们美其名曰"为了改善监狱伙食"。一同凿冰的有二十七个人，大部分是刑事犯，政治犯除了孟排长和小马，还有一个女的——昌延县妇联会主任王兰。

出城的路上，杜警长说："徐司令，凿冰的活儿没想让你们来，但是考虑到对你们有好处，也就……你们三位只当放放风吧。"

徐昆道："那就谢谢杜警长了！"

在宽阔的红河冰面上，二十七个犯人被分成九组，每组横竖相隔三十米，在半亩多大的地方凿出九个筐大的冰窟窿来。说是捕鱼，其实是炸鱼——鬼子和伪警察在冰窟窿边上放一捆手榴弹，手榴弹外面有一个草绳篓子裹着，让九个犯人去拉弦儿，然后把手榴弹扔进冰窟窿里。

红河的冰层很厚，至少一尺，而冰面又很坚硬，整整半个时辰过去了，九个冰窟窿才凿出来。虽是数九寒天，可干活儿的人却大汗淋漓，握着铁钎子的手不再那么生疼，脸上冒着热气。人们站在冰面上，直了直腰，感觉有些疲惫。

杜警长冲着人群喊："冰窟窿凿出来啦，大家都回岸上来！"

众人或握或扛铁钎子离开冰面，走到岸边。

这时，九个宪兵提着九捆手榴弹，向冰窟窿走去。他们走到冰窟窿旁,把手榴弹放在冰面上。

杜警长喊:"下面开始炸鱼,谁愿意当英雄,给他记功一次,赏鱼两条!举手!"

人群里鸦雀无声。

在冰场上拉手榴弹的弦儿,然后往岸边跑,可不是闹着玩儿的。要是中间不小心滑倒,就可能被炸死。宁可不吃鱼,也不能丢命。大部分人都低下了头。

"我去!"徐昆走出队列。

"徐司令,这事儿跟你没关系。"杜警长小声说,"要是你出意外了,我可吃不了兜着走!"

"没事儿!"徐昆甩开大步往前走。李伯年和孟排长跟了过去,王兰也走出队列。

孟排长小声问:"团长,跑不跑?"

徐昆说:"跑不了。你认清形势。"

"啥意思?"

"远处有机关枪,近处有胖子和女同志,手榴弹又都被铁丝缠着,咋跑?"

"站住!"崔政疾声喊。两个日本兵跑过来,用刺刀挡住徐昆和李伯年,把他俩推了回去。小马本来也要走向冰场,见徐昆往回走,就停下脚步。孟排长继续往前走,瞟了眼附近的鬼子兵,脸上露出鄙夷。另外两个徐昆看着面熟但是叫不出名字的人站出队伍,向冰窟窿走去。

"小心!"徐昆冲孟排长大声喊,"不能乱来!"

孟排长回头喊:"放心团长,不就炸个鱼嘛!"

王兰很快追上孟排长,共同走向冰场中央。

"你咋来啦?"孟排长问。他认识她。孟排长和白代表在一个笼号,听白代表说起过她是他表妹,跑操时也打过招呼。

王兰扬了扬头发,一脸倔强:"我咋不能来?男的能拉弦儿,女的就不能？"

九个人很快都到位了。这时，崔政在岸上喊"各就各位"，鬼子兵立刻把手榴弹放在冰窟窿旁，比画着教犯人如何拉弦儿。按照约定，杜警长喊"一"时，众人摆好架势，一手提着手榴弹，一手准备拉弦儿；喊"二"时，拉弦儿，看着手榴弹引线从布袋外边燃到里面，再把手榴弹扔进冰窟窿；喊"三"时，才可以向岸边跑。

可是，杜警长刚喊过"一"，站在最南边的一个小偷犯人因为紧张，提前拉弦儿，然后丢下手榴弹就跑。日本人的枪响了，三八大盖射出的子弹打在他的胸上、腰上、腿上。听到枪声，其他人也慌了。孟排长想拆开手榴弹，但是铁丝把手榴弹捆得牢牢的，他干脆站起身，拉动引线，抱着手榴弹向岸边跑来，嘴里喊着："弟兄们，跟他们拼啦！"

"对，拼啦！"王兰也从冰面上站起来，抱着手榴弹往岸边鬼子密集的地方跑。

机关枪"嗒嗒"响起，子弹密集地朝冰河打来。

孟排长倒下了，王兰倒下了，其他人也倒下了。

红河真的成了红河。

徐昆看着孟排长和王兰死在鬼子的枪口下，气得双腿发抖，五脏俱焚，牙齿咬得"咯咯"响。成串的手榴弹"轰隆隆"炸起来，震得他耳朵生疼。

夜里，徐昆做了个梦，梦见自己变成一只豹子，追赶树上的乌鸦。乌鸦钻进一辆坦克里，结果坦克爆炸了。乌鸦的喙脱离身体，飞到他面前，拧他的脸。他挥动手臂拍打乌鸦的喙，大叫："死乌鸦，打死你！"

冯林脸上挨了一巴掌，火辣辣的，知道徐昆又做噩梦了，赶紧把他叫醒。

李伯年静静地看着徐昆。

早上，犯人到监狱西边的龙关学堂操场上跑操，跑得身体通泰，看上去精神头十足。学堂是民国初期一位华侨捐建的新式学校。日本人轰炸龙关时，学堂被炸成残垣断壁，后来变成监狱的附属设施，供犯人劳动和锻炼。学堂和监狱只有一墙之隔，出了大门右拐，两分钟就到。夜里徐昆没睡好，早上起床身体疲惫，腿像灌了铅，此时倒是浑身轻松，充满力量。

忽然，有人在前院笼号里大喊大叫。徐昆听出来了，是白代表。"日本鬼子，还有二鬼子，你们杀了我们那么多人，你们不得好死！"

杜警长板着脸对犯人说："你们继续跑，我去院里看看。"他身旁的伪警察听到前院的喧嚣，把手里的步枪举起来，对着跑操的人群。徐昆不管这些，跟着杜警长跑回监狱。

七八个鬼子和伪警察站在前院院子里，白代表长骂不停。他听说日本人不让他跟随宋老五出去，又听说孟排长和表妹被炸死，心里最后一点儿生的愿望破灭了。他喜欢表妹。表妹死了，他也不想活了。

安里从后院走出来，让人把白代表拖到院子中间。白代表瘫坐在地上，继续骂："龟孙子，你们都听着，你们欠我们的命，你们早晚得还！什么狗屁'皇军'，什么狗屁'共荣'，什么狗屁'天皇'，都是狗鸡巴，都是一泡屎！"

安里从兜里摸出手枪，打开保险。杜警长嘴唇动了动，没敢出声儿。崔政凑到安里跟前，低声说："太君，皇军提倡'东亚共荣'，从不杀犯人，您别坏了咱这……模范监狱的清誉！"

"滚！"安里狠狠地把崔政推到一边。

崔政有点儿尴尬。

安里攥着手枪，咬牙切齿地走向白代表。

这时，王巨发恶狠狠地说："参事官，不能这么便宜他了，割他的舌头，挖他的心，给我当下酒菜。"

徐昆一万个没想到，眼睛瞪得如黑枣，惊悚如天上乌云。

安里看了眼王巨发，淫笑着盯着白代表："呦西，割舌头，挖心，下酒。"

"哪个汉奸说的，到了阴间我也回来找你！我活剥了你！"被剜了眼睛的白代表大骂。

"我先活剥了你吧！"王巨发从腰里拔出一把短刀，走向白代表。刀子寒光闪闪。

徐昆两步跨到崔政身旁，迅疾从他腰间掏出盒子炮，朝着白代表就是两枪。"啪啪"，白代表应声倒在地上。徐昆知道，事到如今，老白活着出去的可能已经没有了，他不想让老白受罪。

王巨发回头看徐昆的目光有点儿复杂。

杜警长的脸上写着惊讶。

崔政接过徐昆扔过来的枪，一脸茫然。

院子里一片寂静。

安里用掌声打破了寂静。

徐昆身后七八米的地方，站着李伯年、冯林和宋老五。

宋老五走后的第二天，笼号里来了一个洋人，大鼻子、蓝眼睛、棕头发，个子比冯林和李伯年都高，跟徐昆差不多。洋人衣着笔挺，是他们从没见过的美军军服。

"嘿，怎么还来了个洋人？！"冯林率先发出一声惊讶。

徐昆看着眼前这个人眉头紧蹙。李伯年也一脸困惑。

"你是⋯⋯哪国人？会说中国话吗？"冯林问。

"我是美国人，叫我迈克就行。"

"卖克？卖东西的卖，还是迈步的迈？"冯林问。

李伯年笑了一下。徐昆饶有兴趣地盯着美国人，心里做着一百种联想。

"不用猜了，我跟你们一样，也是俘虏。我不觉得这有什么羞耻的。"迈克把书包和网兜放在宋老五的空床上，"只不过我的经历更复杂些，从北平到太原，又从太原到张家口，现在又到了这个⋯⋯"

"龙关。"冯林提醒道。

"对,又到了这个叫龙关的地方。从北平到龙关,一个地方比一个地方小,好像从恒星到行星,又从行星到了卫星上。哈哈,这个比喻你们听得懂吗?"

"听不懂,你反而把事情说复杂了。"徐昆不满道,"什么呀,天上一脚地下一脚的!"

李伯年瞟了一眼徐昆,目光重新落到迈克头上:"地球上的事儿,你就别往宇宙上扯。美国人也是地球的儿子,又不是宇宙他爹。"

徐昆给李伯年挺了个大拇指:"这话有劲!"

"宇宙?"冯林疑问。他没听过这个词,包括刚才迈克说的恒星和行星,又问:"迈克,你说你是美国人,你是美国哪儿的?"

冯林这么问,其实他一个美国地方也不知道,就是让他说出美国首都,他也不会脱口而出,还得用一个美国伟人的名字提醒他。

"马里兰州,去过吗?"

冯林慌得直点头,又摇头,胖脸上的懵懂蛮可爱。

当天,徐昆就弄清了迈克的底细。他是第二战区美军顾问团的参谋,爱独自活动,南口战役作战部署会开完后,他独自去戏院看京剧,听完了喝酒,酩酊大醉,睡了三天三夜,醒来后南口失守——他从戏院里出来没走多远,就碰到了日本人。

十

腊月二十八,杜警长把徐昆带出监狱,走进龙关县城一家茶馆。在二楼一个可以一边喝茶,一边观赏风景的地方,徐昆见到了老黄。老黄精神饱满,起身走向徐昆并握住他的手:"兄弟,咱们可是好久没见啦!"徐昆说:"是啊是啊,您后来去哪儿啦?"老黄"呃"了一下,瞟了眼杜警长,"坐下说,坐下说!"

杜警长说:"你们两个好好聊,我去街上转转!"

杜警长走出茶馆大门,向西街走去,随行的两个便衣留在茶馆门口。

"参谋长,快说说,他们把你弄哪儿去了?"

"说来话长。他们带我去了趟大同,又去了趟太原,这两回算是见了世面。我也想通了,山不转水转,人挪活树挪死。"

徐昆疑惑地望着老黄,眼前好像浮着一团雾。

"小徐,我降了!"老黄开门见山,还是那个直筒子脾气,"我对不起党,对不起组织,也对不起同志们的信任!"

徐昆一怔,虽然刚才心里犯嘀咕——隐约猜到老黄投敌,但是不敢相信——现在人家招认了,内心的幻想像气球被扎了个洞立刻破灭了。徐昆有点儿想哭。

"老虎凳坐过了,通红的烙铁也尝过了,这些咱都挺过来了,"老黄把头侧向一边,无奈地说,"可是,鬼子使出美人计,忒他妈漂亮,就没扛过来!前功尽弃啊!"

徐昆突然想起,以前在一起工作时,老黄曾经挨过处分。他有一个毛病,就是喜好女人,虽然是快五十岁的人了,一见到模样俊俏的女子就两眼放光,走不动道,像丢了魂。

此时,徐昆盯着老黄大大的耳垂,继而又把目光转向他微微泛红、棱角分明的脸颊,第一次觉得他有点儿恶心。他知道,以前那个足智多谋、说话掷地有声的黄参谋长不复存在了。他看不起老黄,同时觉得自己是好样的,方才被压扁的信念又恢复原状,如折弯的铁丝因韧劲十足自己弹直了。

老黄擦了擦眼睛,徐昆注意到他刚才落泪了,也知道老黄的后悔是真诚的,可是他并不同情老黄,相反,厌恶和憎恨袭上心头,只想马上离开老黄。

"兄弟,人活一世不容易,咋着活都是活,"老黄抓住徐昆的手,"跟着我干吧,有你享不完的荣华富贵。钱、房子、女人,什么都不缺!"

这番话让徐昆起了杀心,但是他克制住自己。他轻轻摆脱老黄的手,嗫嚅道:"他们一直在说服我,我正在考虑。"

"甭考虑了,跟日本人干吧,反正都是杀人!战场上没对错,子弹无情,都他妈一样!"

徐昆恨不得往老黄脸上啐一口,嘴上却说:"我该回去了。"

"你回去干什么?老杜还没回来!"

"我自己能找到监狱!"徐昆这么说好像是在开玩笑,实际上他由于气愤有点儿心神不宁——如果再逗留下去,他不知道自己会干出什么事情来。一分钟前他就想过了,如果不是为了让更多的人从监狱里出去,他就敢在茶馆里赌一把:干掉老黄,再干掉楼下的两个特务,然后跑掉。

"兄弟,晚上到家里吃饭去,我让你嫂子给你做好吃的!"

"嫂子?"

"小的,小嫂子!不是怀来那个啦,这个是蔚县的,还有一个张北的,模样都俊,大瓜子能喝酒,小米粒酒量不大,但是做菜倍儿好吃,岁数比你还小哩!"

"改天吧。"

这时,杜警长挑帘进来了:"咋样二位?聊得咋样?"

"挺好挺好!我这个兄弟跟我最好啦!"

回监狱的路上,徐昆闷闷不乐,杜警长问他原因,他没说是因为老黄:"好久没打麻将了,手痒痒!"

"那好说啊!"杜警长眉开眼笑。

晚上,徐昆和冯林跟杜警长、王巨发搓了一宿麻将。摸牌的时候,徐昆的手无意中碰了下杜警长随手放在桌上的一串钥匙。杜警长很敏感,赶紧把钥匙收起来,放在自己身后的板柜上。

其间,王巨发起身用炕沿边的铁通条通炉子,徐昆眼前一亮。

大年三十晚上,大家看完一场监狱请来的河北梆子戏,无事可做,在屋子里玩儿起摔跤游戏。这次不是比本事,纯粹是为了解闷儿。当然,徐昆也有另一层意思。开始是徐昆跟冯林摔,徐昆一只手,冯林两只手,冯林很快被摔倒在地。然后是李伯年跟冯林摔,李伯年一只手,冯林两只手,冯林仍然被摔倒。迈克看着好玩儿,硬要跟冯林摔一跤,冯林正没处撒气,立刻答应,跟迈克摔起来。按照规则,迈克也是一只手。五分钟后,他把胖胖的冯林也摔倒在地。冯林喘着粗气,躺在地上不起来了。

徐昆走到冯林身旁,俯下身说:"老冯,起来,你能跟我们摔三个回合,二十多分钟,不简单啦!"

冯林没理他这茬儿,脸上不悦,嘴里哈出白气。

"老冯,快起来,胜败乃兵家常事。"李伯年说,"要不,咱俩再摔一跤。我不用手,只要你能在十秒钟内摔倒我,就算你赢。"

老冯不耐烦地说:"滚一边儿去!"

众人哈哈大笑。

"冯先生,我们让徐先生和李先生摔跤,我们两个人观赏,你看好吗?"迈克用蹩脚的汉语问。

"好!"冯林立刻从地上坐起来,"这个好!"

李伯年说:"迈克,你捣什么乱!"

徐昆道:"你真是看热闹不怕事儿大。"

说归说,徐昆和李伯年还是摔了起来。他们一口气摔了五跤,前两局都是徐昆胜,后两局李伯年胜,最后一局,徐昆险胜。

"打仗不行,摔跤倒是挺厉害的。"李伯年躺在地上喘粗气,气喘匀的时候,来了这么一句。声音不大,像是自言自语,也像是嘟哝,可还是被徐昆听到了。

"你说谁打仗不成?"坐回床铺的徐昆直着脖子问。

"耳朵还挺尖。"李伯年缓缓地从地上站起来,语气里有点儿软。

"老子没碰到鬼子,碰到了照样砍死他十个八个!"徐昆走到李伯年跟前,换了副口气,"不对,你不是说我,你是说我们八路军!"

李伯年没接话茬儿，绕开徐昆往床铺那儿走。

徐昆从后面薅住他的衣领："你给我说清楚！"

李伯年被拽住，身体无法前进，脖子也被勒疼了，心情突然变得很糟，猛回过身，照着徐昆脸上就是一拳："说你个头！还没完了你！"

徐昆没防备，脸上挨了重重一击，他立刻觉得鼻子酸酸的、辣辣的、热热的，像是被灌进了辣椒水，伸手一抹全是血。他也顾不得止血，伸出拳头，回敬李伯年一拳——本来打算回一拳就算了的，结果一打起来，就不是一拳的事儿了。李伯年在短时间内挨了三拳，后退两步，站稳脚跟，跟徐昆拉开架势，打了起来。

迈克费了好大劲儿，才把两人拉开。这次徐昆没占到便宜。

冯林拿来毛巾，给他们擦脸上的血。

十一

正月初七，徐昆决定砸狱，砸出一片自由来。

这天上午，太阳既大又暖，天空蓝得像海。徐昆和李伯年、冯林站在龙关古城上凭栏远眺，听崔政介绍日本人新建的旅团大队，看他们炮兵打靶，配合他们的炫耀。徐昆和李伯年脸上的血淤和青紫都已褪去。徐昆一边点头，一边往两边瞅，这一瞅，就把城上的炮楼和上下城的路线全瞅进脑子里了。

崔政觉得差不多了，招呼徐昆和李伯年回去。从城上下来的时候，他们撞见了驻龙关县城的松井中佐。松井问："到这里干什么？"崔政答："奉参事官命令，领出来做怀柔工作。"松井说："他们是要犯，不能领他们乱走。"崔政答应："是，是"，才应付过去。

徐昆拽了拽李伯年的衣襟，在他手心写下一个字：跑。

李伯年会意地点点头。

这一天，他们对崔政的信任还有所保留。砸狱这样的大事，暂时还不能跟他说。

接下来，徐昆开始做准备工作。他利用放茅时间，把砸狱的想法跟新抓进来的白河游击队队长蔡山和龙崇赤联合县的干部罗森说了；利用鬼子和伪警察的疏忽，偷了一个钢刹子藏起来，准备将来砸锁子用；适时做崔政和刘警长的工作，介绍他们看革命书籍，进行爱国主义教育。

令徐昆感到意外的是，崔政的思想有了变化。他提出设法把徐昆和李伯年带出去，一起奔赴根据地的想法。虽然不敢贸然相信他，但是徐昆仍然很高兴。就对崔政说："如果你愿意到我们那儿去，我保你当个县长。"

晚上，众人在笼号里聊天，讨论三民主义、共产主义和民主问题。徐昆和李伯年争得面红耳赤，一个说共产党好，一个说国民党好。

"孙中山作为国民党的领袖，一心为公，以天下为己任。可现在呢，你们的领袖还能说是'一心为公'吗？"

"是啊。"李伯年底气不足。

"那为什么视共产党为洪水猛兽，总是防共、限共、反共？难道想一党独大、一党专制？"徐昆质问。

"呃……"李伯年盘腿坐在床铺上，背靠墙壁，眯着眼睛，声音低沉，"一党独大也没什么不好。"

他的声音不大，但是这句话无异于往屋里扔了一枚炸弹。躺在床上的迈克"嗖"地坐起来，直勾勾地盯着李伯年："李师长，你这个观点我不同意，国民党是大党，共产党是小党，但党与党之间是平等的。小党不能委身于大党，大党也不能限制小党。"

"听见了吧，旁观者清，人家迈克都说了。"徐昆说。

冯林冲着迈克鼓掌。

"你有你的主义，我有我的主义，我们各行其道，就像并行的两根铁轨，永远不会碰到一起。"李伯年并不服输，脸上挂着自信的平静，像一只东北虎面对一只金钱豹。

徐昆被他的这副表情激怒了，一时又找不到合适的话来反驳，有点儿想骂人了。

迈克走到李伯年对面说："刚才李师长的比喻非常好，你们就像火车的两根铁轨，也许永远不会碰到一起，但是，你们也许是在做着同一件事情。你们的关系不仅仅是竞争，还有合作，比如现在，形成了什么抗日民族统一战线，共同对付日本人，这就是正确的。"迈克停顿一下，又说："打败日本人以后，你们还可以合作，互相监督，共同对民众负责。"

冯林再次给迈克鼓掌。

徐昆没有鼓掌，但是他知道迈克是站在他这边说话的，心里想："迈克，我有点儿喜欢你了，虽然你有狐臭。"

十二

龙关监狱关着一百二十多人，前院犯人戴手铐，中院犯人不戴手铐，后院犯人不戴手铐不说，还被好吃好喝伺候着。徐昆和李伯年、冯林没戴手铐，却被无形的手铐箍得越来越紧。

徐昆跟李伯年不再摔跤了，也不再就国家问题争论了，他们共同谋划"出去"的办法了。连迈克都动心了，一起跟他们想办法，讨论各种越狱的可能："我出不出去无所谓，我要帮助你们出去！"

他们利用所有能够说话的机会——吃饭、放茅、做操、挖沟、担水、凿冰传递消息，告诉对方砸狱的准备情况，叮嘱对方务必保密。到元宵节，监狱中已有半数人知道了砸狱计划，大家都很兴奋，又很紧张，憧憬着自由时刻的到来。

徐昆总能适时抓住时机，发动那些脸熟的人，但是他也深知，这件事儿不能强迫他们，必须自愿并且恪守保密原则。

"不是越狱的参与者，就是旁观者，就可能走漏风声。"他这么说。李伯年十分认同他的说法,为他竖起大拇指。他们的谋划相当缜密。

正月十八上午,日本人打乱监舍安排,把李伯年和冯林弄到其他笼号了。人还在后院,也还在北房,只是不在一个屋子里,商量事情很不方便了。一打听,才知道监狱有了新规定——笼号由一个月换一次改为一周换一次。敌人很狡猾,这不是好兆头。

"不能再扩大范围了,只要咱们成功,大家都会往外跑的。"李伯年提醒徐昆。

当人们听说即将砸狱的消息时,有人激动,也有人不安:"手无寸铁,咋出去啊?"话说得有道理。

"吃不饱穿不暖,浑身没劲儿,怎么砸呢?"犯人每天一斤小米定量,看守从中克扣二两,一天只能吃到两碗小米饭。

这些问题难不倒徐昆。放茅时,冯林帮徐昆想出办法,他在徐昆手心写下一个字:米。

徐昆眼前一亮,当天就找到崔政,给了他二百块钱,让他去县城买三百斤小米。崔政低声说:"不用你钱,我这儿有!"

"不能花你的钱。"

"不是我的。我正要找你呢,一位姓段的老板托人找到刘警长,给了他六百块钱,让他设法转给你们。钱就在我这儿。"

"那太好了!"徐昆立刻很兴奋。他知道,崔政说的段老板就是平北军分区政委段苏权同志。看来,军分区已经做通刘警长的工作,知道里面许多情况了。

"买小米有二百块钱就够,其余的我放在茅房外边一个破筐头下面,明天你去拿。"

徐昆点点头。

"兄弟,谢谢你!"徐昆第一次这么称呼他。

崔政也感到很亲切,趁势问:"你上次说,要是我带你们出去,能给一个县长干,真的?"

"差不多。你有文化，有觉悟，有能力，我觉得没问题。"徐昆说。他知道，这些日子翻译官的工作没白做。他不由得在心里嘲笑起安里来："想改善我，老子先把你的翻译官改善喽！"

"你们的县长，一个月挣多少钱？"翻译官问。

徐昆的兴奋劲儿立刻没了，心里那团火被一瓢水瞬间浇灭。他提醒自己，不要过高估计崔政。

"钱倒是不多，八路军穷，共产党都讲奉献。"徐昆话锋一转，"要不，我也不想跟他们干了呢。"

徐昆咬紧牙关，决意不把砸狱计划告诉他。

第二天早上，徐昆利用放茅的机会，去茅房外面那个破筐头下面取钱，果然拿到四百块钱。崔政没骗人，这令他很欣慰。

第三天下午，二百斤小米到了。徐昆通过崔政，让伙房给主要人员每顿添一碗饭。大家吃饱了，身上有劲儿了，也有胆气了。

然而，安里的鼻子很灵，闻到了奇怪的味道，让杜警长暗自调查。

"都是好朋友，有的原来熟悉，有的进来以后认识的，"徐昆解释说，"感觉投脾气，交个朋友呗。"

杜警长有点儿不信："这么大方？哪来的这么多钱？"

"你看，还怀疑我了不是？难道说我有啥企图？"

"我没说。"杜警长否认。

"如果说有企图，也是多个朋友多条路嘛。俗话说：'在家靠父母，出门靠朋友。'这个你不承认不成。"徐昆换了副口气，"再说了，要是真让我出任五县保安司令，还不趁早做点儿准备？临时拉杆子也来不及啊！"

"哦，这么说……"杜警长恍然大悟，眼睛里的狐疑不见了，"佩服，佩服！徐团长，不，徐司令，您这真是……深谋远虑！"

"嘿，还说上成语啦？行啊杜警长！"

"司令过奖！过奖！"杜警长一脸谄媚。

二月二，龙抬头。头天是一九四三年三月六日，二十四节气中的惊蛰。这天，大家生活照常，跑操、谈话、劳动。晚上，徐昆发觉不正常，监狱里浮动着一种肃杀的气氛，鬼子和伪警察个个眼睛锃亮，像探照灯和放大镜。

徐昆好说歹说，得到杜警长允许，组织了一个牌局。杜警长说家里有事儿，让王巨发陪着徐昆、李伯年和冯林搓麻将。实际上，他没有回家，而是按照安里的命令，带着人躲在院子暗处，荷枪实弹，准备对即将到来的暴动进行镇压。

麻将搓到半夜，徐昆诈和了一把，被李伯年"发现"了，然后两个人起了争执。

"姓徐的，玩儿什么呢？"李伯年冲着冯林和王巨发说，"他诈和，蒙咱们呢！"

徐昆假装很生气，直着嗓子喊："姓李的，你长着眼珠子出气的，玩儿得起就玩儿，玩儿不起滚蛋！"

"就你这点儿伎俩，老子从小就会。"李伯年说。

"你给谁当老子？"徐昆站起来，二目圆睁。

"给你！"李伯年毫不相让。

徐昆伸手抄起王巨发面前的杯子，砸向李伯年。李伯年早有防备，一侧头，杯子砸在窗户上，玻璃"哗"地碎了。杯子掉在地上。

杜警长带着人破门而入，乌黑的枪门齐齐地指向徐昆、李伯年和冯林。院子里的灯亮了，窗外，一排日本兵举着三八大盖，对准值班室。

"老杜，你这是干什么？你不是回家了吗？"徐昆问。

随后几天，徐昆几人频繁请杜警长喝酒，陪他和王巨发打麻将，进一步麻痹他们，并等待机会。有一次喝酒，徐昆把自己搞得晕乎乎的，说："老杜，真想家啊！"

"想家？徐司令是哪里人？"

"早说过了，延庆阪泉的。"

"家里都有啥人？"

"二老，老娘、老婆。"

"想家想谁了？"王巨发翻起眼睛。

"都想。心里想老娘，身上想老婆。"

王巨发哈哈大笑。杜警长也笑。自从上次闹了"误会"，他们再也不怀疑徐昆带人暴动的传言了。

徐昆带着醉意说："真要是跟日本人干了，老婆好说，可老娘要是不认咱，可咋办啊？"

"娘给了咱命，咱该孝敬孝敬，该送终送终，可这辈子走干道还是湿道，还得咱自己拿主意！她们都老糊涂啦！"杜警长说。

"放屁！"徐昆心里骂，嘴上却说，"有道理！要是听老娘的，这辈子啥事儿也办不成！"

杜警长把这些情况告诉安里，安里释然，并说有空还要跟徐昆谈长城。

十三

春分那天，龙关城里的日本兵出去"扫荡"了，只留下两个伪警察中队和一个特务队守城。这个消息是崔政告诉他的。徐昆激动得心跳加速。他把消息告诉李伯年和冯林，暗地里盘算着砸狱的计划。

迈克被换到其他笼号了。新进来两人，蔡山和罗森。

农历二月二十六早上，安里要去张家口受训，为期一周。临行前，他给杜警长下了一道密令：严防犯人哗变，闹事者格杀勿论。

杜警长嘴上答应着，心里不以为然，又说出徐昆早上跟他说的话："徐昆听说太君要去张家口，还想跟着您去看长城呢！"

安里眼睛一翻："有这事儿？"他瞟了眼身旁的崔政，问："徐昆提出去张家口，你怎么看？"

"他应该是想通了，归顺有望！但是这次跟着去张家口，恐怕不妥。"

"没啥不妥。这说明徐昆心里有皇军了。"杜警长说。

安里点点头,说:"好吧,那就让徐昆跟我去张家口。路上我们还可以去看石长城。"

"不可以。"迈克从前院放风回来,站在安里面前,"徐昆虽然转变很大,但是毕竟没有明确表态。我觉得,在他正式投降以前,不能跟参事官在公开场合露面。"

安里想了想,接受了迈克的建议。三天前,迈克已经答应安里的要求:放弃美国国籍、军籍,两年后跟他到日本。这是安里的唯一要求,至于是不是为日军服务,迈克自己定。迈克同意了。为此,迈克拥有了这座监狱犯人的最大自由,可以随意走动,自由出入。

"你想跟我去张家口吗?"安里问。

"我想。"迈克做了个鬼脸,"但是,我更想享受阁下为我准备的单间。"

两天前,迈克搬离跟徐昆的笼号,住进了单间。这个单间仍然在后院,是安里的隔壁。

鬼子出城前,崔政到各院巡视一遍,在后院对着伪警察喊:"皇军要去张家口,大家集中精力,不要出岔子。"

这番话徐昆听得真真切切。他知道这是崔政在给他传递消息。

晚上,徐昆做了一个梦,崔政临行前跟他握手,让他好自为之,然后两人有一番对话。

"我有个请求。"

"还想当县长?"

"不不,不想当什么县长。如果日本人走了,共产党当了政,能不能放过我?"

"能。"

"也不秋后算账?"

"不。绝不!"

晌午过后，监狱值班的伪警察都端起了枪，刺刀也插上了，如临大敌。监狱里的鬼子和伪警察还剩下十七八个。安里走了，他们好像失去了主心骨，格外紧张。杜警长腰板挺得笔直，背着手，不时在各院巡逻，俨然他是监狱长。他已经不怀疑徐昆了，但是他不能不防别人，监狱里一百多号人呢。何况他即将升职，关键时刻不能掉链子。晚上，他也不张罗打牌了，眼里冒着贼光，警惕地在各院转悠，恨不得发现一点儿蛛丝马迹，马上采取措施，好立功受奖。紧张的空气在监狱里浮动。徐昆知道，砸狱计划已经箭在弦上，不得不发。

晚上，徐昆找到杜警长，提议搓两圈麻将，不料杜警长把头摇成了拨浪鼓："我的徐司令，还是忍忍吧！皇军不在，我得格外小心。如果不出意外，等太君从张家口回来，兄弟我就要升官了，这节骨眼儿上真的不敢乱来！"

徐昆只好作罢，面带不悦地走了。

第二天，徐昆找到杜警长，再次提出搓麻将，杜警长还是没答应。

第三天，徐昆说："老杜，你看，皇军不在也没出啥事儿嘛！搓两圈，晚上搓两圈！"

"真的不行，你别为难我。"杜警长拍了拍徐昆的肩膀，"老徐，忍两天，再忍两天！"

"那不行，要不，你给我找个女人！"徐昆眼睛一转。

"哈哈，老徐，你还学会讨价还价啦！"

这时，刘警长走进屋："老杜，黄队长来了，想跟徐司令唠唠。"

"快请！"

徐昆一愣，这个时候他来干什么。狗娘养的！

黄队长进来的时候，徐昆迅速走过去搂住他的肩："老黄，你可来了，我在里面都快憋死了！吃不到肉、喝不到酒不说，还没女人，连搓个麻将都不让！你来得正好，快带我出去豁亮豁亮！"

"徐司令刚才还跟我说，让我给他找女人呢！怕是想女戏子了。"杜警长冲老黄挤眉弄眼。

"好说啊！"黄队长启动他的大嗓门儿，"走，我带你出去，想找啥样的女人跟我说，包你满意！"

"先吃顿好的再说。"徐昆说。

"老杜，把他交给我，你放心吗？"老黄问杜警长。

"放心，当然放心！"

"要是不放心，你就跟个人！"

"不用。"杜警长客气了一下，随即又说，"让老王跟着吧，省得你还得送徐司令回来。老王没问题，他是自己人。"

"对我也不相信，你妹子的！"老黄假装不满，随即摆摆手，"好吧，不用解释，我知道，皇军临行前叮嘱过！"

走出龙关监狱，徐昆跟老黄走在前面，王巨发和老黄带来的两个特务跟在后面。老黄带他穿过苏子巷，绕过重光塔，七拐八拐，走进南街一处宅院。

"这是大哥我在龙关的家！"老黄一进院就炫耀起来，"三进的院子，比你们监狱不小！"

徐昆左右打量，发现这个院子确实很大，暗自吃惊，嘴上不停地恭维。

老黄让小米粒做了一桌饭菜，众人喝将起来。

老黄管自己的大老婆叫大瓜子，管小老婆叫小米粒。

席间，徐昆发现，大瓜子能吃能喝，小米粒低头吃饭，很少说话。两个戴礼帽、穿黑衣的人腰挎盒子枪，站在老黄身后。徐昆让他们坐下一起吃，两人摆手。老黄说："你们去外屋吃吧，吃完了回家，这儿没你们的事了。"

两个特务走后，徐昆和老黄、王巨发继续喝酒。徐昆发现，王巨发的眼睛就像涂了黄油的手一样，总往小米粒的胸上溜。

第二天下午，徐昆走进杜警长办公室，向他"汇报"在老黄家吃喝的情况。他嘴上说是"汇报"，口气却很矜持，脸上带着某种优越感。杜警长没参加这次活动，多少有些羡慕，也有些怅然。

"老黄让我们今天还去。"徐昆说，"你也去吧。"

"还去？"杜警长面带疑色。

"昨天喝多了，没搓上麻将。"旁边的王巨发说。

"想去你们去，我看家！"

"老王，那咱们去？"徐昆拿眼看王巨发。

"去就去。"

"昨天咱们空着手，一会儿我到外面买两瓶酒，手上提点儿东西，这样体面些！"

"还是你想得周全。"王巨发眼睛放光。

这天晚上，徐昆和王巨发又去找老黄喝酒了，还把他喝醉了。在老黄趴在桌上打呼噜的时候，徐昆诱导他的两个老婆打了一架。大瓜子把小米粒打得鼻青脸肿。徐昆在前院陪着沉睡的老黄和余怒未消的大瓜子，让王巨发扶着小米粒到后院休息。

"这个家，我没法待了。"小米粒坐在炕上嘤嘤哭泣，越哭越伤心。突然，她抬起头，眼睛直直地盯着王巨发："王哥，喜欢我不？"

"我……"王巨发愣了。

"我看出来了，你喜欢我，带我走！敢不敢？"

王巨发受到引诱和鼓舞，生来的野性和邪气浑身乱窜，咬咬牙，咽了口吐沫，老虎似地扑到了小米粒身上……

徐昆利用上厕所的机会，摸到后院看了看，发现二人果然抱在一起。两分钟后，他带着老黄到后院找王巨发。一进屋，老黄就傻了，晕涨的脑袋一下子清醒。他大骂王巨发，转身去前院拿枪。徐昆让大瓜子跟着老黄，阻止他拿枪，自己埋怨、斥责王巨发。最后，他说："你死还是他亡，看着办吧。"说罢往前院走去。

老黄提着枪从前院走过来,在过道跟徐昆撞了个满怀。徐昆张开双臂拦住他:"大哥息怒,息怒!"老黄推开徐昆往前走,徐昆跟在后面,顺手把屋外窗台上的一把斧头抄在手里。

老黄跨进屋里,用枪逼着王巨发:"王八蛋,我毙了你!"

王巨发衣服穿了一半,嘴上求饶。小米粒在被褥下瑟瑟发抖。大瓜子假意劝阻。徐昆站在老黄身后,把斧头放在炕上,看了眼王巨发,然后把老黄拦腰抱住:"黄哥,别开枪,都是自己人,打死人皇军那儿没法儿交代。"说完,右臂往前一探,摸到枪管,跟他夺起枪来。老黄不情愿把枪交出去,转过身体,跟徐昆抢起来。徐昆说:"枪给我,给你把斧子,鸡巴给他剁了。"说着冲炕沿努努嘴。

老黄一怔,顺着徐昆努嘴的方向看到了斧头,又定定地看着徐昆,掂量着他的提议。

不料,王巨发抢先拿到斧头,举起来,狠狠向老黄的脑袋劈去。

屋里传出女人的尖叫声。

十四

回到监狱,已是子时。

这天是安里去张家口的第四天。机不可失,时不再来。

路上,徐昆跟王巨发约定,回去就让杜警长组织牌局,一定要搓两圈。王巨发去茅房时,徐昆走到李伯年的笼号前,李伯年果然没睡。徐昆隔着铁栅门跟他耳语,然后转身走回自己的笼号。

后院笼号有两拨人值班,一拨是负责东西笼号的刘警长和曹警长,一拨是负责北笼号的杜警长和王巨发。按照计划,徐昆、李伯年和冯林负责干掉北笼号的伪警察,蔡山和罗森负责刘警长和曹警长。中院和前院,按照各自参与砸狱的人数和伪警察的数量,也都安排妥当,只等后院命令。监狱里剩下四个鬼子和十三个伪警察,形势非常有利。四个鬼子兵不具体看管笼号，分成两组，轮班把守前院东南角的塔楼，宿舍就在后院迈克单间的隔壁。

一切布置好后，徐昆找到杜警长，问："今天搓两把，怎样？"

杜警长犹豫说："你刚从老黄那儿回来，还没搓够？"

徐昆说："没搓，他两个老婆打架，挺好的局，让她们给搅了。"

杜警长看了眼王巨发，王巨发点点头。

半个时辰前，老黄的尸体被埋在了他家后院。大瓜子反抗时，被王巨发掐死，小米粒浑身打战，被王巨发送到一个亲戚家。路上，王巨发跟徐昆提出一起跑掉，徐昆打消了他的念头："凭啥说老黄是你杀的？咱们喝完酒，走了，土匪杀人、八路锄奸，几种可能都有，没人怀疑到咱头上。逃跑反倒是贼喊捉贼，不打自招。"

王巨发觉得徐昆的话有道理："可是，手上有人命，心里总不踏实。"

"等我当上五县保安司令，没人敢动你！"

王巨发感动了，叫了声"大哥"，要给徐昆磕头，被他拦住。王巨发又说："大哥，我要跟你拜把子！"

"拜把子不急，今儿晚上咱们要稳住老杜，跟没事儿人似的。咱们找他搓麻将。"

此刻王巨发站在值班室里，也劝杜警长搓麻将。

"还别说，我的手倒也痒痒啦！"杜警长说。

"明天皇军就回来了，肯定没事儿。"王巨发说。

"可三缺一啊。"杜警长说。

"我去叫老李或老冯。"徐昆起身要走。

王巨发抢先说："我去吧，顺便去个茅房。"从老黄家出来，他的尿格外多，当时徐昆心里还骂："对白代表那么狠，杀个汉奸，却把你吓成这个尿样！狗日的！"

"把他俩都叫来，谁去茅房有个替手。"徐昆说。

杜警长没反对。

不一会儿，李伯年和冯林来了。冯林说："王警长知道我待着麻烦，让我扛扛歪，过过眼瘾。"

李伯年说："扛歪可以，别乱说话。"

"规矩咱懂。"

"老李搓前四圈，老冯搓后四圈。"徐昆提议。

"你们先玩儿，我搓后四圈。"杜警长推辞，"我出去转转。"

"老杜，没你不热闹。再说老冯出牌太慢，麻烦！"徐昆说。

"老杜，算了吧，这么多天都没事儿，明天皇军就回来了，肯定不会出问题。"王巨发说。

"那老冯先搓两圈，两圈后我上桌。真得出去转转。"杜警长想起安里的叮嘱，按捺住牌瘾，准备去表现对主子的忠诚，"去去就回，去去就回。"

杜警长背着手，昂着头，到各院巡视一番，好像自己真的是龙关县警察中队的中队长了。

杜警长回到值班室，几个人搓得正热闹。他站在王巨发身后，一手摸着下巴颏，一手放在腰间的盒子枪上，目光在麻将牌上游移。徐昆让他上桌取代老冯，他推说："让老冯搓完两圈。"

十点钟后，徐昆突然捂住肚子，"不行，肚子疼，我得出去一趟。老杜，快，替我一把。"

杜警长看他龇牙咧嘴的样子，信以为真，顺势坐在他的位置上，一边码牌一边说："你拿上提灯去。"

"不用。"徐昆弓着腰往外跑。

"大黑的天，应该拿上灯，老冯，你给拿上。"王巨发冲冯林说。

冯林立刻走到李伯年身后，拿起提灯，直着嗓子喊："茅房黑乎乎的，你别踩上屎！"朝屋外追去。

杜警长见冯林跟着跑出去，心里有点儿诧异。这时，李伯年侧过头"偷看"冯林的牌，惊呼道："我的妈呀，他这么好的牌！"杜警长才放下心来。

徐昆没有大便，跟冯林在茅房外嘀咕了两句，让他跟东西屋的人说，两分钟后行动，注意听北屋动静。

徐昆回到屋里仍然捂着肚子，嚷嚷着自己肚子疼，并且走到里屋，拿出炉通条顶着肚子。杜警长起身说："老徐，你还来吧。"

"不行，真是疼死了！"徐昆肚疼的表情不仅能骗过杜警长，也能骗过王巨发，嘴里"咝咝"着，上气不接下气，"老杜，先替我打两把，输赢算我的！"

杜警长重新坐下，说："里屋还有酒，热点儿酒喝就好了。"

"好吧。"徐昆说，然后慢慢转到王巨发身后，做出要进屋的样子。王巨发长得又高又壮，心狠手辣，还会武功，必须先把他制伏了。

这时，冯林回来了，瞟了徐昆一眼，然后坐下，端详立在桌上的牌，问："该谁出牌了？"

"我。"杜警长说，顺手打了一个二饼。

"和啦！"冯林说，随即把面前的牌推倒。王巨发伸头去看冯林面前的牌，徐昆举起通条，向王巨发后脑勺砸去。王巨发当即趴在桌子上，纹丝不动。

杜警长知道出事了，"嗖"地站起来，伸手去摸腰里的枪，却被绕到身后的冯林紧紧抱住。杜警长的力气也很大，李伯年去夺枪，却被杜警长的胳膊紧紧护住。"来人……"杜警长刚喊出两个字，嘴巴就被李伯年用板柜上的抹布堵住了。李伯年继续夺枪，杜警长脚下一蹬麻将桌，身体顶着冯林向后退去，徐昆举起的炉通条险些砸到李伯年。徐昆索性扔掉通条，蹿到杜警长身旁，狠狠掐住他的脖子……

杜警长反抗的力气越来越小，最后瘫在地上。

这时，趴在桌上的王巨发脑袋动了动。徐昆发现后，赶紧走过去，从地上捡起通条，举起来。王巨发撒癔症似地说："大哥。"徐昆一愣，心里有点儿乱，可一想起他曾经要挖白代表的心下酒的事儿，怒从心生，向他的脑袋狠狠砸去。

在西笼号，蔡山一边掐算时间，一边侧耳听北屋动静。当北屋值班室传来异样的声音，他立刻喊"打架喽、打架喽"，并跟同号里的罗森打起来。他们是两天前被换到这个笼号的。负责东西笼号的伪警察本来是两个人，但是姓曹的值了一个时辰的班，回宿舍睡觉去了，值班室只剩下刘警长一个人。刘警长听到喊声，马上跑到笼号门口，发现蔡山把罗森"骑"在身下，立刻拿出钥匙打开房门，喊道："不许打架，老实点儿！"三步并作两步走到蔡山身后，伸手拽开他，又去拉趴在地上"呻吟"的罗森。蔡山从墙角拿起事先藏好的长城砖，狠狠向刘警长砸去。刘警长挨了一砖，捂着头"噌"地躲开："别——别砸我呀，我给你们办过事儿！"蔡山和罗森不知道他给徐昆办过事儿，半信半疑，把他捆起来，下了他的枪。

笼号里还有两个人，都不知道砸狱行动，一脸错愕。蔡山说："别出声，一会儿都能出去！"

蔡山对刘警长说："把你钥匙给我。"

刘警长脸上带着哭相："裤兜里。我这儿只有东西笼号的。"

蔡山和罗森拿着钥匙走出笼号，正碰上从北屋出来的徐昆和李伯年。徐昆问："成啦？"

蔡山点点头："那个刘警长说给咱们办过事儿。"

"没错，办过。要是他乐意，可以跟咱们走。"

"乐意！"刘警长在屋里喊，他听到了外面的对话。

徐昆跟李伯年对视一下，冲蔡山和罗森点点头。这时冯林也出来了，站到徐昆身后。

"钥匙在这儿。"蔡山挥了挥手里的钥匙，"可前院犯人戴着手铐，钥匙在日本人身上。姓刘的说的。"

"狗日的，够狡猾！"徐昆咬了咬牙，"他说的应该不错。你把钥匙给老罗，让他和老冯打开各笼号门。注意，动作尽量轻点儿。你和我，还有老李,去干掉宿舍里的鬼子。后院收拾停当了,再去中院,最后前院。"

"要不甭管前院了?"蔡山小声说。他担心前院犯人戴手铐,用钢剁子砸时一定动静很大。

"不行,都是中国人,不能扔下他们。行动!"徐昆命令。

蔡山应了一声,把钥匙交给罗森,罗森跟冯林去东西笼号开门去了。

后院的两个鬼子住在安里隔壁,徐昆和李伯年、蔡山站在门外,刘警长敲门,说有情况汇报,鬼子开门时,他们蜂拥而入,麻利地把两个只穿着内裤的鬼子干掉了。姓曹的伪警察在另外一间宿舍睡觉,也很容易被收拾。四个人手里分别握着一支驳壳枪,蔡山身后还背着两支王八盒子。

十分钟后,北院各笼号的门锁都被打开了。大家站在院里,只等一声令下往外跑。这夜天上阴沉沉的,一颗星星都没有,月亮也躲在厚厚的云层后面,院子里黑黢黢的。大家借助值班室里的灯光能够依稀看到对方的脸。每张脸都很激动,眼睛里透着渴望自由的光,粗重的呼吸里裹着压抑的兴奋。坐监牢的滋味儿不好受,当俘虏的滋味儿更不好受,大家早就想离开这鬼地方了。

"大伙儿别急,先站在这儿等等,我和蔡山去前面开门。老徐,你跟大家讲讲。"李伯年说罢,没等徐昆表态,就带着蔡山和刘警长往前边摸去。

徐昆跟院子里的人说:"伙计们,咱们就要出去啦!大家一定要抓住这次机会。城里的鬼子都去'扫荡'了,安里也去张家口了,监狱里没几个看守,大家别怕!前院塔楼上有机枪,不能硬闯,到时听我的口令。出了监狱大门,咱们往北跑,北城墙有一个豁口,从那儿上城墙,然后跳下去。"

徐昆声音低沉,语气里是克制的激动和冷静。他回答了一些人的提问,又按照罗森的提议,让大家回笼号,把各自的被褥和破衣服带上。

半小时后,李伯年和蔡山回来了,身后跟着刘警长和另外两个警察。他们告诉徐昆,说中院和前院的门都打开了,前院犯人的手铐也都砸开了。他们砸手铐时，先用笼号里的破衣服裹住手铐，没发出任何声响。前院和中院有九个伪警察，解决了六个，投降了两个，差一个没找到。前院塔楼上的两个鬼子兵没有察觉。徐昆说太好了，没想到这么顺利。

徐昆把人集合成两路纵队，五步一人，低声说："大家跟我走！"

"等等！"不知谁喊了一声。

徐昆回头看时，黑压压的人群又没了声音。他低声问："谁喊的？干啥？尿啦？"

一个人顺着声音走到徐昆跟前："我是迈克，迈克！"

"你想干啥？"徐昆警觉地问。

"我不想干什么，徐，你别紧张。你想好了，前面塔楼上有机关枪，这么出去会死很多人。"

徐昆在夜色中望着迈克，心里有些复杂。他跟李伯年早就商量过，这次行动既不告诉迈克，也不伤害他，让他待在监狱里自生自灭。

"那又怎样？"徐昆瞪起眼睛。

"迈克，我们没更好的办法了。要想活着，要想重获自由，必须冒这个险。"李伯年说。

"姓迈的，你跟日本人鬼混吧，这个最安全！"冯林插话说，"要不我给你把枪，你把我们打死了，然后去日本人那儿领赏去！"

"No，No，冯，你太鄙视我了。"迈克摆着手说。

"你敢跟我们跑吗？"徐昆盯着他问。

"敢！可是不能做无谓的牺牲！"

"懒得听你磨叽了，赶紧滚回屋睡去吧，"徐昆突然有些烦，没好气儿地说，"你走你的阳关道，我走我的独木桥，别他妈耽误我们的好事儿！"

"他妈的，你敢骂我？"以前迈克跟徐昆学过骂人话，包括这句"他妈的"。

"嘿，还来劲了是吧？告诉你，我没时间跟你逗牙花子。赶紧滚，要不我崩了你！"徐昆把枪对准迈克。

众人的目光齐刷刷地投向美国人，脸上是整齐的怒容。只要徐昆一声令下，他们一人一拳，就能把他打死。

"徐，你这是——狗咬吕同宾，不识好人心！"

徐昆"扑哧"笑了："吕洞宾！不是吕同宾！"

"好，吕洞宾。我的意思是，派人先去前院的塔楼，把控制机关枪的人杀死，然后再往外跑，这样把握更大。"

徐昆看了眼李伯年，李伯年说："如果硬冲，能出去一半就不错。"

徐昆挠了挠头："岗楼子不好接近啊！那上面是鬼子兵。"

李伯年说："我去吧，争取上塔楼，把他们干掉！要是上不去，也转移点儿他们的注意力，你带着人往外冲。"

"不行，你一定得出去！"徐昆说。

这时，迈克走到两人中间，说："我去，他们轻易不会开枪。"

"这……"徐昆感到意外。

"我看可以。"冯林脑子里迅速盘算一番。关键时刻，他要给他们拿主意了。

"别犹豫了，我去，我都准备好了。"迈克从兜里摸出一根雪茄，在徐昆面前晃了晃，"我请他们抽烟，你们从中院东墙根儿摸到前院墙根儿，然后从正门跑出去。"

徐昆心里一热："那你呢？"

"他们要是不抽烟呢？"冯林问。

"碰碰运气吧。你们给我一支枪，我找机会干掉他们。"

徐昆把手上的枪交给迈克，然后张开双臂，同迈克拥抱在一起。他的鼻子有些酸。他终于明白了，迈克并不是真的投降日本人，而是在迷惑鬼子，等待时机。他想起在笼号里他们说起越狱时的情形，想起迈克那双闪亮的眼睛，不由得眼睛一酸，差点儿落下泪来。

迈克大摇大摆地走向前院，手里拿着雪茄，腰里掖着手枪，从容地走向塔楼。徐昆带着人，猫着腰，顺着过道和东屋的窗户，在夜色中向前院摸去。中院的人加入进来，前院的人也开始往东屋墙下聚拢。

"站住，什么的干活？"岗楼上的鬼子发现了迈克。

迈克站在院子中间靠近塔楼的地方，被突然出现的探照灯刺得睁不开眼。他没敢抬起胳膊遮挡灯光——他要让他们看清自己的脸——日本兵知道监狱里关着一个美国人。他微眯眼睛，举起手上的雪茄，在面前晃着："太君，吸一支烟，吸一支烟！"

塔楼上的鬼子没有开枪，"呜里哇啦"地乱说一通。

迈克站在那儿，继续晃动手里的雪茄："吸一支烟！吸一支烟！"并迈步走向角梯。鬼子的恐吓声和拉枪栓的声音同时响起，他只好又回到原地。

徐昆和他身后的人已经蹲在塔楼底下，跟院门只有两米之遥。迈克瞟了眼暗处的徐昆，嚷道："下来吧，太君，吸一支烟！"

塔楼上传来鬼子的呵斥声。

迈克轻轻打开手枪保险。

徐昆听到了这个细微的声响，一挥手，人群"哗"地向院门涌去。他自己跑到院子中央，站在迈克身旁，掏出手枪……

监狱的铁门锁得牢牢的，罗森用钢剁子砸锁。有些人似乎等不及了，拥挤着往门上爬，想要跳过去。这些人里有军人，也有刑事犯，慌乱中你推我搡，互相拉扯，乱作一团。

徐昆和迈克的枪声响在了机关枪的前头，但是没办法，机关枪的火力太猛了，铁门上的人不断掉下来。李伯年和蔡山拿着枪往高处打，塔楼上的机关枪瞬间哑了一下，停息不到两秒钟，又响起来。

迈克看到大门的混乱，一边开枪，一边问徐昆："徐，你们没钥匙？"

徐昆点点头："没有，只能砸了！"

"我这儿有，接着！"说着，迈克从兜里摸出一把钥匙，扔给徐昆。

是安里给了迈克钥匙还是迈克从哪里找到的，徐昆觉得不重要了。他把钥匙交给冯林，让他去开锁，分神的时候胳膊中了一枪。徐昆忍住疼痛，继续往塔楼上射击。李伯年跑到北屋墙角，从另一个角度向塔楼开枪。蔡山倒下了。一个鬼子被徐昆打中了胳膊，龇牙咧嘴地叫着。另一个鬼子把同伴推向一边，自己端起机关枪，向下面扫射。受伤的鬼子掏出王八盒子。

这时，西南角茅房里蹿出一个伪警察，端着枪向人群射击，李伯年抬手一枪，打死了他。

这时，冯林的手终于不抖了，钥匙也插进了锁眼。大门打开了，众人潮水般往外涌去。

迈克向塔楼上的鬼子瞄准，开枪，一串子弹却射中了他的身体。迈克应声倒下，但是端机关枪的鬼子被他打中了手指。随后，徐昆的子弹又击中了鬼子的脑袋，机关枪哑了。徐昆走向迈克，塔楼上只剩下那个受伤的鬼子，鬼子举起手枪，瞄准徐昆。

"迈克，你咋样？"徐昆蹲在迈克身旁。

"我……这里，这里……"

徐昆低头一看，迈克捂着肚子的手满是鲜血。月亮突然从云层里踅出来，院子里霎时亮了许多。迈克的枪伤不止一处，胸口、肚子、大腿、胳膊，至少五六个窟窿。

"啪！啪啪！"

李伯年的枪响了，塔楼上瞄准徐昆的鬼子完蛋了。徐昆抬头瞥了眼塔楼，又瞧了瞧李伯年，冲他点点头，俯下身对迈克说："伙计，我背上你，咱们走！"

"我不行了，伙计，你走吧……"

徐昆鼻子一酸，泪水夺眶而出："迈克，你不能死！"

"徐，好好活着……"迈克嘴唇嚅动，说出他一生中最后几个字——还是汉字——蓝眼睛突然黯淡，脑袋向一侧滑去。

"迈克！迈克——"徐昆含着泪水，在李伯年和冯林的催促下，跑出龙关监狱。

监狱离龙关北城墙有五百多米远，大家按计划往豁口那儿跑。月亮重新钻进云层，黑暗再次笼罩大地。夜色中，有人跑错了方向，后边的人在紧张和混乱中也跟了过去。十七八个人跑向县城东北角的炮楼，二十多个人跑向西北角的衙署。徐昆身后跟着六十多人，他们来到城墙的豁口处。

东北角炮楼里有两个鬼子和四个伪军把守，听到监狱里传出的枪声，早就在这儿等着了。徐昆顺着豁口摸上城墙，炮楼上的机关枪立刻响起，但是没有子弹打过来，敌人首先对准的是误跑到炮楼附近的一群人。徐昆立刻指挥人往城下跳。很快，机关枪在探照灯的指引下扫过来，大家立刻趴下。虽然这里距离炮楼远些，但是仍然在机关枪的射程内。徐昆他们趴在城墙上，手上的十几条枪一齐向炮楼开火，"毕毕剥剥"的声音像是在放炮仗。双方打得很激烈。李伯年从监狱塔楼上拿下来的机关枪发挥了威力，终于压制住炮楼上的火力。

从监狱出来前，大家已经把破衣服、床单撕成布条，编成绳索，准备跳城墙时用，可是有的人着急，没等手里攥到绳索，就从城墙上跳下去。城墙下传来惨叫声。冯林提醒大家，城墙有两丈高，让他们务必使用绳索，或把带出的破被褥扔下去，往被褥上跳。大家一听城墙有两丈高，都不敢跳了，赶紧把手上的破被褥往下扔，不一会儿就扔完了。城墙下黑黢黢的，根本看不到破被褥，还是不敢跳。

徐昆跟李伯年耳语两句，自己走向城墙边，带头跳了下去。冯林第二个，罗森第三个，其他人依次，李伯年断后。

虽然有破被褥当垫子，但冯林身体重，一跳下去还是摔晕了。五分钟后，又被后跳的人砸醒，也说不清伤到了哪儿，就是站不起来。徐昆在黑暗中找到他，把他扶到一处，给他揉腿部和脚踝，很快没事儿了。这时，李伯年也跳下来了，他们在黑暗中急切地问询着，抓到对方的手，晃了晃，然后向龙关城外跑去。

一出城，队伍就散了，有的往正北跑，有的往西北或东北跑。徐昆选择往正北，李伯年、冯林、罗森跟在身后。后面还有二十多个人。

"看来，没法统一行动了！"徐昆边跑边说。

"各走各的吧。"李伯年说。

一口气跑出二里地，李伯年突然叫了一声，低头看时，发现腿上有伤，原来跳城墙时挨了一枪。徐昆找来破布条，给李伯年受伤的小腿打上绷带，李伯年重新跑起来。冯林气喘吁吁，微胖的身体跑着有些吃力，但是脸上没有疲态。有人蹲在地上，罗森伸手去扶他。

"别停下来，谁也别停下来！"徐昆喊。

"大家可以慢点儿，但是别停！"李伯年也说。

李伯年一瘸一拐的，速度越来越慢，最后被冯林超过了。徐昆发现李伯年拖到后面，赶紧驻足，等他跑到跟前，立刻蹲在地上，说："老李，我背你！"

李伯年停住脚步，摆摆手："你也有伤，逞什么能！"

徐昆举起绑着绷带的胳膊，在他眼前晃晃："跑步用腿，又不是用胳膊。再说了，甩了你我也不忍心。"

李伯年微微一笑："我……还行。"

"上来！"徐昆催促道，"别磨叽，娘儿们似的！"

徐昆从后面揽住李伯年的两腿，李伯年趴在徐昆宽阔的脊背上，双手搂住他的脖子。徐昆一用力，从地上站起来，奔着队伍追过去："对了，忘了问你，你去哪儿啊？去太原我可背不动你！"

"想去哪儿去哪儿，腿在你身上，问我干啥。"

徐昆背着李伯年，向老根据地方向跑去。

小权力

我们不是权力的受害者，我们是权力的共谋犯！

——福柯

一

局里有两个副科长的职位要实行竞聘，刘银花决定试一试。丈夫不同意，刘银花当即就急了，火冒三丈道："你什么意思？心理健康点儿好不好？"丈夫赔笑道："我是怕你争不上，又上火！在你和副科长之间，我宁愿不要副科长。"刘银花说："正好相反，在你和副科长之间，我宁愿不要你。"话的意思很明显了，男人可以不要，官儿必须得当。她的话里有开玩笑的成分，但也不全是玩笑。丈夫立刻息事宁人："好好好，好好好，你自己看着办吧。"

"银花哪儿都好，就是有点儿官迷。"丈夫躺在床上想。

那天夜里银花一夜没睡，师父葛岩的话在她耳旁忽悠了有二百来遍。师父说得对：到局里八年了，银花没功劳也有苦劳吧？轮班也该轮到咱们了吧？

就是这句话，再次点燃了银花升官儿的欲望。

二

张草县文化局不大，只有二十几个人，下属三科一所一室。政府大楼里地方紧，所以只给了六个房间；局长、副局长占了三间，市场科和文化科占一间，文物科和文物所占一间，办公室占一间。

刘银花的师父葛岩是文物所所长，今年三十六岁。宋子梅是文物科科长，今年三十二岁。文物科在职能上突出管理，文物所在职能上注重服务，实际上是有一些分别的。但是由于业务相近，加上陈副局长的提议，科所里的人完全是混着用的，而且每年都轮换岗位。宋子梅原来是副科长，去年夏天转的正，原来的科长调到县委办去了。葛岩原来是文物所副所长，今年春天转的正，原来的所长退二线了。葛岩转正后，就空出来一个副所长的缺，加上原来空出的文物科副科长的缺，小小文化局一下子就有两个副科的缺了。谁来补这个缺呢？全局上下都很关注。

事情也很快提到了局领导班子的议事日程上。

一天，文化局召开局长办公会，说到此事。王局长说："局里空着两个副科职位，我的意思赶紧提一下，一是给弟兄们谋福祉，二是老空着岗位不安排，也好像咱们心里没数，盯着的人多了反而不是好事儿。"侯副局长和陈副局长表示同意，王局长说："我觉得梁晓丰比较突出，郭妮也不错。"侯副局长说："嗯，这两个人中，梁晓丰更突出些。"话等于没说。明摆着的。陈副局长说："对，老侯说的对，梁晓丰更突出些。提拔梁晓丰没说的，郭妮嘛……"欲言又止了。但是意思出来了，有异议。王局长就有些不悦，心想："我提了两个人的名字，你们支持一半，另一半你们一个不评价，一个话里有话，分明是不给我面子嘛。我毕竟是一把手嘛。"王局长不高兴了。王局长说："郭妮有不足，但是工作能力还是蛮强的，就是张扬一些。是不是自我感觉过于良好？"侯副局长看了一眼王局长，又看了一眼陈副局长，眼睛转了转，说："也算自信吧。"模棱两可了。陈副局长不管这个，立刻说："自信过头了就是轻狂，最少是张扬。

就像您说的,真是张扬!"王局长更不乐意了,自己刚提个郭妮的名字,也没说什么呀,也没说必须要提呀,就招得你们俩这么来劲儿:一个耍滑头,一个公然反对。王局长说:"年轻人就是不稳重,咱们也都打年轻时过来的,年轻气盛嘛。梁晓丰内向点儿,又是小伙子,显得沉稳些;郭妮开朗点儿,直筒子,就显得咋咋呼呼的。当然,我的意思还是梁晓丰稍好些,更合适些;郭妮呢,稍差一点儿,但是培养着使用,也应该没问题。"

王局长没把话往软了说,他要试一试,自己在这个单位特别是在两个副职面前,到底有没有权威。

侯副局长温柔地点头,脸上挂着认同的微笑。

陈副局长则抬高声音,无所谓地大大咧咧地说:"您说的也是,我这样的搁县长位置上干三年,没准儿也能培养出来……没问题没问题,提谁您定吧。"明显有些不耐烦了。

"你这样的不用三年,上去就能干。"王局长揶揄道。

陈副局长不假思索,脱口而出:"那您要是市长就好了。"

王局长无话可说了,尴尬了。陈副局长也无话可说了,也尴尬了。"为了一个郭妮,你至于这样吗?"双方都这样想。

"我同意王局长说的,梁晓丰第一人选,郭妮第二人选。如果第一人选大家都没意见,就通过;如果对第二人选存疑,咱们就再议议。"侯副局长打破沉默和僵局。他是主管政工的副局长,在人事任免这种事情上总得说话,虽然说了也不一定算。不算的话咱不说,模糊的话总可以说吧。劝一劝架总可以吧。

"您是一把手,站位高,从全局考虑,您定吧。"陈副局长说。他内心里其实是赌气的,但是他能说什么呢?你王局长欣赏郭妮,侯副局长又是郭妮的媒人,郭妮哥哥还是宣传部办公室主任——部长的红人,我能说什么呢?我犯不着得罪人呀!算了,忍了吧。别太较真儿了。陈副局长想在嘴上往回收,尽量不表明真实态度,但是已经晚了,先前的话在王局长那里已经入心入肺了。

"别介呀，还是集体定。"王局长略带严厉地说，"刚才老侯表态了，现在轮到你了，梁晓丰第一人选，郭妮第二人选，你什么意见？"有点儿把人往死胡同里逼的意思了。

"梁晓丰第一人选我同意，郭妮第二人选我保留意见。"陈副局长的火气终还是被激起来了，不吐不快了，一不做二不休了。"作为主管局长，我倒觉得第二人选李大林、刘银花更合适。大林工作踏实，群众基础好；银花来的时间长，这些年没功劳也有苦劳吧？"明显要跟局长对着干了。

陈副局长说的李大林是王局长的亲戚，两年前从教育口改行过来的；刘银花呢，其实也是八年前王局长一手调进来的。早先，刘银花跟王局长的私人关系不错，王局长对刘银花的印象也还行，但是三年前银花副科没提成，就找王局长闹，这一闹，关系疏远了。加上四年前郭妮大学毕业分配到文物科，王局长逐渐欣赏郭妮了，刘银花和王局长的关系就更远了。从此，刘银花对当官儿也不抱什么希望了。此时，陈副局长提出李大林和刘银花，一个是王局长的亲戚，一个是你王局长昔日的亲信，你总不至于说我有什么企图吧。总不至于说我想另立山头吧。陈副局长以夷制夷了。

果然，王局长的情绪有所好转，随口评价了李大林和刘银花两句，语气上很平和。但是，他也马上意识到，陈副局长这番话用心了，要跟自己过招儿了。既然你出招儿，咱不能不接招儿啊！王局长说："跟郭妮比起来，他们俩还是稍差些。李大林是我亲戚，刘银花跟我私人关系也不错，但是咱们评价人还是得实事求是。"王局长的话真是滴水不漏。

陈副局长觉得自己已经忍无可忍，他咽了口吐沫，用一种开诚布公的口气说："王局长，您是局长，我是副局长。我能有今天，跟您的培养分不开。这个我永远忘不了。但是，我今儿个得跟您说句掏心窝子的话，我也不怕得罪您。郭妮，一身的毛病，机关里人缘差，跟这个吵架，跟那个闹矛盾；一提加班就噘嘴，一说发钱了第一个往财务科冲。这么一个人，您怎么就这么看好她呢？"

"别激动，别激动。"王局长说。

侯副局长惊讶地看着陈副局长，脸上带着赞许和鼓励；等他的目光跟王局长相遇的时候，脸上的表情又换成了惊讶和不解。

"有些情况您知道，有些您不知道。老侯，你也别老不言语，你说说，她是不是这么个人？"陈副局长想寻求侯副局长的支持。

"嘿，那孩子，怎么说呢……哎，你分管文物，还是你更了解一些，你更有发言权。"侯副局长开始耍滑头，打太极。

"工作上出那么大差错，开全县文化工作会把国歌放成《国际歌》，写简报把领导名字弄丢了，闹得咱们多被动！您也因此挨了县长的批。这才几个月的事儿呀？！这就不说了，工作嘛，年轻人嘛，难免。关键是德，这是她最大的毛病。德才兼备，德能勤绩，德都排在前头呀！可郭妮就是在这方面有欠缺。跟科长吵架，跟科里边同志闹别扭，还出大错误，大伙都是有目共睹的，都是嗤之以鼻的。哦，这样的人，合着都要提副科长啦？！如果这样，人心一定会乱的。什么权力观呀，什么用人观呀。这里边有一个用人导向的问题，也会怀疑咱们的动机。"

"陈副局长，你说的太多了。"王局长拉着脸说。

"您让我把话说完。所以我觉得，她的这些毛病，咱们不能视而不见！都说有德无才培养使用，有才无德谨慎使用，这个理儿咱们不能丢啊！另外，您知道吗，大林刚来文物科的时候，新配了台电脑，液晶显示器的，郭妮就在科里嚷嚷了，'凭什么他刚来就配液晶电脑？有背景就是不一样！'一副为民请命的架势。您听听，这叫什么话？您待她不薄呀！打抱不平也轮不到她呀！后来，她和大林还因为好几件事儿差点儿吵起来，都是大林忍了。大林跟您说过吗？"

王局长摇了摇头。

"大林还真够意思，是个爷们儿！"陈副局长拍了下胸脯子，"知道盐搁哪儿咸，醋搁哪儿酸，知道识大体、顾大局，好样的。这些事儿要是他跟您说说，有的是机会呀。另外，还有一回，这个我倒是听葛岩说的，'十一'黄金周加班，郭妮在办公室说'吃人家的嘴软，拿人家的手短，领了补助，不能不给人家干呀！'您听听，这叫什么话啊？什么素质啊！"

"这话说得没水平了，层次不高。"王局长低头看了眼自己桌上的东西，又抬起头问侯副局长，"侯子，这些事你儿知道吗？"

侯副局长微微一笑："我不分管那块儿，还真不知道。"

这时，侯副局长的手机响了，他接了两三分钟的电话。后来，侯副局长把手机放进兜里，慢悠悠地说："刚才接的是人事局的电话，那边给话儿了，提副科长可以，但是现在提倡竞争上岗，建议咱们搞一次竞聘。"

"竞聘？"王局长睁大眼睛问。

"竞聘也是大势所趋。竞聘也不错，是骡子是马拉出来遛遛，公开、公平、公正，大家都心明眼亮。"陈副局长说。他是这么想的，竞聘变数大，如果郭妮连围都入不了，看你还怎么袒护她。

"侯子，你的意思呢？"

"考虑竞聘吧，虽然他们那边口气不是很硬，说是建议，但是咱们要是不配合，伤了和气，以后恐怕好多事儿都不好办。"侯副局长说。其实他想，竞聘好啊，竞聘自己就能进评委会，就有一票的权力，就能发挥作用。这么多年了，单位提拔干部，提拔的人总是感谢一把手，好像跟我姓侯的没任何关系。毕竟我是主管政工的副职嘛。毕竟我也是赞同的嘛。什么事情嘛。

"那就竞聘吧。"王局长一锤定音了。刚才，陈副局长说了一通郭妮的不是，搅得自己脑袋有些乱了，心里也很烦了。他暂时不想在这件事儿上纠缠下去了。

竞聘的事情就这么定下来了。

三

笔试成绩很快下来了，前四名都被文物科和文物所的人包办了。局里其他科室符合条件的三个人也报了名,但是都没有入围。笔试前四名的成绩是这样的:梁晓丰95分,郭妮83分,刘银花82分,李大林80分。除了梁晓丰一枝独秀,优势明显外,其他三个差距都不大。笔试占竞聘的40%,接下来是面试和民主测评。面试包括演讲和答辩,分别占20%和25%;民主测评就是民主推荐,占15%。如果不出意外,梁晓丰将稳稳胜出,后面三个也都各有希望。

"还是郭妮强一些,别看是一分之差。"王局长说。

这次陈副局长没说什么,只是赞同地笑了笑,他暗自告诫自己:在官场上混,一定要练一练打碎牙根儿咽进肚的本领。另外,既然是竞聘,其他人还是有一定希望的,就是有变数。有相当的变数。郭妮就不一定准能上去。在竞聘这件事儿上,陈副局长想好了,他要跟王局长下一盘大棋。

王局长对方才陈副局长的态度是满意的。但是,政治敏锐性告诉他,还是不能轻信姓陈的,那小子仗着会写几首酸诗、几副对联,轻狂得很。而且脸上长着反骨,更得小心。

为了把事情做牢,王局长找到侯副局长,说:"侯子,咱俩单独碰碰,你觉得郭妮怎么样?"侯副局长对郭妮也是有意见的,但是他知道王局长的想法,就顺着说:"有不足,总体上没问题。"王局长就说:"是啊,资本家都懂得'只有没用的老板,没有没用的员工'的道理,何况咱们!咱们不能对干部太求全责备。古人讲,君子用人如器,只要使用合理,再加以锻炼培养,应该没问题嘛。"

侯副局长温和地说:"是,是。"

王局长说:"另外,还有一个因素,不能摆到桌面上说的,郭妮她丈夫毛波是部里办公室主任,是部长的红人,咱们也不能不考虑啊!"

侯副局长点头说:"是,是啊。"

王局长说:"好,那咱们就算统一意见、达成共识了,这次竞聘梁晓丰和郭妮上。"

侯副局长说:"行。"

后来，王局长又嘱咐说："适当地放出点儿风儿，局里这次准备提梁晓丰和郭妮，竞聘只不过是走个形式，别让其他人瞎激动，跟着掺和。"侯副局长会意地点点头，但是突然又想起什么，立刻问："大林呢，大林也入围了呀。"王局长说："我们这种关系，在一个单位都不好，更不要说提科长了。跟你交个实底吧，我准备把他调到旅游局，正在运作着，三五个月的事儿。"侯副局长点点头："哦。"恍然大悟。

跟侯副局长这么一"统一意见"，王局长心里踏实多了。

四

文化局有一个传统——拜师，不知道从什么时候开始的。怪怪的。不过，搞文物的专业性强，讲讲师徒传承也是可以理解的。在陈副局长主管的文物科和文物所中，葛岩跟刘银花是师徒关系，陈副局长和宋子梅是师徒关系。另外，葛岩平日里写点子诗，陈副局长喜欢撰两副对联，两人都是县诗词楹联协会的会员，上下级关系中又多了一层文友的成分。又都爱喝一口。有一次喝多了，葛岩还叫陈副局长大哥，陈副局长也欣然默认了，从此，两个人又多了一层关系：兄弟。

两个人中，跟陈副局长更近一点儿的还是宋子梅，一个是师徒关系，另外一个就是性格。物以类聚，人以群分，这话不错。两个人工作上都认真，甚至认真得有点儿过头儿，有点儿较真儿；两个人心地善良，又都很直，说话从来不兜圈子。当然，自去年出了几件事儿，陈副局长悟出了一些道理：在官场上混，太刚、太直容易折。后来就想改一改。

在陈副局长眼里，葛岩之所以没有宋子梅跟自己近，是因为葛岩滑。葛岩跟王局长的关系也很近，甚至跟侯副局长也凑合，跟几个局长的关系都有点儿黏，若即若离的，含混不清的，不分青红皂白的，分不出子丑寅卯的；在一些需要表态的关键时刻，葛岩的态度总是模棱两可的，那做派倒像是侯副局长的徒弟。

其实王局长对葛岩的做派也有点儿不满，但是毕竟还算忠于自己，也就不多追究了。葛岩还有一个特点，抠门儿，都当所长了，给王局长拜年还用张草老窖，人家别的科长早都用剑南春了；给陈副局长拜年，葛岩用醋，葛岩说得好，您什么也不缺，过年又大鱼大肉的，送您两瓶醋吧。也是发自肺腑的，符合科学健康饮食的时尚。王局长和陈副局长对葛岩这个都不计较。葛岩自己掏腰包虽然小气一些，送公家东西时，还是大方得很。到外边收东西去，见到真正的老物件了，他都给王局长和陈副局长留一件，好的送给王局长，次好的给陈副局长，有时候也给侯副局长和自己留一件。一对嘉庆年间的尺瓶，收的时候也就百八十块，而实际上价值三四千，送给谁谁都高兴。张草县文化局搞文物的都懂得这个理儿。

不过，现在局里要竞聘两个副科长了，涉及蛋糕分配的利益问题，大家都暂时顾不上收藏古玩了。

有一天，陈副局长把葛岩叫到自己办公室，说："接下来的面试和民主测评，你看好谁？"葛岩犹豫一下："梁晓丰比较突出，应该没什么问题。其他人嘛，各有千秋。"陈副局长说："郭妮呢？"葛岩说："她……也看几个人的发挥了。"陈副局长说："民主测评这块儿呢？从心里说，你支持谁？"葛岩笑了一下，摸了摸头顶上稀疏的头发："这个……我还没顾上想呢。"陈副局长说："今天这儿就咱哥儿俩，你少跟我打哑谜。快说，说说你的想法。别平时要民主，民主真正来了，你又不知道怎么用了。"葛岩咬了咬牙说："大林闷葫芦，老实；银花优缺点都不突出，但是也这么多年了；郭妮嘛……领导们什么意见？"陈副局长说："王局长跟部长汇报过，部长说既然搞竞聘，就大胆地搞，按程序一步一步地来。没说什么特别的。"葛岩眼睛闪过一抹亮色，顿悟似的点了点头："哦，那就……好办了。其实银花这么多年了，也不容易。"陈副局长说："她是你徒弟，可来局里比你还早吧？"葛岩说："早，她跟宋子梅一年来的。"陈副局长说："是啊，八年了，真是不容易。没功劳也有苦劳吧。"葛岩说："没错儿。她那活儿就是默默无闻的差事，不容易出彩的。"陈副局长说:"你这话倒是说得客观,一个打字员能有什么丰功伟绩?但是文物工作上取得的许多成绩,你也不能说跟她任何关系都没有。真是没有功劳也有苦劳了。而且,自从春天让她接触一些具体业务,我看她上手还是蛮快的。"葛岩说:"您说的是,她这五个来月进步挺明显的。关键是谦虚,不仅跟我学,我要是不在,碰上难题了,连小赵、小邢、小何他们都问,那什么态度?什么姿态?"陈副局长说:"对你是不耻上问,对他们是不耻下问,上问容易下问难。不像有些人,既不上问,更不下问,自我感觉良好。"葛岩立刻说:"郭妮那样的就不行,整天七个不服,八个不忿的,干什么都觉得自己行,老子天下第一,要我说,其实她差得远了去啦。"陈副局长说:"是啊,不知道她怎么那么自信?她那自信来路不正,跟狂妄差不多了。"葛岩说:"就是狂妄,太狂了。整天对小赵、小邢他们吆五喝六的,整天'我我'的,好像她是那个屋里的主人,好像她是科长似的。有时候我都出错觉了,宋子梅是科长呀还是她是科长?我是所长呀还是她是所长?把人弄得都恍惚了。"陈副局长笑了,葛岩的这些话真是很有趣了。这也是葛岩的特点和可爱之处,只要三个回合的滑头劲儿过去了,葛岩还是很质朴和直率的。陈副局长笑罢说:"不说她了,咱们说说刘银花,她毕竟是你徒弟。你什么态度?"葛岩稍加思忖,说:"我倾向于支持她,这么多年加班加点,银花从来没说过什么。而且这两年她孩子小,丈夫又调到市里了,她既要上班还要照顾孩子,挺不容易的。"陈副局长说:"好吧,既然你支持她,我也可以考虑支持她。但是我支持她也不单是支持她,实际上是维护你。懂吗?"葛岩说:"谢谢陈局,谢谢大哥。"陈副局长说:"那你抽空找她一趟,跟她透透底儿,让她振作一下,认真准备一下面试。民测的事情,你说你可以帮她做些工作,包括我这里的工作,但是你不要说我已经答应支持她,传出去不好。我什么都没答应。懂吗?"葛岩点了点头,高兴地走了。

五

刘银花一听葛岩说支持她，立刻心花怒放了，眉飞色舞道："谢谢师父，晚上请您吃饭！"葛岩说："先别说吃饭的事儿，你当务之急是准备面试。演讲稿写好了吗？写好了我看看。"刘银花面露难色："还没有，我有点儿理不清头绪。"葛岩说："其实演讲和答辩你都不占优势，你口才和反应也不是很强，好在演讲可以提前准备，只要演讲内容言之有物，你再背熟了，到时候发挥好一点儿，分数超出对手一些也是有可能的。"葛岩大体上给刘银花说了说演讲的常识，也结合她自己的情况，列举出一些她工作上的优势——这是她竞聘的资本和获胜的砝码。这么一说，刘银花又很高兴了，又心花怒放了："师父，本来我没什么信心的，您这么一说，我真是觉得可以拼一拼了。"葛岩说："既然笔试进了前四名，四取二，当然要拼一拼。你有你的劣势，也有你的优势，要扬长避短。"刘银花激动地望着葛岩，恨不得把师父说的每一句话都记在心里。这么多年了，自己的事儿从没人过问过，还是师父好，安排自己从打字员岗位下来不说，还在关键时刻为自己着想，怎么不让人感动呢？那一瞬间，刘银花都想为师父做点儿什么了。

"演讲可以提前准备，答辩只能听天由命了，就看遇到什么问题。答辩关键是靠平时的积累和临场应变能力，也不是说提高就提高的。"葛岩说这番话的时候脸上透着一些无奈，也有一些气馁，好像刘银花在答辩这个环节败定了。他的目光是空洞的，游离的，没有信心的。但是，他很快又找到了自信，他的眼睛再次恢复了炯炯有神，"至于民主测评嘛，倒是还有文章可做。"

"对，师父，这一关我最没谱。我该怎么办，您快帮我分析分析。"

"大林平时不多言不多语的，人很老实，应该说人缘还行；但是如果当副科长，他可能管不住人，加上工作上没有什么亮点，大家可能不会选他。只是他跟王局长的亲戚关系，王局长会在多大程度上支持他，这是个未知数。"

刘银花一听葛岩说王局长，立刻就没信心了。她脸上的光泽瞬间就消失了，显得面黄肌瘦灰头土脸的，心里也凉了半截。

"但是据我所知，王局长并不太支持大林参加竞聘。"

刘银花眼睛一亮，葛岩的话让她重拾希望，她的心又滚热滚热的了，心跳也加剧了。

"他跟王局长是亲戚，这既是优势，又是劣势。提拔干部是要讲规避的。"葛岩擦了下鼻子，话锋一转，"至于郭妮嘛，业务上可以，口才也不错，关键是有王局长支持。"

刘银花的脸又暗下来了。这回心里凉了不是半截，是整截，比刚才那次拔凉的程度更深一些。她咬了下嘴唇子，真的心灰意冷了。

"但是，郭妮轻狂，人又直点儿，嘴上没把门儿的，在局里……人缘差点儿。"葛岩说。他的分析真是跌宕起伏、由表及里了。

刘银花的脸再次恢复光泽，眼睛里再次充满热望。因为时而拔凉时而滚热，她的心脏有些受不了了。她的心跳再次加剧了，明显加剧了，像是怀里揣了一只小兔子，一个劲儿往外乱撞似的。她的胸脯随着心跳的加快出现了明显的起伏。

这起伏葛岩注意到了。他下意识地瞟了一眼银花的胸脯，目光在上边停了三秒钟，意识到不妥，赶紧把目光移到银花的脸上。"王局长支持郭妮，侯副局长是不是支持她，陈副局长是不是支持她，这都是未知数。文物科文物所里的人有几个人支持她？这里边也有很大的不确定性。有的人支持她，有的人反对她，更多的人是随大流。这里边有文章可做。郭妮跟宋子梅吵架，不把科长放在眼里，至少宋子梅不会支持她吧。跟大林也闹过别扭，大林也多半不会支持她吧。我是你师父，我也不会支持她吧。"葛岩说后面那句话的时候，把"师父"和"她"字咬得很硬，加了强调的口吻，语气中把刘银花说得近在咫尺了，把郭妮排除到九霄云外了。

刘银花加快的心跳降不下来了，她的小脸红扑扑的。

见自己的徒弟这么激动，葛岩也受到感染，激动了。那一瞬，他也想为徒弟做点儿什么了。他小声而大气地说："银花儿，不瞒你说，这件事儿，我已经跟陈副局长沟通过……他初步答应我，支持银花同志。"

"是吗？"刘银花的双手立刻交叠在一起，放在胸前。她的眼睛睁得老大，脸颊红润，神采飞扬，直勾勾地盯着葛岩的眼睛，好像要从师父的眼睛里分辨出话的真伪和分量，"真的吗？您别骗我。"

葛岩实在憋不住了："真的！"他知道，他是不该在这个时候把底儿透给银花的，这种透露应该是在两天以后才合适的。他违背了对陈副局长的承诺。但是，葛岩激动了，要一吐为快了："我是你师父，我骗你干什么？"葛岩想，反正早晚是要说的，反正她和陈副局长是无法对质的。

"太好了，太谢谢师父了！"刘银花的双手找寻到师父的一只手，紧紧地握住了。她的胸脯因为激动有了更大的起伏。这个异常的动作令嘴上什么都敢说实际上什么都不敢做的葛岩有些紧张了，脸上微微发热，也微微泛红了。他试着要摆脱刘银花的双手，但是没有成功。

"你要知道，我跟陈副局长沟通这件事儿，是要冒一定政治风险的。陈副局长对郭妮什么态度，对你什么态度，我也是两眼一抹黑呀！"

"我知道，师父都是为我好。"刘银花的双手终于松开了。

获释后的葛岩反倒不自在了，他的手不知道放哪儿好了，有那么一点儿局促，也有那么一点儿慌乱，后来干脆让两只手交在一起，胳膊肘支在了桌子上。他要说点儿什么，但是思维好像突然短路了。慌乱中的他抬头再看刘银花的时候，目光不小心又落在了她的胸脯上，这样一来，就更不自在了，脸上有一点儿红了。

刘银花呢，此时的心情万分激动，真是从心里感激葛岩了，真是想为师父做点儿什么了。做点儿什么呢？

"师父，我请您喝酒吧。"刘银花想起师父爱喝酒。

"不喝。说过了，你好好准备演讲稿。"葛岩郑重地向徒弟下令，"八字还没一撇呢，喝什么鸟酒？！"

六

陈副局长和宋子梅的关系是很近的,是无话不说的。这两年,陈副局长脑袋里总有一个奇怪的想法,他希望自己的徒弟有一个大发展,有个好前程,这样,等自己将来退下来了,还有人管。管什么呢?陈副局长也想得不是很清楚。来客人了公家安排顿饭?还是过年了去家里看看自己?大概也就这样了。其实细想一想,一顿饭算什么呢?现在一个月挣好几千块钱,不在乎那三五百块的饭钱了。过年了拜个年,送两瓶酒、一盒菜,自己好像也不在乎那点儿东西。那又是为什么呢?后来,陈副局长弄明白了,是一种心理,为的是一种心理上的安慰和满足,是一种被尊重的待遇。我在位子上,你们敬我,听我的话;等我退休了,还有人敬我、管我、听我的话,说明我后继有人,说明我宝刀不老,说明我说话还算数,好像政治生命有了延续,好像权力下了崽崽。哦,原来是这样,原来要的就是这么一种受尊重的感觉。

除了性格相投和师徒关系外,陈副局长和宋子梅更近些还有一个原因:同为科级干部,王局长更喜欢葛岩一些,对宋子梅也还不错,只不过更严厉些,好几次都把她批评哭了。加上科长与所长之间的微妙关系,宋子梅也自然与陈副局长更近了一些。

这天,陈副局长把宋子梅叫到办公室,跟她议论竞聘的事情。陈副局长说:"子梅,这次竞聘你支持谁?"宋子梅说:"梁晓丰没的说,那三个人当中,好像也没有特别想支持谁的。"陈副局长说:"那咱们用排除法,你最不想支持谁?"宋子梅笑了:"这个您问得好。我最不想支持的是郭妮。"陈副局长说:"为什么?说说理由。"宋子梅说:"于公来说,她不适合做副科长或者副所长,因为当科员她都公然跟我吵架,当副科长了还不事事跟我对着干呀!就是放在副所长的位置上,葛岩也未必能管得了她,不信就试试。从私来说,她跟我吵架还没仨月呢,现在就提副科长了,这叫什么事儿啊?!我脸上多没面子呀!而且即便我宽宏大度,投她一票，她也不会认为是我投了她，那又何必呢。"

陈副局长眼睛一亮，没想到宋子梅不支持郭妮的理由这么充分。原以为女人之间吵架记仇，宋子梅理所当然不会支持郭妮，看来还没那么简单。宋子梅不支持郭妮还有别的理由——工作上不好配合，投一票也是白投，这两个想法自己可是没想到。看来，人处在不同的角度，总有不同的想法。

"我徒弟看问题还挺全面，欣慰。"陈副局长夸奖道。

"嘿嘿，徒弟在师父大人的教导下，也在不断进步呀！"宋子梅做了个鬼脸，随后还做了个万福。而后，她表情凝重起来，"师父，您支持谁？"

"我支持你。"陈副局长意味深长地说。

"我又不参加竞聘，等将来我参加副处竞聘了，您再支持我。"宋子梅直来直去。

"看来你没明白我的意思。"陈副局长纠正道，"就是这次竞聘，你问我支持谁，我说我支持你……不懂我的意思了吧。"陈副局长的智慧和幽默没有得到响应，宋子梅没有心领神会，他小有不悦。

"哦，我明白了，谢谢师父。"宋子梅恍然大悟，但是很快又发问道，"王局长的意思呢？他支持谁？"

"当然是郭妮。在王局长的眼里，女人头发长见识短，工作上没大作为，还喜欢乱嚼舌头根子，但是郭妮除外。不知道他为什么那么偏爱她。"

"是不是他们……"宋子梅开始幻想了，表情有些调皮。

"不会。这个我敢打保票。而且咱们也不能妄加猜测。"陈副局长说，"如果他们真有那种关系了，倒好解释了，我倒好办了，我也说不定会支持她，会明确地投她一票。王局长辛辛苦苦半辈子了，也没搞过外遇，这回如果真来了，咱还就不怕了，至少咱也落着一样呀！"妄议领导了。

宋子梅呵呵笑了。

"关键是没有。"陈副局长话锋一转，"这就令人费解了。凭什么那么看重她呢?"说这番话时表情率真,语气铿锵,看上去没有一点儿城府。他跟宋子梅之间没有任何伪装。

"也许郭妮给领导送了大礼,人家就高看了一眼呗。"宋子梅喜欢幻想,又给想象插上翅膀了,"过年过节的,咱们也就象征性地表示一下,那可不一样呢。"

"估计也不会。撑死了过年送两瓶五粮液,别的不会。要说她给他送几万块,打死我我都不信。"陈副局长发誓道。这也正是他的困惑和苦恼。陈副局长是个求知欲很强的人,王局长如此欣赏和偏爱郭妮,他就是不明白其中的道理。他的知情权被剥夺了。因为不解就生气了,愤恨了,要唱反调了。

"谁知道呢。管她呢。反正我是不支持她了。"宋子梅下了决心。

"坦率地说,我也不看好她,除了她跟你吵架的原因,还有就是她浑身毛病,不谦虚是一个,没礼貌是另一个。你看,咱们单位会餐,她很少给别人敬酒,特别是领导,几乎没见过她张罗着给领导敬杯酒。"

"如果敬,人家也敬王局长。"

宋子梅的话绵里藏针了。也真是提醒了陈副局长。去年年底聚会,宣传部部长也参加了,当时郭妮站起来敬酒,敬了一杯部长,又敬了一杯局长,然后就把杯子扣下了,拿起饮料杯子跟在座的人说:"各位领导,各位哥哥姐姐,我喝不了酒大家也知道,咱们喝口饮料吧。"当时,场上都没人搭理她,其实也挺尴尬的。后来还是王局长打了圆场,王局长说:"郭妮,你再喝点儿,别人也得敬一下呀。"郭妮只好不情愿地又倒了两小杯,一杯敬了侯副局长和陈副局长,一杯敬了大家。喝不了酒,但是敬部长局长可以,副局长就忽略不计了。虽然后来在王局长启发下敬了一杯,但是两个副局长一杯酒,看来两个副局长加起来才顶一个人,实际上谁都不如一个局长重要。局长算一个人,副局长算半个人。这么一归纳真是让人心酸了。其实这件事儿陈副局长早已经忘了,现在宋子梅一提起来,心里又震动了——副局长也是局长嘛,何况我还是你的主管局长。太目中无人了。太目无尊长了。就算一把手绝对权力绝对真理，二把手相对权力相对真理，但是相对真理也是真理呀！相对权力也是权力呀！

此时，陈副局长有些义愤填膺了。为什么呢？为什么这么在意下属的看法呢？陈副局长当时没有细想。其实，陈副局长是一个推崇中国传统文化的人，几乎每天都朗诵《道德经》。《道德经》中有一章就讲领导人的几个境界：太上，下知有之；其次亲而誉之；其次畏之；其次侮之。陈副局长对此十分赞赏，是啊，最圣贤的领导人，下面只知道他的存在就足够了；让下边人敬爱的领导人虽然高明，实际上已经算第二境界了；当然，让下边畏惧的是第三个层次，被下边侮辱的是第四个层次。他也曾告诫自己为官要追求第一境界，不要贪恋被别人敬重，但是事到临头，下属一杯酒不敬，他还是很在乎的。现在旧事重提，又义愤填膺了，实在不应该了。看来，还是曾国藩说得好，人性中的某些弱点，有时候一辈子都克服不了。

"我的意思是，不管王局长的态度怎样，我都是反对郭妮的，"陈副局长说，"我也毫不隐瞒自己的观点，我跟王局长也是这么说的。三个月前把国歌放成《国际歌》，两个月前又跟你吵架，这个月就提副科长，我接受不了，这说不过去嘛！太意气用事了嘛！太独断专行了嘛！"

"反正，我永远都跟着师父走。"宋子梅大声地表决心。

陈副局长一怔，吓了一跳。"嘘！"他把食指竖在嘴唇前。但是，宋子梅当面向他表忠心，他还是很受用的。虽然他一向正直地知道这种做法是很不恰当的。如果上纲上线，这就是宗派主义。"好、好，当然这是咱们两人，如果有第三个人在场，我们可不能这么说。我们要学会保护自己，要学会用官场语言说话，用官场思维办事，就像县里一名老县长对一名新县长说的那样——要学会过高级政治生活，呵呵，咱也要过过高级政治生活啦。哈哈。"陈副局长自嘲的时候也真是有些可爱了。

"那咱们支持谁？李大林还是刘银花？"宋子梅问。

"刘银花。李大林是王局长亲戚，王局长已经另有打算，想把他调到旅游局,这个我是听侯副局长说的,你可别乱讲。而且李大林太老实,太普通,也不一定能推上去,那就没别人了。只有刘银花,咱们必须支持刘银花。"

"利用刘银花抵制郭妮,阻击她一下子,没准儿能成功。"宋子梅闪闪眼睛,直来直去地说。

陈副局长点了点头:"银花这么多年也不容易。"

"就是!那我抽空跟银花说一说,暗示她一下……"

"不行。"陈副局长摆摆手,"这个你不能干,我已经跟葛岩沟通过了,他是刘银花的师父,让他去说顺理成章,他也乐意做这个人情。还有一个更重要的原因,"陈副局长停顿了一下,"葛岩那小子有点儿滑,我怕他意志不坚定,关键时刻反水,那就麻烦了。提前把他和刘银花拴在一起,到时候他想退都退不出来,甭说别的,刘银花也不答应呀!"

"高,真高!"宋子梅又大声说。

"另外,还有一层,即便有一天郭妮炸了,第一个恨的还是葛岩,都是他给刘银花张罗的呀!跟你没关系。"

"师父,你太帅了!"宋子梅大声说。她一高兴腔调就往高走。

陈副局长又把食指竖在嘴前,长长地"嘘"了一声。

七

侯副局长从来不多说话,一个是因为他政治上成熟,一个是由于他性格内向。就算是发言或者讲话的时候,侯副局长的语速也不快,声音也不大。他从来不刻意追求流畅和洪亮,他觉得那样是一种做作和虚伪。他觉得舒缓才是自然的。俗话说,病从口入,祸从口出,侯副局长言语舒缓有舒缓的好处,慢有慢的道理。比如,批评人的时候说得慢和轻,就更多地给了人家面子,就比陈副局长显得和蔼,显得以人为本;表扬人的时候虽然慢和轻,但是持续时间长,有余音绕梁的效果,照样可以沁人心脾。

侯副局长不多说话不意味着他心里没数，在许多事情上，他都表现了极大的城府和敏锐。四年前郭妮来到局里，青春靓丽，健康时尚，他一眼就相中了，立刻从中做媒，把她介绍给部里的毛波。当时毛波还只是办公室副主任，但是从那时的态势看，小伙子已经前途无量了。除了是部长的红人，毛波还跟组织部的人混得很熟，跟两办的人处得也不错。这对于一个二十五六岁的小伙子来说，实属不易。另外，毛波跟侯副局长有点儿私交，打台球、买彩票，在一起好几年了。当时毛波还耍着单儿，所以，侯副局长把郭妮介绍给毛波，两个人一接触，挺对路子，就闪婚了。侯副局长成了郭妮和毛波的媒人。毛波前途无量，并且感激他，这是他的敏锐和精明之处。

侯副局长也有持重之处，这表现在他言语舒缓背后的深深的城府。郭妮和毛波结婚，需要请文化局领导讲话和证婚，当时也确实先找到侯副局长了，侯副局长从大局和郭妮的前途出发，决定自己只证婚，不讲话，并且让郭妮自己去请王局长讲话，等于把讲话的机会让给了王局长。郭妮在请王局长的时候，王局长也欣然接受，应该是皆大欢喜了。没想到郭妮见王局长挺高兴，就临时向王局长请示了婚礼的程序，王局长随口说道："这个年代，证婚好像没大必要。"令郭妮有些为难了。回去跟毛波一说，被毛波训了一通，说她"不该请示的瞎请示"，但是毛波想了，既然妻子单位一把手不同意证婚了，就只能把这个环节取消了，否则就是得罪了一把手。最后，小两口提前一天把这事儿告诉了侯副局长，侯副局长不高兴了，不高兴又不能表现出来——那样显得没有气度，仍然很痛快地答应了。其实，表面上越无所谓越不动声色，心里边越别扭越难受。这叫什么事儿嘛？我是你们的大媒，怎么连婚礼上证个婚都不成了。是你们结婚还是王局长结婚？瞎请示什么呀？！有毛病。

生气归生气，侯副局长还照样跟毛波打台球、买彩票，还以兄弟论称。这就是侯副局长的涵养和持重。

刚结婚那两年，每年春节毛波和郭妮都给侯副局长拜个年，最近两年，毛波当上部里办公室主任了，忙了，郭妮也深得王局长厚爱了，两口子再也没来拜过年。这让侯副局长心凉了，有些纠结了。心凉归心凉，侯副局长有城府，跟谁都没说过，就连家里头媳妇磨叨了，他都打哈哈说："当回媒婆子，还让人家搭你一辈子交情啊？！"他甚至为他们开脱，说小两口家里亲戚多，春节太忙了，没时间。

其实这种解释，侯副局长自己都不满意。

所以，侯副局长对郭妮还是有一些不满的。

马上就要面试和民主测评了，支持不支持郭妮呢？侯副局长内心里有一些矛盾。从私处说，是真不想支持她，不像话嘛，办事没谱嘛，忘恩负义嘛。可是这样又显得有些小气。从公处说，还是应该支持她一下的，毕竟她的水平和学历还是明显在刘银花之上的。至于陈副局长说的那些毛病，自己确实了解得不多，虽有耳闻，但也一知半解，加上事不关己，压根儿没太当回事。从私情考虑还是从公家出发，侯副局长举棋不定了。这些天，他的眼前总是浮现两个字：私，公。

侯副局长想起了"文革"期间的一句话："狠斗私字一闪念。"

在另外三个人中，侯副局长并不难抉择。梁晓丰各方面都出色，无论工作表现、个人能力，还是品行修养，在局里都没的挑。李大林和刘银花相对平常一些，没有明显的优点，也没有明显的缺点。如果王局长暗示自己支持一把大林，自己完全做得到，那样至少你王局长欠我一个人情；但是没有，王局长要把大林调走，只不过处在保密阶段。李大林也就不用考虑了。那就还有刘银花和郭妮。侯副局长对刘银花的印象是爱"闹"，四年前提拔葛岩宋子梅的时候，没有提拔她，她觉得自己来单位早，年头长，提拔时却提了别人，很委屈，就找领导"闹"。第一个找了侯副局长，第二个找了王局长，后来据说还找了宣传部部长。大家都很反感，但总要拿出一个表示理解的态度，做一些工作，摆一些道理，以达到息事宁人的目的。

那都是过去的事儿了。

现在，竞聘副科岗位的事情来了，这几个人支持谁不支持谁，摆在侯副局长面前了。梁晓丰一枝独秀，必须要支持的，这不用说；关键是郭妮和刘银花，这两个人孰轻孰重呢？

郭妮本来是自己的人，但是这两年的表现让人闹心，人家俨然是王局长的人了。郭妮学历倒是比刘银花高一些，气质也比刘银花好一些，可是群众基础方面呢？德的方面呢？要是真如陈副局长说的那样，郭妮还真的有点儿差劲了。

说起陈副局长，侯副局长心里一震。陈副局长是王局长一手提拔起来的，论资历远不如自己，可是这两年在局里猖狂得很，说话冲，脾气大，那样子好像他是二把手似的。好在那小子没城府，发脾气也大都是为了工作，一目了然，还没有深谙官场的规律，比较好对付。陈副局长脾气大的毛病，王局长也是反感的。关于这个，以前王局长和侯副局长交流过。侯副局长知道两个人之间有隙，在关键时刻更谨慎和持重了。总之，在侯副局长的眼里，陈副局长有两个优点：一个是工作认真，另一个是讲礼貌——单位聚会时，总让侯副局长坐在王局长的右边，自己则谦虚地坐在王局长的左边；敬酒的时候也都主动敬自己。从坐座位和敬酒这个细节来看，他还是把自己当作二把手的。当然，在他的眼里陈副局长还有一个缺点：狂。仗着能写几首酸诗、几副对联，就好像自己多大一文豪似的。

在对待支持谁的问题上，王局长已经跟自己谈了，自己也承诺支持郭妮，按说没什么可细想的了。最近两年郭妮和毛波对自己不敬，虽然让人闹心，但是看在王局长的面子上，他也可以忽略不计，可以支持郭妮一下。但是，现在情况很微妙，陈副局长不支持郭妮，连王局长都感受到了威胁，否则也不会单独跟自己通气。按官场规律说，其他副手坚持的咱要反对，其他副手反对的咱要坚持，当然要不违背一个大前提——永远跟一把手保持一致。如果支持郭妮，正好符合官场定律——拥护了一把手、排斥了三把手——可以把自己的政治风险降到最低，把手中的权力发挥到最大。可是，两天前王局长出国了，情况有了变化，老谋深算的侯副局长并不满足于此了。他已经想了好几天了，想来想去，他觉得事情可以想得更远一些，也可以做得更好一些。

他的想法是这样的：明里拥护王局长、支持郭妮，暗地里支持刘银花，让刘银花成为黑马脱颖而出。这样做有两个收获：一个是小收获，另一个是大收获。小收获是教训一下郭妮，大收获是趁王局长出国这个节骨眼儿，通过竞聘结果的意外变化，狠狠离间一下王局长和陈副局长的关系，以让自己在文化局的权力结构中处于一个更为有利的位置。王局长回国后，一看郭妮下去了，必然怀疑是陈副局长从中作梗，一定会大发雷霆的，一定会气破肚皮的。

这是侯副局长的最新打算。

这个打算在"十一"上班后的第一天，被他拍板定下来了。他对自己的这个计划非常满意。他觉得这个计划"深了"，堪称深谋远虑、无可挑剔。

此刻，他满意地从烟盒里抽出一支烟，叼在嘴里。

"咚咚咚。"有人敲门，他说了声"请进"。

刘银花进来了。她在侯副局长的示意下坐在了沙发上。刘银花说明来意，陈述了自己多年来的艰难，指出了这次竞聘机会的难得，然后坦诚而直率地请求："侯局长，希望您支持我一下。我以后会好好表现，加倍努力地工作。"

侯副局长微笑着说："是啊，也这么多年了，不容易。"停顿了几秒钟，又说："你好好准备，只要你发挥得好，会支持你的……咱们看临场发挥吧。"说的虽然是官话，但是也给她留有希望。

没想到刘银花说："谢谢您。我有一个请求，等我写完演讲稿了，您能不能帮我指正一下？"

"呃——"侯副局长犹豫了。给她看演讲稿会不会有失公正？是不是违纪？对自己的计划有何影响？他在心里迅速地盘算了几秒钟，还是爽快地答应了："好吧，我帮你看一看。"

侯副局长想，其他部门的人找自己改演讲稿，自己都给改，何况一个单位的同事呢？这应该不会犯什么错误吧。

刘银花走后，侯副局长快意地笑了。

八

在陈副局长眼里，郭妮也是侯副局长的人，因为侯副局长是郭妮的媒人，跟毛波也是朋友。侯副局长口风严，对郭妮、毛波的不满没有跟任何人说过，陈副局长当然一无所知。郭妮一身毛病，但是王局长仍然偏爱她，侯副局长也视而不见，充分说明他们之间私交的瓷实。那好，你们近吧，只当我姓陈的是一瓶空气。陈副局长这么想的时候已经对郭妮很不满了。陈副局长在帮助刘银花的过程中想到了很多，大大超出了自己的预料和初衷。他认为，这次竞聘如果真的让刘银花脱颖而出，不仅实现了遏制郭妮的目的，也显示了自己在单位的政治影响力。别以为我就是给你们傻干活儿的！别以为我就会写两首酸诗！我也发出一点儿自己的声音吧！培养一下自己的势力吧！

"既是帮刘银花，也是帮咱们自己。"陈副局长跟葛岩说，"你们得有个好副手。"

"这也考验一下咱们的执政能力。"陈副局长对宋子梅说，"在这个单位，谁把咱们视如草芥，谁也别想金贵到哪里去，咱们也不是吃素的。"

陈副局长觉得，竞聘到了这种地步，已经不单是郭妮和刘银花的较量，完全演变成了一场政治力量上的角逐了。陈副局长对这场角逐充满了渴望和信心。

刘银花找侯副局长这件事儿，完全是陈副局长的主意。陈副局长说，要争取一切可以争取的力量。陈副局长已经充当刘银花竞聘的高参了。他帮助她看了演讲稿，提出了修改意见，但是他仍然让她向侯副局长征求意见。这是他的谋略。他对自己的谋略非常满意。他还帮助她分析了竞聘形势，指出了她的优势和劣势。他强化了文物科科长宋子梅和文物所所长葛岩对她的支持。他对刘银花的支持就像二十世纪湖南农民运动一样如火如荼地开展起来，有了一点儿星星之火，可以燎原的架势。

而且，天公作美，更有利的因素来了。县委书记出国考察，临时点了王局长的将，王局长只好欣然前往了。他临行前反复叮嘱侯副局长，这次竞聘要把握好，不能出任何差错，不能产生任何次生灾害。王局长走的时候想，应该不会出现问题，陈副局长一个人再兴风作浪，也不会闹出什么猫尿的。

王局长出国了，陈副局长开展工作的余地更大了，他的干劲儿也更足了。在支持不支持刘银花这件事儿上，他已经跟宋子梅和葛岩完全达成共识，三个人已经谈了好几次。他们共同指导了刘银花的演讲，提出了很多建设性意见。刘银花的心理素质不好，即便是三个人客串评委，她站在台子上都显得很紧张；她的口才也不是很好，演讲被她弄成了诵经，语气和语速总是把握得不到位。这让陈副局长有些气馁了。但是没关系，既然选择了刘银花，就要毫不犹豫地支持下去，就看她争不争气了，就看她的造化了。到后来，他都出现幻觉了，好像是自己在参加竞聘，有了如临大敌的紧张，也神经兮兮了。"嘿嘿，好像是在竞选总统。"他跟宋子梅开玩笑说。

陈副局长对刘银花的支持让葛岩都有些惊讶了。四个人吃饭的时候，葛岩对自己的徒弟说："说实话，银花，我都没想到陈局长这么支持你。"这句话既是给刘银花听的，也是给陈副局长听的。葛岩说："这次竞聘不管你成功不成功，也值了。有陈局长和子梅我们这么支持你，这本身就是一个收获。"宋子梅也说："对，这种支持本身非同寻常，都超出了竞聘的意义。"葛岩和宋子梅这么一概括，陈副局长很认同，刘银花也立刻站起来敬酒，还说了一些感恩戴德的话，说着说着眼圈就红了。

陈副局长为什么这么支持刘银花呢？这里边还有一个原因：刘银花送礼了。中秋节前夕，刘银花要送陈副局长两瓶茅台，被陈副局长坚决地推掉了,他让她把酒拿回去,说等她竞聘成功了请大家喝庆功酒。虽是谢绝了礼品,陈副局长也明白了,刘银花是真投入了,是要花血本了,出手还挺大方。但是陈副局长也有些反感,这么多年了,也没见你刘银花看望过我,这次你……临时抱佛脚啦?!没意思啊。但是想归想,陈副局长觉得,这至少说明刘银花想进步的程度,至少说明刘银花大方的程度。后一点把他自己吓了一跳。

刘银花也是个认死理儿的茬儿,土话就是"凿"。第二天,她就把一对麻核桃送到了陈副局长办公室,而且三言两语说明来意,放下东西扭头就跑。陈副局长只好收下了。这对文玩核桃相当不错,开门货的狮子头,个头儿大,纹理好,还匀称。陈副局长拿在手里,试着把玩一下,感觉很好,立刻就爱不释手了。

陈副局长决定在支持刘银花这件事儿上,不能只局限于辅导一下演讲稿了,"要走得更远一些"。陈副局长意识到刘银花的麻核桃在自己身上发生作用的时候,慨叹道:"人啊人!"

当然,刘银花给陈副局长麻核桃这件事儿,陈副局长始终秘而不宣,守口如瓶。

为了最大限度地争取局里人的支持,陈副局长让宋子梅和葛岩充当说客,帮助刘银花做单位一些人的工作。其中,文物科和文物所里的三个人中,小何、小邢的工作由宋子梅去做,小赵跟郭妮和刘银花关系都不错,捉摸不定,有点儿难啃,由陈副局长亲自去做。市场科和文化科人的工作,由葛岩去做。办公室人的工作,刘银花自己去做。当然,局里所有人刘银花都要"打个招呼",那是一种礼节。陈副局长说:"要让人家觉得咱们重视他,咱们在乎人家那一票。这样,就能从心里给他们施加一种影响,只要你和这个人之间没矛盾,只要郭妮不去做工作,他投你一票的可能性就基本上存在了。如果不投你,他心里都会有一点儿愧疚的。"

陈副局长的宏论让刘银花瞠目结舌了,也让宋子梅和葛岩惊讶了。是啊,要不是陈副局长这么说,刘银花自己真是想不到这一层的。连葛岩都感慨陈副局长的老到了。宋子梅也说:"哎呀,没想到这次副科竞聘这么激烈。好在我已经正科了,要是让我参加这次竞聘,我都不一定能竞上呢。"话说得酸不溜丢的。

陈副局长让宋子梅和葛岩帮助刘银花做工作,除了自己不便露面的原因外,还有一个更重要的目的:让二人支持刘银花成为既成事实,防止他们反水。陈副局长寻思:要形成支持刘银花的三人小组,要形成"挺刘派",要像非洲人民一样紧密团结起来抵抗欧洲列强。别王局长回来了一问,你们都脚底下抹油——撒丫子跑了,都一推六二五了,都当好人去了,那可不行!

陈副局长觉得自己真的很缜密了,对自己也相当满意了。别觉得我就会写跳跃性的诗和对仗工整的联,政治上我也有一套,逻辑推理上我也决不稀松。他继而想,哎呀,搞政治也不错,玩点儿小权术、争点儿小权力也蛮有趣!在大风大浪中成长,革命斗争锻炼人,真实不虚啊!

关于小赵的工作,陈副局长是这么做的。"小赵,有一件事儿想跟你聊聊,最近单位搞竞聘,竞聘的两个岗位都是咱们文物这块的,也是我分管的科室。过两天就要面试和民主测评了,梁晓丰各方面都很出色,局里上上下下都很认可,但是他是外地人,普通话说得不太好,我担心他演讲的时候会紧张,一紧张就带口音,真那样肯定会打折扣的,评委那里甭说了,咱们自己可要心里有数。梁晓丰工作能力强,人品也不错,大家有目共睹。我的意思,别因为他临场发挥得不好,就不投他的票。"

小赵说:"不会的。"

"夸张点儿说,能有小梁这样的人在咱们这儿工作,也是咱们的福气。所以,咱们别因为他发挥失常——咱们假设他发挥失常,其实这种可能性也不大——就改变对他的支持,好吗?"

"好。"小赵点了点头。

"至于其他人嘛,他们各有千秋,尺有所短,寸有所长,你支持谁不支持谁,那是你的事儿。你有你的选择,你有你的判断,那是你的权利。

谁也不能干涉。"陈副局长语气诚恳，显得十分开诚布公。他这么一说，间接传递一个信息，这次单位竞聘是公开、公平、公正的，既要让梁晓丰这样的人才脱颖而出，还要给其他几个人一定的机会。"怎么样，办公室的气氛是不是很特别？"

"可不嘛，有人让我支持一下……"小赵说着脸上露出反感和无奈。

"是吗？"陈副局长立刻打断她，他不想让她说出刘银花的名字，"也可以理解，人家跟你说了，说明人家在乎你，在乎你这一票。"

小赵想了想，认真地点了点头。她认同了这个理儿。

此前，陈副局长从宋子梅和葛岩那里了解到，文物科和文物所的大办公室里，只有梁晓丰和刘银花分别跟大家打了招呼，或者短信或者QQ。而郭妮没跟任何人打招呼，一副胸有成竹的样子。李大林老实，可能对这次竞聘也没抱什么希望，没见他跟谁打招呼。

至此，文物科所里的绝大部分人，都倾向于支持刘银花了。陈副局长对这种形势十分满意。

九

郭妮对这次竞聘是有十足把握的。她胸有成竹的原因有两个：一个是王局长的支持，另一个是自己的素质明摆在那儿的。笔试自己没有发挥好，成绩落在了梁晓丰后面，也没有超过李大林和刘银花太多，这得算发挥失常了。后边的面试环节可不能大意了，必须远远地把他们甩开，并且最好超过梁晓丰。做到这个也不是很难的。这个把握还是有的。演讲，自己不发怵，大学里参加演讲比赛十几次，每次都拿奖。答辩也没问题，自己口齿清楚，反应也还说得过去，应该不会有问题。而且，无论是演讲还是答辩，自己还有一个得天独厚的优势：心理素质好。这是其他人都没法比的。所以，演讲和答辩这两个环节组成的面试，表现应该在其他人之上的。

至于说民主测评，应该也没大问题。虽然跟宋子梅吵过一架，宋子梅不一定会怀恨在心的。宋子梅那个人还是挺简单的，虽然脾气大一些，人还是很不错的，不记仇。郭妮想。退一步说，就算她宋子梅不支持我，不才一票嘛，不起大作用嘛。至于其他人，大家又都不是傻子，这次局里就是要提我和梁晓丰嘛，都明摆着的嘛。竞聘只不过是走个形式嘛。竞聘也没什么不好，正好我展示一下自己的实力，如果能盖住梁晓丰，那就更好了。

在郭妮的想法里，梁晓丰是自己的唯一对手。李大林虽然是王局长的亲戚，但是来局里时间短，工作上又没什么能力，人虽然老实，可老实恰恰不适合做管理。刘银花打字员出身，原始学历大专，论口才、论气质远不如自己，根本不在一个层面上。在郭妮的眼里，李大林和刘银花只是这次竞聘的一个陪衬，是两片绿叶，自己才是红花，一朵即将绽放的炫目的红花。

所以，在两口子的家庭交谈中，郭妮对丈夫的提醒不以为然，她很自信地盯着毛波的眼睛问："有什么问题吗？你觉得这次竞聘有悬念吗？"毛波想了想，说："也是，没什么悬念。"但是，毛波毕竟是毛波，他少年老成，在宣传部里混了七八年了，这个时候经验起作用了，所以还是提醒妻子："也别太大意。演讲和答辩你都没问题，民主测评那块儿，你要注意一下。你这个人的脾气，别人不知道，我还不知道？嘴直，得罪了人，你没事儿了，人家可是记住了，等人家对你下绊子的时候，你还蒙在鼓里呢。"郭妮不耐烦了，但是她并不跟丈夫发脾气，而是撒娇道："好啦老公，你啰唆不啰唆？你怎么这么不相信我？！烦不烦？睡觉！"

毛波只好妥协："好，睡觉。"

在这次竞聘中，郭妮更看重自己跟梁晓丰的较量。她是打定主意要胜出一筹的。梁晓丰能力固然不错，但是也没有陈副局长说的那么好吧？陈副局长不止一次表扬梁晓丰，还在会上说什么"梁晓丰在咱们这儿工作是咱们的福气"的话，肉麻不肉麻？不就是会写材料吗？不就是能给古董掌眼吗？不就是能喝酒能敬酒吗？有什么了不起的。你陈副局长只知道表扬他，从不表扬我，我也不错嘛。我也是你分管的科室的人嘛，我也是你的兵嘛。就算我出过错误，把国歌放成了《国际歌》，也只不过就那么一次嘛！谁不犯错误呢。我来了四年，不就这一次错误吗？王局长都原谅了，就你陈副局长抓住不放，都过去好几个月了还提起来。这回，我一定好好发挥，超过梁晓丰，看你陈副局长说什么。

郭妮嫉妒梁晓丰还不仅仅源于陈副局长，王局长也认为郭妮跟梁晓丰有一定差距。在一次半公开场合，在两次的私下里，王局长都强调了这一点。为此，郭妮很不服气。她有一次竟然质问王局长："您是不是觉得我永远都不如梁晓丰？"弄得王局长哭笑不得。

郭妮就是这么一个人，活得简单，自我感觉良好，身上有缺点却浑然不觉。

毛波虽然只比郭妮大两岁，但阅历可比她多，办事比她牢靠些。两口子家庭会谈的第二天，毛波约侯副局长打台球，打完台球吃饭，吃饭的时候毛波说："侯局，这回您局里竞聘，郭妮也入围了，还真没给咱们丢脸。马上就面试了，还有民主测评，您还要多关照呀！敬您一杯！"毛波二两的杯子一饮而尽。侯副局长也一饮而尽，而且答应了毛波的请求。

侯副局长不仅嘴上答应了毛波，心里边儿也答应了。四十多岁的侯副局长想，毛波和郭妮毕竟是小孩子，他们不懂事，自己大可不必计较的。竞聘方案是自己做的，自己也是评委，主动权都在自己手里掌握着。王局长再支持你，但是现在他远在法国，你还是要靠我的。既然知道了我的重要性，那就算你明智，那就都好说。侯副局长受到重视，心情好了许多，这也是权力拥有者的惯常表现。但是，侯副局长也有一点儿犹豫，到底是不遗余力地推郭妮呢，还是执行自己的原始计划，牺牲郭妮以离间王局长和陈副局长的关系呢？

毛波不仅跟侯副局长打了招呼，还跟陈副局长打了招呼。但是，跟陈副局长打招呼的方式有所不同，毛波没有独自找他，而是不动声色地带上了自己的主管领导——宣传部林副部长，给陈副局长施加了无形的影响和压力。

  面试的前两天，陈副局长接到了林副部长的电话，说下午请他吃饭。这多少让陈副局长有些意外，甚至有些受宠若惊。林副部长是从市里派来的，很年轻，据说要接现任部长的班。陈副局长跟林副部长有过多次会务上的接触，公务宴席也吃过两次，酒酣耳热之际还说过请林副部长吃饭的话。现在，陈副局长还没顾上兑现请客的诺言呢，林副部长倒是先发出邀请了，感觉很被动了。陈副局长谦虚几句以后，当然"受宠若惊"地应允了。

  结果，吃饭时候陈副局长才知道，吃饭只有三个人，他们两个加上毛波。陈副局长原以为还有其他单位的人呢，以为会是满满的一大桌呢，或者是帮助林副部长陪市里的客人呢，结果都不是，除了他们俩和毛波，没别人了。哦，是这样的，原来是这样。陈副局长渐渐明白了。今天他们二人是有备而来的，是要说一些事情的。

  陈副局长有些不满，不满的同时也暗地里想，自己本来是不支持郭妮的，如果一会儿他们提起郭妮竞聘的事儿，自己怎么应对呢？

  陈副局长的脑袋迅速转动起来了。

十

  前两天，在到底该不该支持刘银花这件事上，陈副局长突然犹豫了。一把手的意思是让郭妮上，自己想让刘银花上，是不是妥当呢？恰逢王局长出国，自己的这些举动算不算"政变"呢？至少算小动作吧。还有一个问题，就是刘银花给自己送东西了，这个能够算受贿了。自己该不该这么大力度支持刘银花呢？这跟她送自己麻核桃有没有关系呢？陈副局长有些矛盾了，犹豫了，纠结了。

  他最信奉的《道德经》浮现在眼前了。

《道德经》第十章是长而不宰，上面说："载营魄抱一，能无离乎？专气致柔，能婴儿乎？涤除玄览，能无疵乎？爱民治国，能无为乎？天门开阖，能为雌乎？明白四达，能无知乎？生之畜之，生而不有，为而不恃，长而不宰，是谓玄德。"在追求最高深的德行时，是要求人做到几件事的，其中一件就是"涤除玄览"，就是清除私心杂念，心明如镜没有一点儿瑕疵。此时，陈副局长想到了这一层，感慨了，困惑了。是啊，在支持刘银花这件事上，你有没有私心杂念？麻核桃到底起没起作用？假如郭妮跟自己私交不错，甚至也是自己的徒弟，你还有意见吗？她的缺点还是缺点吗？陈副局长一向信奉《道德经》，向往和追求"玄德"，但是现在遇到竞聘这件事了，你做到"涤除玄览"了吗？陈副局长给自己的思维和行为打问号了。

《道德经》中还说，"豫兮若冬涉川，犹兮若畏四邻"，自己行事是不是谨慎稳妥呢？还说"敦兮其若朴，旷兮其若谷"，自己的行为是否厚道朴实呢？自己的心胸是否旷达像山谷一样呢？

陈副局长焦虑得有些痛苦了。

陈副局长把痛苦说给了妻子听。妻子说："你考虑问题要抓住本质，她郭妮如果真正是副科长的料，你就支持人家；如果不是，你就不要支持她。"妻子说，处理这件事儿要旁无杂念、心无挂碍，不要有跟王局长对立的想法，不要有争一点儿小权力的想法。妻子的话稍稍缓解了他的焦虑，他想，党考查干部的标准是"德能勤绩"，党提拔干部的原则是"德才兼备"，德都是排在第一位的。郭妮的德当然谈不上，才也不突出——充其量是梁晓丰的一半，总的说不上"兼备"的。而且，县委书记在大会上都讲"有才有德的破格使用，有德无才的培养使用，有才无德的限制使用，无德无才的坚决不用"，可见"德"的重要性了。

陈副局长的心里逐渐清晰了，也更理性了。他告诫自己：支持郭妮还是刘银花，一要看平时表现，二要看面试时的临场发挥，选择谁不选择谁，要尽可能做到客观公正。

陈副局长要"少私寡欲"了，要"容乃公"了，要"旷兮其若谷"了。

　　不料，宣传部林副部长带着毛波来了。林副部长要请陈副局长吃饭。而且，吃饭的时候并没有说郭妮的事情，只是在聊到公开选拔干部的话题时，他谈了自己的切身体会："中国就是人情社会，组织部门的人也一样。像我们哥儿几个整天在一起，那感情自然不一样，有什么事情总是好办。"林副部长还说了句什么"认清形势"的话，没头没脑的，又好像暗含深意的，让陈副局长迷茫了，惊讶了。

　　毛波跟陈副局长也是很熟的，但是那顿饭从始至终，毛波都没怎么说话，更没有提及郭妮竞聘的事情。林副部长也没有提及此事，只是用一种暗示的方法，似乎很巧妙地，不动声色地，不怒自威地，给陈副局长施加了影响和压力。这样一来，陈副局长有些生气了。

　　陈副局长越想越生气，真的很生气了。你毛波是宣传部部长的红人，你郭妮是王局长的爱将，你们又是侯副局长做的大媒，你们都够有本事的啊！如今，又出来一个林副部长，年纪轻轻的，就到我面前指手画脚啦？！你们用这种形式给我施加压力来啦？！你毛波跟我又不是不熟，你自己找我说说郭妮的事情就不行吗？我不是那种不好说话的人嘛。你林副部长也是，你刚到张草县委宣传部，你了解多少情况？你知道郭妮的为人吗？退一步讲，即便你要插手此事，即便你要帮助一下毛波，也要明确跟我说呀！也要开诚布公地跟我谈呀！你把我叫到你的办公室都可以，你是副部长嘛！你有这个权力嘛。但是你不跟我明说，毛波也不明说，你们一起打到我这里，不动声色地向我施压，吓唬我，扯鸡巴淡嘛！

　　生气的陈副局长在心里较劲了："老子不吃你这套，老子不是吃吓唬长大的。既然你们都没明说，这样也好，我什么都不知道，我装糊涂，我还就不支持郭妮了我。我豁出去了我。我一不做，二不休了我。我要为尊严而战了我。"

　　陈副局长早把《道德经》里的话忘到九霄云外了。

十一

  刘银花这些天忙忙碌碌的。自从笔试一入围,她就开始激动了。有了师父葛岩的支持,有了宋子梅的支持,又有了陈副局长的支持,她信心大增了,信心爆棚了:"我才不是你们的绿叶呢。我也要当一当红花了。八年了,我到文化局都八年了,比我来得晚的都提了副科、正科了,轮也该轮到我了。师父说得好,没有功劳也有苦劳嘛!陈副局长都认可嘛。"

  刘银花忙碌表现在两方面:一方面是明里,另一方面是暗里。明里她工作积极,谦虚好学,除了自己的本职工作,还乐于帮助别人,而且有求必应——帮助别人值日,帮助别人搬东西,帮助科里拿报纸,给大家买瓜子吃,用自己新来的稿费请大家吃冰激凌,等等;暗里她跟几乎所有人都打了招呼,套了近乎,该达成共识的达成共识,该形成默契的形成默契,总而言之,按照师父葛岩和陈副局长说的"要争取一切可以争取的力量,去赢得最后的胜利"。

  刘银花跟郭妮本来也是好朋友,私下里关系一直不错,她找到郭妮说:"郭妮,你准备得怎么样?"郭妮说:"也没什么可准备的。你呢?"刘银花说:"我倒是准备了一下,可再准备有什么用?我这水平我知道,还不是给你们当绿叶的?"郭妮得意地笑了:"嘿,也别那么说,你还是有一点儿机会的……就算没成功,只当成一次锻炼,展示一下自己,也没什么坏处。"郭妮说话总是居高临下的口气,此时已经用这种口气鼓励刘银花了。刘银花说:"放心,我会支持你的。"郭妮矜持地说:"谢谢。"一副无所谓和不买账的样子。

  郭妮竟然没有顺口说一句"我也支持你",刘银花就不高兴了。都是好朋友,你结婚的时候我帮你跑前跑后的,去年你喝醉了,别人都走了,就我一个人陪着你等毛波,怎么这么没良心呢?怎么就这么看不起人呢?你顺嘴一说、随便一说也是可以的嘛,你只当是蒙蒙我也可以的嘛。看来连蒙蒙我的兴趣都没有了。这实在不能算是朋友了。

刘银花争取李大林的时候，李大林直截了当地问："怎么支持你？"刘银花说："投我一票。"李大林说："那我这票投给你，你那票投给谁？"刘银花说："当然是你了。"李大林想了想，说："你错了，你别给我，你给梁晓丰。晓丰能干。"李大林这么说令刘银花颇感意外，她心里一震。

刘银花又找到梁晓丰，寻求梁晓丰的支持，梁晓丰也答应了。但是，梁晓丰乐呵呵地说："那郭妮要是也跟我说呢？我怎么办？"刘银花一怔，说："那你看着办，反正我没她漂亮。"梁晓丰还没结婚，脸上有点儿红，不知说什么好了。竞聘又不是选美，话不靠谱了嘛。他比郭妮来局里晚一点儿，刚来的时候两人关系还不错，但是后来，郭妮总把梁晓丰当成假想敌，还总在王局长面前争功邀宠，两个人的关系就疏远了。这回，郭妮同样把梁晓丰当成了对手，想要跟他一决高下，梁晓丰也是心知肚明的。他狠了狠心，终于跟刘银花达成互利共赢的默契了。

至于小何、小邢、小赵，刘银花也都争取了。他们也都表态了。至此，在文物科和文物所的大办公室里，宋子梅和葛岩支持她，竞争对手梁晓丰和李大林支持她，小何、小邢、小赵支持她，刘银花心里很有底气了。

十二

一推再推的面试终于来到了。先进行演讲和民主测评，择期再安排答辩，这是人事局方面的意思。演讲有五个评委组成，文化局的陈副局长和侯副局长，宣传部的林副部长，人事局两名科长。演讲顺序是抽签决定的，梁晓丰第一，郭妮第二，李大林第三，刘银花第四。每个人演讲十分钟，很快就结束了。梁晓丰、郭妮表现稍好，刘银花、李大林稍差。然后就是民主测评，一张表格上印着四个人的名字，后面有胜任和不胜任两栏，大家可以在上面有选择地填写。全局共有二十五人参加民主测评，通过测评投上自己的庄严一票。投票是一种选择，也是一种权利，民主权利的体现。

演讲和民主测评的结果当场公布：梁晓丰93分、24票，郭妮89分、5票，刘银花83分、24票，李大林79分、5票。原以为一个人只能投两个人的，实际上可以投三个人、四个人，但是侯副局长没有说清规则。许多人都只投了两个人。侯副局长投了梁晓丰、郭妮和刘银花，陈副局长投了梁晓丰和刘银花，宋子梅、葛岩、小何、小邢、小赵投了梁晓丰和刘银花，梁晓丰投了自己和刘银花，刘银花投了自己和梁晓丰，李大林投了梁晓丰和刘银花，郭妮只投了自己。

这次竞聘笔试成绩占40%，其余各环节占的比例是：演讲满分100分，占整个竞聘的20%；民主测评占15%，答辩占25%。全局25人参加民主测评，每一票相当于0.6分。

综合前三个环节得分情况，梁晓丰仍然以71分高居榜首，刘银花63.8分位居次席，郭妮54分排在第三，李大林50.8分排在最后。要想赶上刘银花，郭妮需要在后面的答辩环节超出40分，这样乘以25%才能缩小10分差距，而赶超40分，已经很难了。

这个结果出乎意外了。

虽然民主测评只占15%，但是竟然要起决定作用了。

刘银花简直就是一匹黑马了。她高兴坏了，跟每个人都说了谢谢，甚至跟陈副局长都发了短信，被陈副局长呵斥了："别乱发短信！！！"

郭妮傻了。她跑到厕所里号啕大哭。她已经有了三个月的身孕了。她不知道都发生了什么。怎么会是这么个结果？没追上梁晓丰不说，怎么竟然让刘银花赶上来了？肯定有人捣鬼了。

宋子梅吃晚饭的时候接到了郭妮的短信：

宋姐，我想知道我是怎么"死"的。虽然咱们之间有过言语上的冲突，但是，我觉得你不是那种记仇的人、受贿的人啊。

宋子梅立刻吃不下去了，她想了想，给郭妮回道：

你现在的心情我理解，你说我什么我都不跟你计较。而且，你现在还没"死"，还有机会。另外，如果你认为我受贿，你可以向上投诉我，我等着。

郭妮解释说：

你误会了，我不是说你受贿，我不是那个意思，你干吗那么激动呢？我就是想知道，是不是有人向你施加了压力？

宋子梅又给她回复：

现在你心情不好，我什么都不跟你说了。随你怎么想吧！

宋子梅的态度让郭妮有些失望。她希望从宋子梅那里打探到一些消息，但是没有成功。

宋子梅放下手机后，晚饭没有再吃一口。

郭妮给王局长的夫人打了电话，汇报了演讲和民主测评的情况。"嫂子，我被人害了。今天这个情况，我和毛波肯定要向部长反映的。这不正常嘛。"郭妮向王局长夫人要王局长在国外的手机号，王局长夫人没有告诉她。她说再过两天老王就回来了，等他回来了你再详细跟他说。

李大林的媳妇也给王局长夫人打了电话，为李大林鸣不平："李大林分数最低，票数最少，多寒碜啊！打狗还看主人呢，我姑父出国了，他们就合伙欺负大林啦，太不像话了。"王局长夫人说："好了，你别瞎嘞嘞啦，男人的事情你少管，你管好自己的事情就行了。"李大林媳妇还要申辩两句，电话已经被旁边的李大林强行挂断了。

郭妮没上去，李大林又垫了底，王局长夫人也觉得奇怪。刘银花怎么上去啦？她的素质不如那两个人嘛。如果郭妮下去了，李大林上去了，王局长夫人还能接受，但是现在刘银花上去了，无论如何也接受不了了。她也怀疑丈夫出国期间，局里有人捣鬼了。

她给葛岩打了电话，了解情况，并把郭妮要上诉、李大林媳妇抗争的事情说了出来。

葛岩放下电话后，又把这个情况告诉了陈副局长。陈副局长不满道："后宫要干政了。"

毛波也把电话打到了侯副局长那里，侯副局长说："是啊，今天的结果不正常，绝对不正常。下午我已经电话跟王局长汇报了，我说不知道都发生了什么。他也很吃惊，说等他回来再说。"

毛波又找到林副部长，林副部长说："投票的时候我注意了，侯副局长投了三个人，其中有郭妮和刘银花；陈副局长投了两个人，梁晓丰和刘银花。"毛波说："他们工作做得不细。"林副部长说："不是细不细的问题，这两个人不可靠。"

十三

王局长回来了。

王局长分别找陈副局长和侯副局长谈了话。震怒的王局长把谈话搞得十分严肃。侯副局长都出汗了。侯副局长道歉了，说自己没有控制住局面，工作做得不细，让人钻空子了。王局长问他陈副局长都做了什么手脚，他说他也不知道，但是他敢肯定这里面有问题。王局长质问他为什么投了刘银花的票，这让侯副局长很诧异。他知道，消息肯定是林副部长透露出去的，演讲和测评时林副部长就坐在自己旁边。他辩解道："我觉得刘银花也不容易，而且给她一票也没什么实际意义，就鼓励性地给了她一票，谁想……看来还是心软了。"王局长声色俱厉道："心软？！瞎鸡巴心软！战场上对敌人心慈手软就是对战友的不负责任！懂吗？"侯副局长诺诺称是，心里却有些别扭，一个副科竞聘，怎么弄成敌我关系了，这哪儿跟哪儿啊？！

王局长又找到陈副局长，直接问："说吧，这次竞聘你都干了什么？"陈副局长眨巴眨巴眼睛："干……我什么都没干啊！"王局长冷笑了一下，说："别跟我装糊涂，你都干了什么？你什么都没干就出现这么个局面？"陈副局长说："我唯一干的就是我什么都没干。您没让我干什么呀！竞聘的事情，从始至终都是侯副局长负责的呀！制订竞聘方案，确定演讲评委，跟人事局和宣传部联系，我什么都没参与呀。演讲开始前一天晚上，我才知道演讲和民主测评的具体时间，只是比大家早知道了一个夜里。另外，那天晚上十点半，老侯才打电话通知我当评委，我什么都不知道啊。"王局长被陈副局长的态度气蒙了，他指着陈副局长的脑袋说："好小子，你当上副局长了，你翅膀硬了是不是？"陈副局长马上说："您别生气，我不是有意气您，我发誓我真的没干什么，如果说我做错了什么，就是错在我什么都没干。可是我能干什么呢？于公来说，这件事儿归侯副局长负责，您也没靠我做什么工作；于私来说，郭妮也没请求我干什么，她丈夫毛波跟我也熟，也没说需要我做什么，人家不想搞这些歪门邪道嘛，人家胸有成竹嘛。您说，我总不能上赶着去……帮忙吧？！再说帮忙也违纪呀！"

陈副局长一席话说得太好了，太滴水不漏了，这一下子给满腔怒火的王局长火上浇油了。王局长有两分钟一言不发，他呼呼喘着粗气，手指头微微发颤……后来，他从兜里拿出丹参滴丸，往嘴里倒了十几粒。王局长平静后说："你说得都很好，你简直就是个外交官。你真是成熟了，真是老到了，真是……别的我不说了，作为曾经帮过你的你所谓的恩人，我问你最后一个问题，民主测评你投了谁的票？"陈副局长犹豫了一下，说："既然您跟我不隔心，我也跟您不隔心，坦率地说，我投了梁晓丰和刘银花。"

"好了，别的不用说了。"王局长下了逐客令。

陈副局长身体没动，仍然坐在沙发上："您再给我半分钟时间，我想解释一下。"就把毛波带着林副部长找他的事情说了，"本来我是犹豫的，就是这件事儿让我下定了决心。他们没有把话说明，而是不动声色地向我施压，我非常反感这一套，我不是吃吓唬长大的。"

王局长的眼睛睁得老大。当陈副局长的陈述结束以后，他冷笑了一下："哦，原来副部长都出面了，可是他万万没想到，他在我们陈局长这儿碰了钉子。我们陈局长厉害呀！真厉害！"

本来，陈副局长说出这些，是想让王局长理解的，没想到王局长反而更不理解了。你姓陈的也太不讲政治了，也太目无领导了。王局长真的很失望了。

很快就要答辩了。在答辩前两天，陈副局长从侯副局长那里得知，自己做评委的资格被废黜了。

那个晚上，陈副局长辗转反侧，半夜没睡。

事已至此，下一步该怎么办呢？局里的人都在观望呢！大家已经不关心郭妮和刘银花的竞聘了，转而对王局长和陈副局长的角逐发生了兴趣。这两天，局里人的眼神都不对了，许多人都躲着陈副局长走。怪不得呢！原来是这样。原来答辩的评委都不让自己当了，真干得出来呀！这不是一点儿面子都不给我了吗？这下一步是不是就要撤我的职了呢？为了一个郭妮，王局长你对我也太狠了，至于吗？有这个必要吗？我是您提拔起来的人，我是要一辈子效忠您的，将来您退休了我发誓是要管您一辈子的呀！怎么因为这么一件小事儿，您就……翻脸不认人了呢？

陈副局长这么一想，也很寒心了，也很悲怆了。

而且联想到给王局长接风时王局长说的一些话，联想到这些天葛岩、郭妮、小赵、小邢、小何他们态度的变化，再联想到宣传部部长和林副部长可能到来的弹压，陈副局长觉得自己很孤独了，很弱势了，境地很危险了。胸中不仅是悲怆了，也悲壮了。

此刻，他没头没脑地想到了孙中山，想到了康有为、梁启超，想起了谭嗣同，想到了五四运动，想到了反对独裁、追求民主和争取自由，他突然热血沸腾了，他想做历史英雄了。

"为了共和，孙中山连总统的位子都可以不要，何况我这个副局长呢？！"陈副局长想，"我要为民主殉职。"

"我自横刀向天笑，去留肝胆两昆仑。"陈副局长默念起谭嗣同临刑前荡气回肠的诗句了。

天亮的时候，他终于疲倦了，困了，才合上眼睡了一会儿。

十四

第二天陈副局长找到王局长，坦诚而深刻地承认了错误，表示要引以为戒，痛改前非，说到激动处都流了泪。王局长被陈副局长感动了，揶揄道："不愧是文人，真是多愁善感！"王局长说："好了，好了，挺大个人，哭什么嘛？！"语气里已经原谅陈副局长了。

"如果答辩环节您让我参加，我赴汤蹈火，也在所不辞。"陈副局长信誓旦旦地说。

"评委人事局都定了，不太好改吧。"王局长面露难色。

"我要不参加评委会，我在局里……全局的人都看着呢！"陈副局长可怜巴巴地说。

王局长的眼睛转了转，没有言语。

"我毕竟是您提起来的，您可以再把我撤了，可是，如果您没有这个意思，别让大家误会呀！老话说，扶上马还送一程呢。当上副局长，靠您；当好副局长，还得靠您。这个我心里明白。千错万错，都是我的错，您大人不计小人过，宰相肚里能撑船，就给我一个改过自新的机会吧。"

"倒也没那么严重。"王局长深深地呼吸了一下，心里的不满和愤恨已经释然了，"那好，我跟人事局方面再说说吧。"

王局长没有直接跟人事局说，先跟林副部长说了。林副部长笑着在电话里说："还是王局长厉害，你一回来，他们就服服帖帖了！"林副部长同意让陈副局长重新当评委。王局长这才跟人事局打了招呼。人事局方面当然没有意见。这本来就无所谓的。

当天下午，王局长就通知陈副局长，让他继续做第二天答辩的评委。陈副局长自然感恩戴德，说了许多让王局长高兴的话。王局长高兴之余，还说出了评委构成：宣传部林副部长、王局长、侯副局长，人事局的两个人，外请了张草电视台台长。现在再加上陈副局长，一共七个人。电视台台长是外请的，主要是代替陈副局长的角色，但是现在陈副局长又恢复评委职务了，也不便撵人家走了。多一个评委就多一个吧，也没大问题。

临走的时候，王局长叮嘱陈副局长："部长已经跟我打招呼了，郭妮必须上。这就要求我们在答辩打分的时候，要大胆一些。不仅给郭妮多打一些，还要给其他竞争者——说白了就是刘银花，给她少打一些。这是政治任务。"

陈副局长点头称是，拍着胸脯子答应了。

王局长说："我和林副部长已经跟那些评委打了招呼，把部长的意思说了，大家也都明白。但是郭妮和刘银花的差距很大，将近10分，要是在答辩环节实现逆转，难度不小。答辩时必须让她们之间有40分以上的差距，这样乘以25%，才足以达到目的，才能完成政治任务。当然，评委们是要在打分纸上签字的，他们也多少有一些顾虑。所以我们打招呼时只是泛泛地说了让郭妮上，至于怎么打才能达到这个结果，我们没挑明。不太方便。这个任务，我想交给你完成，也给你一个将功折罪的机会。明天上午九点钟答辩，考官八点半入场，各位考官到了以后，你分别跟他们交个底，把40分差距的事干脆挑明。这样，才能万无一失。"

陈副局长痛快地答应了。

十五

第二天上午，陈副局长按照王局长的吩咐，逐一跟评委们打了招呼。当然，林副部长和侯副局长没用打招呼。他把人事局的两个人叫到楼道一隅，耳语道："王局长的意思，给郭妮多打一些分，让她领先刘银花40分。"评委们都大模大样地点了点头，然后回到答辩现场了。

陈副局长跟人事局的人是这样说的，但是跟电视台台长恰恰相反，他在转述王局长的"意思"后，又加上了自己的"意思"："如果这样，我觉得对其他竞聘者不公平，我希望你客观些。"陈副局长跟电视台台长是大学同学。台长也大模大样地点了点头。

陈副局长在心里自言自语："以前我净做勇猛的狮子了，这回我也当回狡猾的狐狸吧。也许你王局长会说我两面三刀，说我阳奉阴违，说我搞阴谋诡计，说就说吧，我就这样了，我就当一回奸雄吧。我就要做民主斗士了，我要捍卫正义了。我不是奸雄，我是英雄。"

答辩时四个人的表现都不错，因为他们准备得都相当充分。四个问题中的三个都是在考虑之中的。当然，论表现还是梁晓丰更好一些，郭妮其次，李大林和刘银花相对差一些。差一些也没差到哪儿去，撑死了也就是15分的差距。陈副局长是这样打分的：梁晓丰90分，郭妮85分，李大林80分，刘银花80分。陈副局长对自己这样打分是很满意的，打过分后，他在打分纸上认真地签上了自己的大名，折都没折，就交给工作人员了。

评委席上，电视台台长跟陈副局长是挨着的，台长的打分陈副局长也看到了。跟自己差不多。梁晓丰85分，郭妮80分，李大林和刘银花各75分。

紧张的答辩结束了。大家都如释重负地喘了口气。无论如何，事情终归要结束了，要水落石出了。竞聘开始都两个多月了，大家精神过于紧张了，过于兴奋了。就像高考一样，不管成绩怎样，总是过了一关了，紧绷的神经可以暂时放松一下了。可以把书扔掉了。可以欢呼雀跃了。可以喊一嗓子了。

说归说，放松过后，大家还是有期待的。梁晓丰志在必得，郭妮想着上演逆转好戏，刘银花渴望优势转化成胜势，李大林的期待小一些，但是也希望自己的表现不至于太差。

但是，他们都失望了。一连三天，答辩的分数都没有公布。一个星期过去了，两个星期过去了，答辩的分数还是没有公布。其他同时竞聘的几个单位的职位都水落石出了，文化局的就是难产了，就是犹抱琵琶半遮面了。刘银花慌了，郭妮也慌了，后来连梁晓丰都慌了。

大家在凄惶中度过了三个月。

这三个月中，发生了几件事：

一、刘银花找了张草县委常委、宣传部部长，她对部长说，只要他让她当上副科长，她可以跟他……睡觉；

二、梁晓丰辞职了，投奔山东老家一个大学同学开的肉联厂，给人家卖猪肉去了；

三、身怀六甲的郭妮流产了，这令郭妮的父母十分心疼，而毛波的父母老大不乐意；

四、陈副局长检讨了，并向组织辞职了，但是组织上没有批，而是在冬天干部调整的时候，把他调到张草县信访办当副主任去了。

王局长继续做他的局长，而且对两个副科职位有了新的考虑。私下里，他对侯副局长说，让陈副局长当信访办副主任，是让他欲死不能欲哭无泪；干上三年信访，不从他身上扒层皮才怪呢。

侯副局长笑了，他由衷地说："还是您高，真高！"

生死界

王家湾的男人不行了。

秋天的时候,丫丫闹明白了一件事儿。这件事儿关乎她自己,也关乎别人;关乎王家湾男人,更关乎王家湾女人。起初,这只是丫丫的一个想法,一个奇怪的想法,但是她勇敢地说出来了,先是跟卿卿说了,再后来跟枣花说了,说的时候她杏目圆睁——

村里的男人不行了。

一

收秋时节,村子的人都在忙。打核桃的,收苞米的,起土豆的,到处都是肩挑背扛的人。今年雨水勤,核桃结得密,苞米个头儿大,连土豆都呆头呆脑得傻大愣粗。村人们反复念叨:"好年景,真是个好年景。"

村北的场院上,许多人都在打场。苞米一堆一堆的,小山似的。丫丫幽幽地走到村长老魁跟前,冷不丁地来一句:"村长,俺男人不行了。"

刀条脸老魁没听明白,满脸疑问:"你说啥?"

丫丫说:"俺男人不行了,俺是说……"

不爱笑的老魁笑了,说:"丫丫,你病了吗?发烧了吗?"老魁满脸体恤，把手搁在丫丫的额上。他觉得丫丫病了，绝对病了。但是丫丫没病，她知道自己没病，有病的是男人。

丫丫把老魁的手推开："村长你莫开玩笑，俺是在跟你反映情况。"

老魁打断她："俺没开玩笑，俺看你是在开玩笑。"

丫丫急了。丫丫提高嗓门儿："村长，真的不行了，俺男人真的不行了，村里男人……"

老魁嘿嘿一笑，再次打断了丫丫："你男人不行，你跟俺汇报？啥意思嘛！"老魁小眼睛骨碌碌地转了两圈，目光摸到丫丫胸脯的时候定了一下，然后又回到她的脸上。

丫丫恼了："村长，俺是在跟你汇报事情，你不能总是笑。"

老魁绷起脸："好，不笑。"

丫丫："俺男人不行了，村里许多男人不行了，这是个大事情。咱们得往上反映。"

老魁又笑了。老魁的眼睛睁得老大："许多男人都不行了？你咋知道？"老魁仔细盯着面前的丫丫，像审视一个没发育好的怪物。

丫丫说："村长，俺一个女人家，平白无故地跟你扯这些干啥。俺说的都是实话，卿卿的男人不行了，枣花的男人也不行了。俺们都是掏心窝子的好姐妹，不瞎说的。"

老魁的脸上终于有了一点儿正经的意思。

丫丫说："肯定是村里的水出了问题。"

丫丫说："俺是管水员，俺有义务跟你反映情况。"

丫丫说："你赶紧跟镇里反映，要不然就出大事情了。"丫丫的口气有些硬，跟河套里的石头似的。

老魁的脸立刻拉得老长："俺是村长，你给俺下啥命令？！"

"正因为你是村长，俺才跟你说。你要是镇长、县长，俺都不稀得跟你说！"丫丫也生气了。

"于小丫，你莫弄错了，俺是村长，是俺让你当的管水员。你脑子有病不是？你男人不行了，赖得着俺吗？卿卿、枣花她们的男人不行了，赖得着俺吗？王家湾的男人都不行了，又跟俺有啥关系？！又不是俺弄的！再说了，男人不行了，就来找俺，你有羞没有？……真是世道变了。这都叫个啥事儿！真是给鼻子上脸，给板凳上房，给褥子上床！一边儿待着去，没羞臊的玩意儿！"

老魁做了个赶鸡的动作，转身摇脱粒机去了。

老魁扭身走的时候，还嘟哝了一句："不讲政治。"

二

夜里，丫丫跟栓柱又试了一次，还是不行。栓柱急得都出汗了，还是不行。废了，真是废了。栓柱从妻子身上退下来的时候，心里很懊恼，很败坏，早先那种豪气霸气没有一丁点儿了，觉得自己整个人都小小的，软软的，轻轻的，真是比鸿毛都轻了，好像掉到水井里都不会发出多大声响。栓柱就那么仰躺在炕上，眼睛空洞地瞅着顶棚，耳畔听着丫丫的呼吸逐渐平复。他把手伸向自己下边，狠狠地揪住了那玩意，使劲，再使劲……没用的东西！栓柱在心里恶骂道。他恨不得把那玩意揪掉，扔到院子里喂大黄吃。也许大黄都不吃。此刻大黄安静地躺在它的窝里。虽然手上使了力气，可是栓柱不知道疼，他好像已经没有了知觉。这时，他又把身体扭向一侧，背对着丫丫，蜷着身子，泪水在眼眶里扭捏了、活泼了……但是，他没让它流出来。相反，他咬着后槽牙，让泪水生生地在眼睛里蒸发了。对男人来说，哭泣是一种耻辱。栓柱说过，男人可以死，就是不能流眼泪。

丫丫静静地躺在炕上，滚烫的身子终于一点儿点儿凉了下来。她真想再骂他一句，但是，她不能再骂了。

该死的！八年前，栓柱在场院把她强弄了的时候，丫丫就这样骂过他。那是她第一次骂他。后来，他们结婚了，每次他弄她让她高兴得没魂的时候，丫丫还这样骂他。直到今年夏天，栓柱不行了，心急火燎的丫丫真该骂他的时候，反而不骂了。不能骂了，再骂就不是长脸而是打脸了，真的不能骂了。

三

早上，一场大雾氤氲了半个村子，从后山头往下看，四面环山的王家湾就像一幅画。"恁好看，"丫丫自言自语道，"真想把它画下来。"她小时候就喜欢画画。

丫丫是骑着老憨儿上山的。老憨儿正在当年，壮实，有劲儿，下田犁地从不惜力。那年，栓柱做手术，急着用钱，村里好几家要买老憨儿，丫丫和栓柱都没舍得。老憨儿"哞哞"的叫声舒缓而悠扬，丫丫恁喜欢。老憨儿的后面是大黄。大黄这里闻闻，那里嗅嗅，偶尔又跑到前头去探路，然后回过头冲丫丫"汪汪"两声，完全是忠诚而讨好的表情了。

从家里到后山头，丫丫用了四十多分钟。山路时陡时缓，老憨的脚步却始终如一。这天雾大，丫丫骑在老憨儿身上，嘴上不断说着"老憨儿，慢点儿""老憨儿，慢点儿"。老憨儿压根儿没听见，就照着自己的节奏走，倒也走出了一点儿铿锵。丫丫嗔怪地拍了它一下："犟货！"

其实老憨儿爬后山头根本不用眼睛，这条山路它已经牢牢地记在心里。就是蒙住双眼，老憨儿也能顺顺当当地爬上去。老憨儿心里有一双眼睛，这双眼睛比定位系统还准。

在后山头的水窖处，丫丫拉开窖门，瞧了瞧水窖里的水，又侧耳听了听了抽水泵的声音，往随身带的本子上写了两行字，然后叹了口气，关上窖门，走向老憨儿那边。

老憨儿在吃草，吃得很香。丫丫犹豫了一下，没舍得惊扰它。大黄也发现了一根来路不明的骨头，叼起来一通乱啃。丫丫站到一个高处，手搭凉棚，往西南方向张望。但是因为有雾，她没有看到远处的白河。丫丫又往村子望，这回她隐隐约约地看到了一些房子，朦朦胧胧的，炊烟袅袅的。村舍是青的，山峦是绿的，雾霭是白的，看风景的丫丫是红的——她穿了件红衫，就也构成了一幅画。

丫丫和老憨儿、大黄下山了。

四

日上两竿，村里的雾散了。王家湾像是刚刚洗了个澡，干净、澄澈。庄稼人走在村里村外，虽然干活儿累，但是没人觉得疲乏。空气里养分足，吸一口儿顶两口儿。

村东北的一块地里，栓柱正在那儿捆棒秸。赶上好年景，苞米个头儿大不说，连秸秆都是壮壮实实的。两亩八的田里，栓柱已经捆了一半，在他身后，几十捆秸秆躺在地上。

有点儿累了，栓柱就坐在地边的一块石头上歇息。他掏出烟袋，捻出一张烟纸，往上边倒了点儿烟丝。很快，一支烟卷叼在了嘴上。用打火机点着后，栓柱贪婪地抽了一口，又抽了一口，一缕熟悉的香味儿立刻弥漫开来。多少年了，栓柱都喜欢抽自个儿种的烟。就好这一口儿。商店里那些花花绿绿的香烟，在栓柱嘴里，压根儿没啥味道。抽了几口，栓柱愁眉不展的脸舒展开来，有了一点儿生动和光泽。

可是，也就一袋烟的工夫儿，栓柱的脸色又沉了下去。他想起了夜里的事儿。丫丫身子恁白，奶子恁大，以前咋要都不够，如今……咋就不行了呢?! 要不是丫丫恁馋人，八年前自个儿也不会冒着坐牢的危险强弄了她。莫非是报应?! 不过，栓柱立马又打消了这个想法儿。迷信。迷信嘛。

可是头天夜里，丫丫身子那么烫，下边那么汪，自个儿却始终不行，至今栓柱的脸上还火辣辣的。

"奶奶的!"栓柱恨恨地骂道，又想去揪那不争气的东西去了。

一条昔日有说有笑生龙活虎的汉子，如今变得满面愁容、郁郁寡欢。

刚刚三十出头，栓柱的额上已经悄悄地爬上了两道虫般的沟壑。

五

后晌，丫丫骑着自行车，颠簸在一段崎岖不平的土道上。自行车已经很旧了，这把年轻的丫丫衬得更鲜亮了。这是出村子的一条土路，几十年了，还是老样子，路面坑坑洼洼，总没人修补。丫丫骑车走在路上，机智地左拐右扭躲着路面上的坑坑儿，但是坑坑儿忒多，总有躲不过去的时候，就颠，反复地颠。丫丫的胸也跟着一上一下的。一个外村商贩开着农用车从对面过来，直勾勾地往丫丫的胸上瞅，车都过去了，还不甘心地扭着脖子张望。

在土道上骑了十几分钟，丫丫就来到了白河岸边的公路上。公路是柏油路，又宽又平，再也不颠簸了。归丫丫看管的河段有十里地，丫丫就骑着车子从这头到那头，再从那头到这头。别的管水员爱蹲点儿，拿一张报纸垫在路边，一屁股坐下去，要么嗑瓜子、看微信，要么织毛衣、听音乐，总之是耗时间。丫丫不。丫丫觉得一个月拿人家七八百块钱，这样坐着不行，得转悠——官话叫巡逻。她就骑着车来回转悠，慢条斯理地，不慌不忙地，左顾右盼地，倒真像个巡逻兵似的，也像看风景。高兴的时候，丫丫还哼上几支小曲。别看岁数不大，丫丫偏喜欢那些老歌，像《唱支山歌给党听》什么的。

夏天以来，丫丫可是不咋唱了。她有了心事。栓柱不行了。哄着他去了两趟医院，再也不去了。"你是不是忒想那个？"把栓柱逼急了，他就来这么一句。其实，丫丫不是说让他去医院就是忒想那个，又不是吃饭，一顿不吃饿得慌。不治就不治吧，不那个就不那个吧，没啥了不起。可是有时候，好些天不那个的时候，丫丫心里也想，想着想着身上就热了。终归是二十七八岁的小媳妇，躺在男人旁边，身子总免不了要风生水起的。但是丫丫倔，忍一忍，也就过去了。

只是栓柱心里不甘，还总想要，鼓捣了好几次，弄出好些个花样，就是不行，急得抓耳挠腮的。后来，也不抓耳挠腮了，就骂人，什么难听骂什么，什么寒碜骂什么。到后来，骂也不骂了，用拳头擂炕沿。"咚咚""咚咚""咚咚咚"每次都使出死力，一连就是好几十下。再后来，不骂了也不擂了，只剩下了比夜还长的叹息。都这样了，活着还有啥劲儿？栓柱想，生不如死嘛。叹息也好，咚咚声也罢，每一次都是撞在丫丫的心里，让她心疼。

"要不，去北京的大医院瞧瞧？"丫丫小心地问。

"要去你去，老子不去！老子现不起那个眼！"栓柱会骂人了，知道给媳妇充大辈了。

"啥现不现眼的，就是病呗，跟旁的病没啥两样。"

"你要受不了，找野汉子去！少他妈磨叽！"栓柱说气话了。

丫丫就气，就羞，就心焦。从夏天到秋天，她心焦极了。身体上的事情扛一扛就过去了，心里头要是憋屈着，可是天塌下来了。栓柱从来没骂过她，自打不行以后，倒是骂起人了。这样子丫丫可有些受不了了。

这段日子，丫丫没心思哼曲子了。但是，她管水仍然上心，看河的时候，还十足的认真，一是一，二是二，没有半点儿马虎。管水员。管水员！一个月七百五十块钱！得对得起这份工资。

丫丫在河岸上兜了五六个来回，村子那边有炊烟竖起来了。丫丫望了望西山的太阳，低头看了看手机上的时间，骑上车子往回走了。

六

在村口，丫丫碰到了老魁。老魁关切地问："丫丫，咋样？栓柱这两天咋样？"

丫丫摇摇头："村长，俺真是疑心水有问题，咱往上反映反映。"

老魁说："丫丫，栓柱要是真出了问题，你咋办？"

丫丫说："俺想带他去北京的大医院，他就是不去。"

老魁笑了笑："不去就不去，这种事儿别硬来。"

丫丫叹了口气，小声说："只要他别闹脾气，俺就知足了。"

老魁的眼珠子转了转，说："可是那种事儿，老是不干，也难受呀。"

丫丫一怔，脸红了："村长你……"

丫丫不好意思了，眼睛都不敢瞧老魁了，可是继而一想，嗨，反正都是过来人了，说说也无妨。丫丫低着头说："难受那么一小会儿，忍一忍就过来了，又不是当饭吃的。"

这边，老魁暗自寻思了：人生一世，食、色二字，那件事儿都做不成了，活得还有啥滋味儿嘛！对丫丫却大大咧咧道："忍就忍吧，忍不过去了，再说！"话有点儿玄虚了。

说罢，老魁大摇大摆地走了。

七

傍晚，吃过饭，枣花的丈夫石头一声不响地出去了。枣花收拾好碗筷，把桌子擦净，单等着几个牌友过来打牌。男人出去打麻将，打就打吧，只要他高兴就成，只要他张嘴说话就成。从春天开始，男人就不爱说话了。他不行了。不过她从来没跟别人说过，这种事情！只是快入秋的时候，在卿卿的怂恿下，她才说出实情。卿卿嘴浅，没两天丫丫就知道了。

不一会儿，张婶来了。枣花给张婶倒了水，递上瓜子，从柜子里拿出一副扑克，扔在了桌子上。

张婶一屁股坐在炕上，张口就问："枣花，石头咋样？还不行吗？"

枣花脸上一红，点了下头："嗯，还那样。"

张婶说："偏方吃了？"

枣花说："吃了，不管事儿。"

"啧，啧，"张婶替枣花惋惜，"可怜见儿的，一对苦命人。"

这时，卿卿进来了。以往，卿卿都是叽叽呱呱、浪里浪气地进来，今天不是，闷声不响的，悄没声的，但是瞧上去气咻咻的。

"这日子没法儿过了。离婚！非离不可！"

"咋啦?！"张婶和枣花异口同声问。

"孬种！太监！没用的玩意！"卿卿恶叨叨地骂道，"都俩月了，老娘身子都要着火啦！这不是活受罪吗?！这不是守活寡吗?！"

张婶哈哈地笑了。枣花也笑了，只是她没有笑出声音来。

张婶的笑声刚落下，院子里有个人影一闪，不见了。而后，丫丫一挑门帘，进屋了。原来是她。"笑什么呢你们？"

"卿卿要离婚。"张婶说。

"为什么？"

"她嫌男人不行。"

"就因为这?！"丫丫睁大眼睛。

卿卿点了点头："咋啦?！这就是大事儿！天大的事儿！"

"不害臊的东西，亏你说得出口！"丫丫骂道。

"对，为那事儿，不值当！"枣花说。

卿卿挨了批，收敛了些浪劲儿，老老实实地说："你们行，俄真不行。俄两天不做那事儿，心里就痒痒；三天不做，就火急火燎的；如今，都俩月了，要不是俄……俄真要疯了。"

"要不是你什么？"张婶立刻问，脸上充满好奇和警觉。

"没啥，没啥。"卿卿说。"来吧来吧，打牌，还是俄和丫丫一头。"

"来，打牌。"丫丫说。

打牌的时候，卿卿冷不丁地问了一句："婶子，俄叔真的还行？"

"行。"张婶的脸立刻沉了下来，"俄丑话说在前头，你要敢打你叔的主意，俄把你×给剜下来！信不？"

"信，信。哪敢呀！"卿卿说罢，丢给丫丫和枣花一个眼色，笑了。

丫丫和枣花也都会意一笑。她们知道，张婶也是打肿脸充胖子，她跟她男人去县医院看病的那次，被丫丫撞见过。当时，在县医院看男科病的地方，丫丫瞧见了张婶，张婶没瞧见丫丫。怕双方尴尬，丫丫没和张婶照面，而是等张婶他们看过大夫，走了，自己才走进那间诊室。

"这男人呀，也真是的！"张婶一面抓牌一面说，"太坏了不放心，一点儿不坏了，又没意思了，不像个全科人儿了！"

几个小媳妇都笑了。

"俺怀疑，是村里的水出了问题。"丫丫说。

张婶和枣花的目光落在丫丫脸上。

"村西边挨化工厂的地方，老有一股水渗进地里，俺疑心是……"

"狗屁！跟水有啥关系？"卿卿说，"一村子人哩，要是水有毒，男人不行，女人还不倒霉呀？！再说了，男人也不是都不行，人家张婶家的……"卿卿冲着丫丫朝张婶努了努嘴儿。丫丫又笑了。

张婶有点儿不好意思，兀自说："就是，就是，俺男人还行，还真行。"

众人继续打牌。

过了一阵子，张婶说："婶子是过来人，俺跟你们说个秘密，两口子在一起时间长了，就不新鲜了，不新鲜了就不行了，不行了就可能外边找腥吃，吃了腥再回家，又行了，恁硬恁硬的。男人都这个德行！"说得三个人目瞪口呆。

枣花不解地瞅着张婶。丫丫抓牌的手也在空气里停住了。

"啥意思？"卿卿问，眼睛直勾勾地盯着张婶，"不新鲜就不行啦？！是不是？是不是这个意思？"

枣花和丫丫也期待地瞅着张婶。

张婶很官样地点了点头："那可不！不新鲜了，男人就不行了。"

"嗨，好婶子，你倒早说呀！俺们几个换换男人，不就行啦？！"卿卿大大咧咧、没心没肺地嚷嚷道，然后转向另外两人，"丫丫、枣花，你们同意不？"

"你！"枣花脸红了。

"个死丫头！"丫丫骂道。

没想到卿卿一不做二不休，满脸狐媚地说："俺跟栓柱，丫丫跟枣花家的，枣花跟俺家里的。枣花你要是把俺那个孬种给治好了，俺给你烧高香！还送给你白使半年！"

"你胡说！"枣花伸手打了卿卿一下。卿卿嘿嘿地笑了。

张婶说："枣花把你家里的治好，你再跟人家栓柱腻歪上，不松手，你成武则天了，美得你！"

"那也没啥大不了！俺就当一回武则天，把你们的男人都召过来。"

丫丫立刻扑向卿卿，捅她的胳肢窝，"让你能，让你骚！枣花，还等什么?！"枣花立刻也扑过来，两个人一起咯吱起卿卿来。

怕痒痒的卿卿立刻大笑，为了躲开四只手而不得不连续地扭动腰肢，跟一条小花蛇似的。

一旁的张婶瞧到这情形，也不甘寂寞，酸溜溜道："德行，就你这小身板儿，男人不把你弄散了架才怪哩！"顺手攥住了卿卿的奶子，那奶子在手里很占地方，又大又挺，比自个儿的鼓好多，心里更不是滋味儿了，手上立刻加了力气，恨不能把那活泼的奶子捏成霜打的茄子。

这边，卿卿却不笑了，呻吟道："谁碰俺奶子了，恁舒服哩！"

八

这天天气真好。天空恁蓝，蓝得让人心里敞亮得如同大草原。云也白得妥帖，让人觉得自由自在的。没事情做。一村子人好像都没事情做。

确实是没事情做。庄稼人一收完秋，就像学生考完了试，休息了，放假了。放个长长的寒假或暑假。庄稼人没有暑假，只有寒假，格外长的寒假。一猫就是冬仨月。说是冬仨月，也不准确，其实是四个月。从十一月到来年二月。好长一个寒假。让上班的人都流口水。轻闲死了，自在死了。

晚秋是大寒假的前奏，或者序曲，还没有真正地进入冬仨月。好像是乡村电影正片前的加片，白饶的，不算数的。

往年的这个时候，男人们可是要大大地放松。队里打牌，街上下棋，骂骂娘，或者随时随地地说些荤话，甭提多舒坦了，甭提多自在了。今年不行了。许多男人不到街上下棋了，也不去大队了。说大队也不准确，其实是村委会，是村委会的文化活动室。但是村人惜恋着生产队的时光，嘴上总不愿改口。大多窝在家里发呆，喝闷酒，或者瞧电视，瞧得也心不在焉。

男人的命根子不行了，还咋有精神？

所有这些，细心的丫丫都瞧见了。她心明眼亮。全村八十二口人，除了四十五个老人和孩子，就是他们十九个男的、十八个女的了。十九个男人里头，村长是单身，另外十八男十八女就成双成对了，包括丫丫和栓柱，包括枣花和石头，包括卿卿和双锁，也包括张婶和她的男人。除了村长，其他十八个男人都不行了。张婶的男人行，假的。那是张婶自个儿说的，不作数的。其他男人都不行了。这个已经得到验证。年轻的姐妹们在丫丫的哄劝下，都招了，也顾不得害臊了。她们知道这是件不能到处嘞嘞的丑事，但又都觉得这是件大事，是件关系全村人生活的大事。夜里跟男人干不干那件事并不重要，最怕的是，如果真像丫丫说的，村子里的水要是有了毒，那害得可不单是自己的男人，还有老人和孩子哩。要是娃儿们出了问题，那可不是闹着玩儿的，那罪过可比身子遭罪大了去了。

这些天，村里许多媳妇都听过丫丫的说道，都有些信了。

但是男人们不理这茬儿。觉得老娘们儿整天没事儿干，又没男人弄着，就吃饱了撑的，浑身痒痒地到外面浪疯去了，就开始胡说八道了。

说服不了别人，丫丫拿栓柱下手。头天夜里，丫丫已经说服了栓柱，答应跟她去苇子沟转一遭。

苇子沟有一处塘坝，是五十多年前"学大寨"时修的，用于浇灌附近的庄稼地。塘坝里的水，旱年少，涝年多，没个准数。前几年连续大旱，里面的水少得可怜，没人指望它。今年还好些，塘坝东边坡下是栓柱的旱烟地，水都渗到那里边去了。

在塘坝西边，丫丫指着一根红薯粗的聚酯管子说："你瞧，就是这个，这管子就是化工厂那边伸过来的。"

栓柱瞅了瞅管子，又瞅了瞅丫丫，说："水挺清呀，不像有污染。再说了，村里人也没喝这水呀！"栓柱蹲下身子，伸手从管子口接了一捧水，低下头要喝时，被丫丫打掉了。

"别喝！这水咋能喝？"丫丫满脸惊惧。

"这水清亮亮的，咋不能喝？"栓柱反问。

"不能喝就是不能喝！水太清了，连鱼都活不成，何况人哩。"

"胡说。鱼是从水里吃东西，人又不靠水里的养料过活。"栓柱振振有词道，"真是胡说八道！"然后两手拄在管子旁的硬土上，往前探了探身子，撅着屁股，鼻子凑到管子出水口的地方，"嘶嘶"地闻了几下，然后站起来，冲着丫丫吼道："这水啥怪味儿都没有，又那么清，能有啥问题?！别撒癔症了！"

丫丫不满道："你才撒癔症哩！"

栓柱突然就烦了、恼了："俺瞅你不是三天不打上房揭瓦，三天不弄下地掰瓜，老子还是那句话，你要浪得受不了，找野汉子去！"

说罢，栓柱"嗖"地站起身，走了。

丫丫也恼了，猫腰从地上拾起一块石头，使劲儿地扔进了塘坝。

九

傍晚，王家湾前街巷口处，村长老魁从一辆黑色轿车里钻出来，稳稳地站在了地上。老魁跟车里的人挥了挥手，等车子离开了，才转身朝家里走去。老魁的脸微微泛红，眼睛炯炯有神，一根牙签还叼在嘴上。他身材高大，腰板挺直，虽然快五十岁了，但是没有一点儿驼背的意思。老魁的手上提着一个食品袋子，里面是五条香烟。袋子随着老魁的步伐微微晃动。

经过枣花家门口的时候，对面走过来两个人，张婶和卿卿。还是去枣花家打牌。卿卿喊了声"村长"，老魁答应着，问她们干啥去。卿卿说去打牌。

老魁迟疑了一下，用领导调研的口气问："听说村里好些个男人……都不行了，真的吗？"

张婶白了他一眼，拿眼睛往枣花家的院子里面瞟，脸上是一副不屑的意思。

卿卿说："是的，都好几个月了。"那语气里水深火热、民不聊生的成分很多。

老魁说："哎哟，俺的俊卿卿哩，这咋行呢，这关系到你们妇女同志的幸福哩，这可是个大事哩！俺村长不能不管呀！上回你说房场的事情……"

老魁炯炯的眼睛里眯出一缕贼光，无所顾忌地扫过卿卿的胸脯、脖子和脸颊。卿卿太懂得这样的目光了，当即身上就酥了："村长，俺家双锁说了，你给俺批块房场，俺们请你吃饭。"

老魁笑了笑，说："吃不吃饭倒没啥……俺们研究研究，抽空你找俺一趟。"

卿卿立刻拍手道："行，行，太好了，太好了。"然后就蹦了一下。卿卿有个习惯，只要一高兴就蹦。此刻就蹦了一下，又蹦了一下。她还要说啥的时候，被张婶拽了下衣襟，催促道："别嘞嘞了，快去打牌。"卿卿只好恋恋不舍地跟着走，经过老魁身边后，还扭着头嗲声嗲气地说："村长，明儿个俺就找你去！"

十

老魁进院的时候咳嗽了一声，屋子里立刻传出一声清脆的叫声：

"爷爷!"

孩子们也刚吃过晚饭。儿子坐在沙发上瞧电视。儿媳正在灶台上刷碗。小孙子在炕上逗猫。"爹回啦?"儿媳跟他打了个招呼。老魁嘴上答应着就进了屋。儿子往他这边瞟了一眼,没说话,扭过头又去瞧电视了。"个兔崽子!"老魁心里骂了一句。骂归骂,嘴上却说:"有几条烟,给你一条抽。"说罢拿出一条烟,扔到儿子旁边的茶几上。儿子瞟了眼香烟,爱答不理地说了声"抽不惯",然后眼睛又去寻电视了。

"个兔崽子!"老魁又暗骂了一句。

"受罪鬼的命!"老魁心里说。儿子跟村里那些老爷们儿一样,总喜欢抽栓柱种的那些旱烟,没出息,一帮穷鬼!

村长转而去逗孙子了。给孙子当孙子,老魁可是心甘情愿的。当爷爷的人,从心眼里乐意让孙子作威作福。老魁总想:过几十年,俺没了,孙子还在!孙子就是自个儿呀!对孙子好就是对自个儿好呀!

十一

夜里起风了,村里的狗叫个不停。

栓柱躺在炕上,心里像爬着一只蚂蚁,烦极了。刚才,丫丫又凑过来了,说是和自个儿说说话儿。倒也说了一些,还好几次提到了卿卿。以前可不是这样,丫丫不提卿卿,栓柱也从来不敢在女人面前提卿卿。前两年,有一次他学了电视上的词,夸了两句卿卿"性感",丫丫就好几天没理他。从此栓柱再也不敢了。今天是咋地啦?倒是丫丫自个儿提起来了,还说卿卿打牌的时候爱笑,一笑奶子就上下乱颤,像个小皮球似的。栓柱挺纳闷,有一点儿想接话儿的意思,最终还是没敢。后来,丫丫又说起了张婶,说起了张婶说过的话,夫妻久了不新鲜之类的话。栓柱懵懵懂懂,不知道女人要说什么。说就说吧,总比闷着强,总能解解闷儿。自从下边不行了,栓柱还落下一个失眠的毛病,睡不着觉就胡思乱想,越胡思乱想就越睡不着觉，越睡不着觉就越烦。有一次，他干脆穿上衣服到街上溜达去了，手上夹着烟卷儿，火亮在深更半夜里忽明忽灭的，鬼火似的。

丫丫跟栓柱说了好多话，有些栓柱注意听了，有些没注意听。这些天，他总是不能集中精力。说卿卿的那些都听见了，什么乱颤的奶子，什么说话时的浪劲儿，什么换男人。狗日的卿卿，栓柱心里头说，真是个浪货，还敢换男人！

后来，说累了，丫丫就不说了。丫丫钻到栓柱的怀里。黑暗中栓柱哆嗦了一下。"瞧把你吓的，俺又不是老虎。"丫丫嘟哝着，"俺是你的女人，你欢喜的女人，性感的女人。"说罢，丫丫就亲栓柱，亲他的嘴，亲他的脖颈，亲他的胸膛……这是从来没有过的。栓柱有那么一点儿感动。终于，栓柱出声音了，呻吟了，舒服了，很舒服了，很想干点儿什么了。有那么一瞬间，他想到了卿卿，就突然有了一点儿感觉，也不顾廉耻了，就继续想了下去，卿卿的脸，卿卿的奶子……有了，就要有了，栓柱"嗖"地翻转身，蹿到丫丫的身上。丫丫被压在身下的瞬间，眼前一片光亮，她觉得她希冀的事情就要发生了。

但是，没有。栓柱不行，还是不行。栓柱鼓捣了两下没成，又鼓捣了两下，仍然不成。一瞬间，这个男人立刻焦躁了，狂怒了，咆哮了。他"啊"地大叫一声，跳下炕，光着身子向屋外跑去。

院子里，栓柱跪在地上，两手攥拳，仰天长啸："老天爷，俺日你祖宗！！！"

栓柱在月光中瞧见了窗台上的树剪，立刻眼睛一亮。他知道自个该干点儿什么了。他咬了咬牙。他朝窗台走去。他把树剪牢牢地握在手里。树剪是夏天新买的，开刃相当锋利，给院里的苹果树剪枝时效果恁好，"嚓"地一下，一根大拇哥粗的树枝就能分成两段。此时，树剪在月光下寒光闪闪。

栓柱把树剪打开，两片锋刃立刻张开了。张开的双刃冲着栓柱的下边就去了，果断得很，决绝得很。栓柱左手揪住阳物的龟头，拉长，捋直，然后把树剪的虎口对了上去。要做干净,一点儿废物都不留。要从根上铰断。这样想着,他再次低头瞧了瞧,检查了一下,没问题了,可以了,手上一用力——"咔",树剪就合上了。栓柱牙都没咬一下。起初都没觉得疼。三秒钟后,栓柱"啊""啊"地惨叫起来,叫声在王家湾的夜空里惊悚而骇人。

十二

栓柱的自残让丫丫心疼,更让她愤怒。疗伤期间,栓柱的痛苦放大了丫丫的痛苦,也加剧了丫丫的执拗。她认准的那桩事情,就是八匹马也拉不回了。要一条道走到黑了。

半个月后的一天上午,丫丫去镇里了。她拐弯抹角,倒也轻车熟路地找到了水管站站长。站长是个年轻的后生,毛头小伙儿,去年农学院毕业的,听说是镇长的姑爷。丫丫把情况给站长反映了。站长后生说:"于小丫同志,你反映的情况很重要,俺会向上反映,也会抽空去调查一下,你先回吧。"

丫丫就回了。

十三

夜完全黑下来的时候,卿卿走进了村委会大院。院子不大,五间北房有书记室、村长室、会计室,还有会客室。书记室、会计室都是一间,村长室两间。三间西厢房是广播室和图书室,三间南房是活动室,两间东厢房空着,里面放着一口棺材。棺材是前年老书记没死时留下的。那年,老书记得了一场大病。村长说,老书记贡献大,村里要给老人家准备寿材。村里没人说个不字。

快入冬了,天气凉得很,到村委会大院里玩儿的人更少了,很冷清,黑咕隆咚的。卿卿有点儿怕。她是来向村长要房场的。晌午在街巷里碰到村长，说好了的。

村长的屋子是个里外间，卿卿一进屋，随手把门掩上了。屋子里的节能灯一共有五个，坏了四个，光线昏暗了。老魁让卿卿坐下，自个儿出去把大铁门锁上了。

再回屋的时候，老魁没有关屋门，两扇门完全是大敞着的。老魁伸手把电视机打开了，音量调得很大，都刺耳了。然后，老魁走到卿卿跟前："卿卿，你想要房场？"卿卿点点头。老魁问："除了房场，还想要啥？"老魁的目光落在卿卿的胸上。卿卿的脸适时地红了，眼睛里放射出一万吨当量的妖媚，伸手去找村长的手。

老魁没等她的手摸过来，二话不说，先伸手抱起卿卿，走进里屋。老魁的做派相当霸道。卿卿倒下的时候，瞅见了那块大大的窗帘，整个窗户被遮了个严严实实。娇小的卿卿也被高大的村长遮了个严严实实。

人活着为了啥？为了享受。这是老魁的哲学。享受就离不开睡女人，活着干，死了算。所以，他在动手的时候没忘了开导卿卿："人这辈子，要活得舒坦。俺给你房场，你给俺舒坦。"

突然，门外响起了大铁门的咣当声。咣当。咣当。咣当。

十四

是丫丫。

丫丫在门外喊了几声，但是屋子里的人没听见，就摇晃门。咣当，咣当。老魁终于听见了。老魁蹙了下眉，不耐烦了。老魁让卿卿别动，自个儿不慌不忙地穿好衣服，夹克衫披在身上，胳膊并没有往袖子里伸，趿拉着鞋，出去了。

在离大铁门两三米的地方，老魁停下了，低着嗓子问："这么晚啦，谁呀？！"

丫丫两手攥着铁门的栅栏，说："村长，叫你好半天了，你都不应。"

老魁指了指屋里："电视声太大了，听不见。"

丫丫说："是吗，咋把电视声音放恁大哩？！吵人不说，还费电。"

老魁哑着嗓音说："喝多了，稀里糊涂的。"

丫丫问："又喝多啦？！真是的，都五十岁的人了，还老喝多！"

老魁说："是呀，没法子，都是为了给村子要点儿钱。有啥事儿明儿个再说，这么晚了，不合适……俺也累了。"

"行，俺这就走。"丫丫说，"其实也没啥大事，就是告诉你一声，俺去过镇里了，找过水管站站长了。他说往上反映反映，还要来查一查。"

"哦，哦。"村长支吾着，又问，"栓柱恢复得咋样？"

"好多了！但是还没下地，躺着哩。"丫丫说，"那俺走啦，村长，你歇着吧。村长，别忘了关门、关电视，天凉了，不关屋门肯定不行，会受风的。"

老魁大大咧咧地说："哎哟，还是丫丫会疼人。你说得对，俺关上屋门、关上电视，好好睡一觉，明儿个就没事儿了。"

丫丫走了。

老魁回屋了。

老魁再碰卿卿的时候，眼前老是丫丫。他觉得有点儿怪。

十五

天气真是很凉了，大清早丫丫上后山头的时候打了个寒战。水窖里的水还是那么清澈，只是在丫丫的眼里，好像有一股子蓝光。丫丫觉得水里有蓝光，张婶却说没有，卿卿、枣花也说没有。几个人只好下山，路上的话不多，有一搭没一搭的。这些天卿卿好像有了心事，不爱那么插科打诨了，不那么浪里浪气。好像遇到了天大的打击，让活脱脱的一个人变蔫了，也像遇到了什么好事，舍不得说，金口玉言了，成贵人了。

丫丫带着三个人又来到了苇子沟的塘坝边，指着那根红薯粗细的塑料管子让大家看。

张婶说："这水清亮亮的，没啥呀！"

卿卿也说："丫丫你真是魔怔了，男人不行咋能跟水有关系哩？！村里人都喝一股水，咋有的人不行，有的人就行？"

丫丫眉毛一蹙："啥意思？你说谁行？"

卿卿的脸红了："没……没说谁，就是，就是男人如果不行，那么女的哩？女人是不是也该有啥毛病？咱女人挺好的呀！"

张婶跟着说："是呀，俺男人行，俺也行。"

丫丫苦笑了一下。

枣花突然说："假如这水有毒，鸡喝了会咋样？"

丫丫脸上一怔，然后笑了，笑得突如其来又绵绵不绝。她不由分说倒掉水壶里的剩水，把壶嘴儿凑到水管口儿，往里面灌了满满的一壶。

十六

夜里，枣花躺在炕上，也睡不着了，或者睡着了也时常醒，醒后就再也睡不着了。枣花就顺手拿起本书，随便地翻了起来。

石头已经搬西屋住去了。他的心思很重，自从确认自己不成了，他就不跟枣花在一个炕上睡了。他要图个清净。他需要这份清净。枣花懂丈夫的心思。她也不想让他尴尬。她更不想让石头像栓柱那样剪掉自己……

枣花没有把书页翻得哗哗响，相反，她动作很轻，小心翼翼地，生怕弄出点儿声响吵醒了西屋的石头。然而，西屋还是偶尔传来石头的声音。

以前，石头睡觉的时候鼾声如雷，高亢得很，悠长得很。如今，这鼾声再也听不见了。枣花真的有些不适应了。屁声也一样，早先他的屁不多，但是一旦放起来，砰砰的，急促、清脆、有力，就像炸弹，是炸开的感觉。而今，他的屁倒是多了，声音却小了，大不如前了，是那种仓皇的、苟且的、没有气力的，跟刺破了一个鼓鼓的气球，"嘘"地一下子，就把里边的气体放掉了——是泄掉了的感觉。也像自行车车胎慢撒气的情形，是要持续一段时间的。这就不再是炸开的力度，也就没有了爆破的气象。

不过，叹息归叹息，叹息过后，石头这样宽慰自己："还得活着，人生一世，就是来受罪的。"

十七

立冬了，天气冷得很突然，让许多庄户人都感冒了。紧跟着就是一场大雪，铺天盖地地整整下了七个时辰，院里的雪已经没膝了。

满世界的银白，白得闹心，也白得晃眼。房上、树上、墙上、鸡窝、牛棚、猪圈、巷子里、院子外，到处都是白茫茫的，白花花的。同样白花花的，还有栓柱的头发。前一天他的头发还是黑的哩，一夜之间，全白了。本来栓柱就已经很瘦了，腮帮子瘪下去了，这样头发一白，加上黑瘦黑瘦的脸颊，俨然一个老头子了。

丫丫还以为丈夫头上顶着雪糁儿呢。刚才他出去扫院子了。丫丫用手巾"噗噗"地在栓柱头上掸了两下，又掸了两下，那白色顽固地一动没动。

丫丫僵在那儿了，举在半空的手巾也僵住了。

"咋啦，你又发啥呆？"栓柱不耐烦地问。

丫丫没言语，眼泪无声地流了下来。

十八

春节前，丫丫去了一趟县城。她找到了水务局。局长是个女的，四十来岁，皮肤白白的，额头宽宽的，奶子大大的。局长倒是没什么架子，耐心地听丫丫说完话，笑了。

水务工作关系国计民生，局长说："王家湾虽然是个小村，但是群众的饮水安全仍然是个大事。你放心,我们会尽快了解情况,给你一个满意的答复。"

丫丫给局长鞠了一躬:"谢谢局长。"

"至于你说的……男人不行……那些个事儿,听上去蛮有意思的。"局长收起脸上的笑容,语重心长地说:"时代不同了,男女都一样,如今咱们女性地位提高了,跟男同志没有什么两样,但是毕竟几千年的传统了,女人跟男人终究是有区别的,有些事情还是不说的好。"

丫丫的脸腾地红了:"不,俺不是……"

局长打断丫丫:"你是个管水员,不错,但是别忘了,你首先是一名女性,做一个自尊自重的女性,比什么都重要。"

丫丫急了,心里头憋屈得够呛——俺反映反映水的问题,就不自重啦?丫丫红着脸问:"局长,俺不是离开男人就……"

局长笑了:"好啦好啦,俺一会儿还有个会,就到这儿吧。"

丫丫羞愧地离开了。她很不情愿。

"就算俺离不开男人,那又有啥错误?"丫丫走出水务局大院的时候,心里更委屈了,也生出了一股无名火。"敢情你是局长,就算家里汉子不行,外边也有的是人日你!"丫丫这么说人家,有些不讲理了,恶意损人了,低俗了。

十九

县官不如现管。丫丫又去找村长了。

村长刚刚接完一个电话,挨了镇长的骂,正在气头上。老魁的口气像吃了枪砂,他自个儿都觉出来了:"于小丫,你老在水上纠缠不休,你到底憋得哪门子坏?老子没工夫儿听你瞎嘞嘞!你要是浪得不行了,就找棵树蹭蹭去!"话说得没谱了,很恶毒了。一出口老魁就后悔了,就想着往回收,可是,来不及了。

丫丫的火气已经上来了:"老魁,你是村长,村里出了事情,有了问题,你当然得管!你凭啥骂人?你放心,姑奶奶就是痒痒了也不劳烦你,你瞧你这葫芦脑袋!"

这回,老魁真的恼羞成怒了,脸上青筋崩起了:"不是村里有问题,是你有问题!是你的脑子有问题!是你的下边有问题!"

丫丫二目圆睁,满脸气愤,脱口而出:"姑奶奶下边有问题,你他妈上边有问题,都一个德行!戴着乌纱不管事,配着耳朵不听声,废物!跟长着鸡巴不硬巴有啥两样?!"

村长脸上一怔,很意外了。这么多年,村里谁敢跟村长这么说话?!真是活见鬼了。老魁气得脸色煞白,嘴角抽搐了一下,抬手就是一记耳光。丫丫被打了脸,本能地伸出手,也要还老魁一耳光,却被老魁挡住了。两个人顿时扭打起来。有些荒唐了。混乱中,村长的老拳落在丫丫的腰上、胸上和腮上——当然没有使出完全的力气。而丫丫呢,几乎没有像样地打到他。丫丫不会打架,她的手只是漫无目的地在村长脸前晃来晃去,像是打耳光,也像是要抓脸。盲目了,没有效果了。但是丫丫凭着一股子倔劲儿,就是不放手,就想在村长的脸上抓一把,哪怕是一把,哪怕留下一根血道子,也算出口气了。抱着这想法,丫丫就是不松劲儿,身体绷得老硬,手上发着力。老魁毕竟是男人,两只手紧紧地捉住丫丫的手腕子不松开——他好像洞悉了她的企图。不能。绝不能!要是在脸上留下血道子,那可不是闹着玩儿的!谁敢在老子头上动土?!吃了豹子胆啦!

可话说回来了,要真是有人吃了豹子胆了,这土家湾就要乱了,就要改天换地了。那可不成!不能让村里不稳定,特别是在换届前,不能留下任何不和谐的迹象。所以,丫丫手上较着劲,村长手上也较着劲。都很投入了。好像是一场殊死搏斗,一场你死我活的较量。就那么僵持着。有了旷日持久的意思。而实际上没有,毕竟一个是女人,一个是年近五十的老男人。只七八分钟,两个人同时乏力了,泄气了。村长的手上先松劲儿了,松也不敢一下子松,慢慢地,带有试探的意思,看对手是不是也认输了，一点儿一点儿的。看来没问题了，女人也松下来了，放心了。可是，就在老魁几近完全收力的瞬间，丫丫发飙了，突然袭击了，又发动了最后一轮进攻，还险些得手。老魁再次生气了，怒火使他陡生一股子蛮劲儿，他把她的双腕攥得紧紧的，并且用力推，再用力推。丫丫倒在了沙发上。

老魁也倒在了沙发上，他的身下是一个女人，一个在他眼里本来可人但是近来变得疯癫的女人，简直就是一根筋、精神病、癔症鬼、马大哈！

老魁压在丫丫身上，两只手还紧紧地攥着她的腕子，不敢有丁点儿松懈。老魁喘着粗气，心里说："要是再折腾，俺老汉还真是没力气了。"丫丫也在心里说："不行了，没劲儿了，抓不到他的脸了，还是失败了。都说好男不跟女斗，胡说，还是好女不跟男斗，否则要吃亏的。"丫丫也微微喘着粗气。

两个人都没有说话，一时间不知道说啥好了。说啥都不自在了，立刻起来似乎也不好，身上松松垮垮的，没有了一点儿力气。

慢慢地，两个人的呼吸均匀了。丫丫突然哭了，把老魁吓了一跳。丫丫委屈了，突然觉得很委屈了。老魁想完全松开手站起身，又怕丫丫有诈，就没有动身。为了保险起见，他就那么压在丫丫的身上。压着是福，起来可能就是祸。再压压吧。反正不能吃亏。反正也不会吃亏。

丫丫败了，被压在身下的她，想起了半年来的许多糟心事儿，心里更委屈了，哭得更厉害了。老魁终于心动了，但是他没有动身："丫丫，别哭！别哭。叔对不住你，叔打疼你了吗？"

丫丫没言语，哭得更厉害了。

"丫，别哭了，要是叔打疼你了，你打叔！你打！"

二十

腊月二十四，卿卿和双锁扫房子。卿卿扫窗、扫炕、扫地，双锁糊顶棚、糊墙。糊着糊着，双锁眼前一黑，什么也瞅不见了。从此，他什么也瞅不见了。生下来第一眼瞅见的是妈，最后一眼竟然是一面墙。他失明了。

"真瞅不见啦？"卿卿的手在双锁眼前晃。

"瞅不见了。"双锁答。

"眼睛疼吗？"

"不疼。"

卿卿焦急，却无计可施。

"废了，彻底废了！"双锁平静地说，"家伙不行，眼又瞎了，啥也干不了啦！"

卿卿伸手去摸双锁的脸颊。

双锁说："三里五村的，只要有你相中的，你走！"

二十一

栓柱也说："三里五村的，只要有你相中的，你走！"

丫丫说："不！你再胡说，撕烂你嘴！"丫丫说话喜欢发狠了。

栓柱抬手捋了把白白的头发，苦笑着说："何必呢，活受罪。俺也受罪。"

丫丫的眼泪出来了。

过了一会儿，栓柱说："一个女人没男人，日子没法过，知道吗？！"

丫丫的脸腾地红了。她想起了那天在村委会的情形，想起了村长。当时老魁哄她、亲她、弄她，她竟然依了他，竟还高兴了，还喊出声了，这实在是罪过了，该天打雷劈了。丫丫羞愧万分。回到家，她的脸上还火辣辣的，始终躲着栓柱的眼神。好在栓柱也一直躲着她。更可怕的是，后来几天，丫丫躺在自家炕上，竟然还想"村长叔"了，就觉得自己真的埋汰了，不要脸了。挨千刀万剐的心思都有了。

这时，栓柱掐灭手上的旱烟，又说："还是听俺的，你走！你一找下人，咱就离！"

丫丫声嘶力竭道："不——！"

二十二

腊月二十七，镇上水管站的小站长来了。村长和丫丫陪着，去了趟后山头的水窖，又去了趟苇子沟。小站长说："水很干净嘛。"村长附和："是哩。"小站长说："没啥问题嘛。"村长说："是哩。"小站长说："那俺回去了。"村长说："吃了饭再走吧。"小站长说："过年了，事情很多，不吃了。"就走了。

走时，村长把一只刚杀的羊放到了小站长的车上。

老魁对丫丫说："放心吧，不是水的问题，不是。也许是空气，也许是风水，也许是旁的问题。别担心啦。"

丫丫脸上恼巴巴的，一声不吭，扭身往家里走。

"跟叔到村部坐一会儿？"老魁小心地问。

丫丫立刻明白了老魁的意思，脸红了，也生气了，想骂他一句"混蛋""滚蛋"之类的话，骂不得了。那天都没骂，今天再骂就没意思了。

"没空儿！"丫丫头也没回，急匆匆地走了。

二十三

腊月二十九晚上，老魁坐在炕上剔牙。化工厂厂长的司机来了，还带来好多东西：两条烟、两瓶酒、两袋米、两壶油、一个信封。

司机走后，老魁拿出礼物的一半——一条烟、一瓶酒、一袋米、一壶油、半个信封，对儿子儿媳说："俺去瞧瞧村里的困难户。"

老魁去丫丫家了。他的心里有了一份牵挂。

二十四

正月十五，丫丫跟着村人去县城扭秧歌。

每年元宵节，县城都举行花会展演。赵庄的高跷，胜利街的旱船，南关的竹马，王家湾的秧歌，热闹得一塌糊涂。今年也不例外。县城北面几条街上人山人海，锣鼓喧天，场面蔚为壮观。

丫丫嫁到王家湾前就喜欢文艺，过门后不久，就跟着村里的婶子姐姐们学起了秧歌。王家湾的秧歌队共有三十人，每个人都穿着大红棉袄，手上两把红扇子，相当喜气，也相当热烈。丫丫喜欢秧歌。每年都来扭一扭，扭得还很卖力气。今年更是不同凡响了。她脸上喜气洋洋，脚下虎虎生风。喜气洋洋是假的，是演给别人看的，也是演给自己看的；虎虎生风却是真的，既要让秧歌步快起来，更想把腿上的力气全部用净——那样才痛快。手上的扇子同样有力，一收一放，一开一合，唰、唰、唰、唰、唰、唰、唰、唰，也带着风声了。丫丫很快就出汗了，很快就酣畅淋漓了。她扭，扭出舒坦；她抖，抖掉晦气；她扇，扇出精神。

她就是这么想的。

她想让厄运从这天开始远离她。

她巴望老天爷在新的一年里能够眷顾她。

可是，老天爷对她很刻薄。在演出进行到一半的时候，也就刚刚扭到第七个点位的时候，她被枣花叫走了。

枣花也在扭秧歌，但是她神色慌张地走到了丫丫面前。她的身后是气喘吁吁的石头。枣花说："快回家，出大事了。"

丫丫心里一沉。

枣花拉着她的胳膊，冲出人群，跑向石头的拖拉机。

二十五

王家湾后山头下面的一块空地上，围着一群村人。见丫丫回来了，大家立刻闪出一条通道。丫丫往人群中间走的时候，枣花挽住了她的胳臂，卿卿也扶住了她。

栓柱已经不再是栓柱了。他只是一堆肉，一堆血骨模糊的肉。脸已经不存在了，半拉嘴角咧着，怪怪的；一颗眼珠儿挂在脖子上，就像一粒石子。

栓柱跳崖了。

丫丫无声无息地昏倒在地。

二十六

村长帮助料理栓柱后事的那些天，心里总发感慨。是啊，一个大活人，说没就没了。死就是没，活就是有，人往往就在有无之间；死就是在盆外，活就是在盆里，人常常就站在盆沿上。许多人都在生死界处转悠。煤矿工人、地震带的居民、阿富汗平民等。可是，栓柱不是那些人，不是那些人也说没就没了，更显得冤枉了。从今往后，王家湾一个叫王栓柱的人不存在了，任凭世界咋变化，国家咋发展，王家湾人咋享福，都跟他没关系了。可怜啊。

村里的水真的有污染？老魁第一次有了一点儿焦虑。

可是，一想到人生苦短，老魁的焦虑又没了。

"人啊，还是得享受。"他想。

二十七

这年春天来得格外晚，都四月中旬了，桃花才开。人误地一天，地误人一年。春忙时节，王家湾又是一片忙碌的景象了。

丫丫的四亩地还是要种的。公公大病了一场，老了许多。丫丫不让他来，公公还是来了。村长也来了，还带来了石头和另外两个后生。丫丫的公公感动得老泪纵横。

丫丫没有流泪，但是心里也微微一暖。

犁地的角色应该是一头牛，应该是老憨儿，可是老憨儿突然很倔了，就是不动。它没瞧见栓柱。往年春天，都是它拉犁，栓柱扶犁，固定的，习惯了。可是今年没有栓柱，它不乐意了。

丫丫生气了，从公公手里夺过鞭子就打，下手相当地狠。这是丫丫第一次打老憨儿。从前栓柱打老憨儿，她向来是拦着的。如今她也动手了。可是宁可挨打，老憨儿仍然一动不动。还站在那儿，冲着后山头栓柱跳崖的方向"哞哞"叫。丫丫不由得朝后山头的老虎崖望了望，立刻两腿发软，眼泪哗地流了出来。

丫丫真正打起精神，是在播种那天。她坚持要拉耧，谁也拗不过她。从早上到中午，从中午到傍晚，她整整拉了九个钟头，到最后都虚脱了，晕倒了。

整个春天和夏天，丫丫都把自己撂在辛苦的劳作里。她闷声不响，脚步沉稳，手上麻利。从种地到间苗，从二遍薅到三遍薅，丫丫始终都在拼命。小薅锄在她的手上飞舞，四尺多长的大锄也被她使得灵活自如。无论是脆嫩的唰唰声，还是沉闷的嚓嚓声，都让她热情洋溢大汗淋漓。干活儿解气，干活儿痛快，干活儿能除一切苦。

除了下种那几天时间紧迫，丫丫没让任何人走进她的庄稼地。她想让栓柱知道，她行，没他她照样行。"死吧，你死吧，没你俺也能干！于小丫累不死！累死了更好！累死了就累死了，跟你没关系！累死了也不赖，正好找你去！找你个狗日的去！狗日的！"

丫丫一个人在田里磨叨，冲自己发狠，冲栓柱发狠，发着发着，就哭了。

二十八

枣花家的院子不大，几只芦花公鸡和老母鸡总想往外跑，有的还想上墙。起初，枣花还管管它们，现在懒得搭理它们了。爱去哪儿去哪儿吧。爱哪儿逛荡哪儿逛荡去吧。好在公鸡没丢过，母鸡也没搁别处下过蛋，都还知道回家。

地种完了，石头迎来了短暂的休整。此刻，他坐在院子的廊台上，手里捏着旱烟，盯着眼前三四米的地方。院子中间，一只公鸡正在一只母鸡身上踩蛋。本来，石头的目光是猎奇的，充满童趣的，但是很快就变得空洞了，没有内容了。

枣花往鸡旁边扔了把谷粒，然后又拿出一个水壶，走到鸡食盆边上，往盆子里倒了一些水。那水，是枣花从苇子沟灌回来的。用这种水喂鸡，已经断断续续有两个月了。

二十九

夜里，卿卿躺在炕上，只盖了一件薄毯，身上却仍发火，还老口渴。这些天见到村长，村长总带答不理的。啥意思嘛，提起裤子不认账嘛，翻脸不认人嘛，混蛋嘛，流氓嘛。当官的心真狠。卿卿记恨村长了。

炕上还躺着一个瞎子，她的男人双锁。卿卿往瞎子那边挪了挪，又挪了挪，她找到了他的大手。

三十

天刚擦亮，老魁就从丫丫家出来了。

他蹑手蹑脚的，既怕惊扰了丫丫，又怕惊动了西院的丫丫的公公婆婆。年轻人觉多，多睡觉能补身子，何况那个了。老魁心里明镜似的。别看丫丫年轻，可是这娃身体忒虚。另外，冬天就要换届了，要注意影响，不能因小失大，不能阴沟里翻船。所以就起大早走了。

这是老魁第二回碰丫丫。老魁承认自个儿喜欢丫丫。老魁虽然只有小学毕业，但是他上学时知道一个成语——楚楚动人，丫丫就是了。丫丫楚楚动人，惹人疼。卿卿就不同了，说好听点儿是浮，不好听的就是浪，再不好听的就是贱了。对待卿卿，你可以粗鲁、野蛮、轻慢，上去就干，干完了拉倒。要是胆敢找上门来闹事，就大骂一句："婊子，没给你批房场就来讹老子，滚！"事情也就过去了。对丫丫可不行，舍不得。丫丫忒老实，忒善良，也忒倔。就想把她贡起来，时常地瞅瞅、摸摸，偶尔地拾掇拾掇。

既然这么喜欢，老魁就让自个儿从心里对她好。不再是简单地睡女人了。不单是享受了。丫丫也感觉出来了。这天晚上之前，有两次老魁来看望丫丫，丫丫独自哭泣，老魁走到身旁试探着要搂搂她的时候，被她拒绝了。头一回，丫丫还相当地敏感、警觉，眼睛气咻咻地瞪着他，手上直攥拳头。老魁微笑着摇摇头，也没说什么，就过去了。第二回在三天以后，丫丫感冒了，浑身发冷，抱着肩膀直打寒战。老魁伸出双臂抱她，被她轻轻地推开了。直到昨天晚上，天大黑着，老魁来看丫丫，又去抱她，她才没有拒绝。当时丫丫坐在凳子上，老魁站在面前。他轻抚着丫丫的肩膀，丫丫也伸出胳膊搂住他的腰，脑袋伏在他的胸上，哭了。真哭了。哭得像个孩子，一抽一抽的，让老魁好生怜爱。

此刻，老魁兴奋地走在王家湾的街上，大首长似地巡视着田间地头。"哪儿都好，就是爱较真儿。"老魁又想到丫丫，笑了。日头出来了，雾气已经开始散了。他哼着小曲，步子迈得很大，一点儿也不像五十岁的人。看上去雄赳赳气昂昂的。真是革命人永远年轻了。

三十一

端午节那天，老魁从镇里回来，带了两盒粽子。粽子是镇里发给村干部门的。老魁给了丫丫一盒。丫丫说了件事儿，把老魁吓了一跳。

丫丫要带着村里女人找县长去。

老魁的政治神经立刻绷紧了："扯淡嘛！县长是你随便能找的吗？！一堆老娘们儿聚集到县政府门口，那叫上访！越级上访！！开玩笑呢姑奶奶。"

丫丫说："不用你管，俺们自个儿去。"

老魁直着嗓子说："越级上访一票否决，跟计划生育一样厉害。真那样，全年白干啦！"

丫丫眼睛瞟着别处，揶揄道："怕丢官吧？！"

老魁坐不住了，生气了："胡说！你个臭丫头，瞎嘞嘞什么呀？官儿？这也叫官儿？芝麻大的官儿，谁稀罕！俺是担心问题解决不了，反而给镇里添麻烦。"

丫丫说："都人命关天了，你还在乎镇里？"丫丫的表情有些失望了。她的眼睛看着别处，脸上冷冰冰的，一副凛然不可侵犯的样子，"俺算看透了，你们当官的，把乌纱帽看得比命都重。"

老魁急了："你看透什么？个没良心的，敢这么数落俺！"老魁拿出根烟叼在嘴上，点着，狠吸了两口，"栓柱死得冤，你心里憋屈，而且一个人过日子难，这俺都知道。可是男人不行了就怨水，就说水出了问题，没根据呀！四六不靠嘛！没影的事儿嘛！"

丫丫盯着老魁眼睛，执拗地说："没影的事儿才应该查一查。"

老魁说："镇里引进一个企业不容易，化工厂一年给村里七万块钱，不是小数目。不能瞎猜疑的，不能瞎查的。"

丫丫不耐烦了，很不耐烦了。她"嗖"地站起来，目光炯炯，字正腔圆："村长，你走！从今往后，你是你，俺是俺，俺干什么不关你事；你哩，也永远不要再来找俺！"

老魁脸上一怔："你！"

丫丫指着屋门："走！！"

老魁的鼻子快要被气歪了，心里骂道："嘿，这个娘们儿！真不知道自个儿吃几碗干饭啦？没见识的货！"

三十二

过完端午，就是夏至了。天很长，也还没到最热的时候。

老魁和丫丫进城了。他们去了环保局。局长接待了他们。局长人很好，态度和蔼，平易近人。后来，局长有事儿，让一名科长听他们反映情况。跟局长说话时，村长说得多，丫丫说得少；跟科长反映情况时，村长说得少，丫丫说得多。这都是提前说好了的。

这次来只有他们两个人。不是去县政府，只到环保局。这也是提前都说好了的。去县政府是上访，到环保局是反映情况。老魁心里有数。臭丫头说话直，倒也说到了点子上。丢官儿。是怕丢官儿。好不容易弄个村长干，不能随便就丢啦！当村长多好，威风、有权，吃点儿、喝点儿，还能睡……睡女人的事儿就先不提了，只要跟丫丫好着，别的女人一定不能碰了。不过，村长还是要当的。年底就要换届了，一定要争取连任。

跟科长聊了半个多小时，人家有些不耐烦了。丫丫生生没看出来。老魁站起身："好，谢谢科长了，麻烦了。"

丫丫抢白道："局长都说话了，科长你可要认真对待，好好查一查。"

科长说："放心，放心。"

丫丫说："你要是敢糊弄俺，俺就到局长那儿告你；你们要是都糊弄俺，俺就到县长那儿告你们。"

"哎，你这个人咋这么说话？"科长感到意外了，不乐意了。"你这不是威胁人嘛？！"

老魁立刻堆笑道："科长，您别见怪，她这人就这样，不太会说话，脑子——有点儿毛病。"

老魁连哄带劝地把丫丫推出来了。

在楼道里，丫丫梗着脖子喊："谁脑子有毛病？谁脑子有毛病？！"引来好几个房间里的人探头张望。

三十三

一进七月，天就格外地热。村民们都猫在家里，或者躲在荫凉里，绝不干任何庄稼活儿。非干不可的话，人们也都在早晨或者傍晚的时候干。没人跟烤人的日头较劲。

枣花的鸡得了一种怪病，脱毛。十几只公鸡、母鸡同时脱，一天比一天厉害，到最后，所有鸡都变成了秃鸡，赤裸裸的，难看死了。

丫丫问："你一直都给它们喝苇子沟的水？"

枣花答："是。"

丫丫的眼睛闪过一抹亮色。

三十四

晌午，丫丫去了趟村长家。老魁不在。老魁的儿媳说他没回来。她转身走了。

丫丫很快就到了村委会。她要把鸡的事儿告诉老魁。鸡都脱毛了，鸡喝的都是苇子沟塘坝的水。喝自来水的鸡就没事儿。自来水来自后山头的水窖。看来后山头的水没问题，苇子沟的水有鬼。喝那儿的水的鸡都跳上了裸体舞。这简直就是和尚头上的虱子——明摆着的。有证据了。

村委会的门大开着，院子里显得很安静。丫丫走进院子的时候，向北房里瞥了一眼，只见屋里有两个人正在相互让烟。丫丫看清了，其中一个是村长，她放心了。

丫丫走到屋门口，正要挑帘进去的时候，突然听到村长话里提到了自个儿的名字。

"于小丫，村里人都叫她丫丫。"村长说。

"不会再闹啦？"另一个人问。

"不会了。"

"有把握？"

"一个娘们儿家，能闹出啥大天来！"

"别掉以轻心，高粱叶也绊人，娘们儿照样能坏事儿。"

"放心吧，她是咱的人。"村长的话怪怪的。

"哦——，你个老家伙，行啊，宝刀不老啊！"

"不行不行，跟你厂长大人比，还不是天上地下！你是三宫六院七十二嫔妃，咱这顶多也就俩相好的。哈哈，没法儿比，没法儿比。"

站在门外的丫丫咬了咬嘴唇。她伸向帘子的手轻轻地放下了。

"玩笑归玩笑，你还得小心点儿，别让村里人再瞎咬啦。换届的事儿，你早做打算、早准备，拉票的费用都由我出，换届时你必须连任。"陌生人说。

"庄户人不会说啥好听的话，厂长，你放心，只要俺当上书记、村长，真的一肩挑，一切都好说！一切都好说！"老魁说话的声音不大，但是语气很激动。

厂长说："用一句时髦词来说，咱们是利益共同体。"

"还是厂长水平高，要是俺说，又是绑在一起的蚂蚱了。哈哈。"村长笑了笑，又说，"不过，话说回来，俺觉得你还是按环保局说的，修一座污水处理厂，那样保险，踏实。"

"俺也知道修个污水处理厂好，可是你知道吗，上一套污水处理设备多少钱？需要五十万！眼下，俺贷款利息一年就得六十万，不是说上就能上的。要是像嘴唇子碰嘴唇子那么容易，俺早上了。再说了，甭听环保局瞎扯淡，都是吓唬人的……哎，我说，你老哥可不能胳膊肘往外拐呀！"

"不会不会。他们也是站着说话不腰疼，企业挣点儿钱容易吗？！

俺呀，只是给你提个醒，别污染大发了，弄出个人命啥的，可就不好收场了。"

"那倒不会，你放一百个心吧。顶多像那个什么丫丫说的，村里的男人不行了。"厂长话锋一转，"那不正好嘛，正好有你村长用武之地呀！"

两人哈哈大笑起来。

丫丫"噌"地挑起门帘，一步跨了进去。

两个男人愣了。来者很突然，把他们吓了一跳。丫丫死死地盯着村长，脸上凶巴巴的，眼睛里都要喷火了。而后，丫丫的目光又转向陌生人，厉声问："厂长？你是哪儿的厂长？"

"你是谁？"厂长反问。

"俺叫于小丫。你是不是化工厂的厂长？"

"是又怎么样？"

"你的厂子出来的水是不是有毒？"

"哎，丫丫，咋能这么跟客人说话？"村长从座位上站起来。

"不关你事！俺问你，从你厂里排出的水有没有毒？"丫丫质问。

"当然没有，村里有人被毒死啦？"厂长反问。

丫丫咯噔一下，被噎在那儿了。丫丫的嘴唇直抖。后来，厂长跟村长说了句："老魁，我先走了。"说着，就站起身要走。丫丫立刻挡住厂长的去路："你不能走！说不清楚你不能走！"可是，老魁伸手把丫丫推向一边，厂长还是离开了。

"丫丫，你要干啥？你到底要干啥？！"厂长走后，老魁压着嗓子问。

丫丫定定地说："你不配当村长！"

"你配！你去当呀！"老魁伤自尊了，指着丫丫的鼻子喝道。

"要是俺也长着……鸡巴，俺一定当！"丫丫咬牙切齿地说，然后扭头走了。

老魁站在那儿愣了，他被丫丫的粗话震住了。

三十五

丫丫啥都不信了。狗屁男人！还说啥三宫六院？啥俩相好的？啥玩意呀！男人都一个德行，猪狗不如。信不得的。原以为老魁心疼自个儿，真是喜欢自个儿，这当儿一瞅，扯淡了。都是假的。还不是为了那事儿？！丫丫失望极了。

丫丫想栓柱了。此时，她不恨他了。就要七月十五了，她该瞅瞅他去了。

当然，最让丫丫生气的还不是男女间的事情，而是老魁的态度，是村长跟化工厂厂长的关系，是他们之间不清不白相互遮掩的关系，是他们之间的私话，是村长对厂长的承诺，是厂长对村长的承诺，是老魁对待水污染这件事的态度。从始至终，老魁的态度都不积极，压根儿听不进自个儿的话。倒是跟那个啥厂长有说有笑的，言听计从的。丫丫觉得自个儿被欺骗了，上了一个天大的当。

当然，鸡的事情也就没跟老魁说。她不想跟他说了。丫丫对他失望了。

三十六

丫丫费了好大口舌，终于说服了枣花和石头。石头答应冬天换届的时候，自个儿也参加村主任的竞选。

丫丫说："必须当上这个村长，要不然，水污染的事情就解决不了。"

此时，丫丫对那桩事情已经深信不疑了。

三十七

夜里，老魁做了个梦，梦见儿子跟栓柱在一起抽旱烟，抽着抽着，烟头的火星烧着了衣服，儿子被烧得嗷嗷叫，栓柱却在一旁笑。

老魁醒后，发现身上都是汗。

三十八

从王家湾到县城的公路弯弯曲曲的，就像路边弯弯曲曲的白河一样。仲夏时节，公路两侧的庄稼绿油油的，山上也是蓊蓊郁郁的，白河清澈地流淌着。

丫丫、枣花和卿卿好久没一起到县城了。她们坐在石头的拖拉机上，头发在风中飘起来了，心情格外好。枣花和卿卿还哼着歌曲。丫丫也对此行充满了希望。

三个人到百货大楼逛了一通，在丫丫的催促下，就去环保局了。

在局长办公室门口，丫丫见到了局长。局长正抱着一摞书往外走，差点儿被丫丫撞着。丫丫跟局长打了个招呼，说还要反映情况。局长说"跟俺来"，搬着书走到了斜对面的一间屋子里。这间屋子在阴面，只有一间大小，比局长的办公室小多了。

在这间屋子里，局长让丫丫她们坐下。丫丫坐下后，发现局长瘦了许多。

"局长，上回俺跟你说过，俺村子旁边有个化工厂，他们往村里排的水有毒，"丫丫说，"俺们用那水喂鸡，鸡都脱毛了，还死了好几只。石头，把鸡掏出来。"

石头立刻把背着的尼龙口袋放下，解开捆绳，敞开一个口子，让局长看。局长没有立刻过来看，他的嘴巴动了下，正要说些什么，丫丫催道："局长，快来瞅瞅，鸡都被毒掉毛了。你快来瞅瞅！"

局长只好上前一步，走到石头跟前，探颈往口袋里看。不料，局长这一看，里边的鸡害怕了，躁动了，叽叽喳喳地乱叫起来，好像有多大冤情似的。一躁动不要紧，互相拥挤了，踩踏了，惊慌了，一只大公鸡

"嗖"地从里边蹦了出来，石头赶忙封口，可晚了，大公鸡跟跄着滚到地上了。丫丫立刻去捉，枣花也去捉，卿卿也跟着捉，都没捉着。大公鸡身手敏捷，跑楼道里去了。三个人立刻追向楼道，大公鸡更害怕了，更要跑了。楼道里是锃亮的大理石，公鸡不适应，人也不适应，都小心翼翼地跑着，跟走的速度差不多。三个人追一只鸡，还是一只没毛的鸡，荒唐了。环境是生疏的，楼道两侧伸出的脑袋也是生疏的，大公鸡更怕了。它两只爪子倒来倒去，就是跑不快，只好一蹦一蹦的，想借助出色的蹦跳飞一下子，但是没法飞了，一米都没法飞了，因为除了浑身没毛，有一只翅膀还萎缩了，坏死了。这时，它刚巧又蹦得高了一点儿，从一尺多高的地方落下来，不可避免地失去了平衡，一头撞在楼道的踢脚线上。看上去很滑稽了。

环保局的楼道里跑着一只鸡，一只没毛的大公鸡，干部们压抑的心立刻放松了。

公鸡终于被捉住了。几个人把它装进了口袋里。石头立刻用绳子捆住了口袋。

局长的脸已经拉得老长了。平易近人的他，连惯有的笑容也消失得无影无踪。局长着沉脸说："我不是局长了。你们的事儿我管不了。"

枣花说："对不起，局长，对不起，您别生气。"

丫丫问："上回来你是局长，这回就不是啦？为啥？"

局长说："俺被免职了，昨天宣布的。这是俺新的办公室。"

丫丫问："免……是不是被撤了职？"

局长突然又笑了："差不多吧。"他觉得丫丫的傻气挺可爱。

丫丫实在想不明白了，好好的局长，咋说撤就撤了哩。

三十九

第二天，三个人坐着石头的拖拉机，又奔县城去了。这回，她们商量好了,不去环保局,直接去县政府。县政府好。县政府里有县长。县长比村长大,也比局长大。县长不出来,绝不收兵。县长一出来,就把脱毛的鸡扔给他看。

可是,走到一半的时候,刚过马道梁,一辆212吉普车从后边追上来,挡在了拖拉机的前面。

老魁从车上下来,身后跟着治保主任和民兵连长。

"你们干啥去?"老魁厉声问。

"上访去!"丫丫脆生生地答。

"为啥?"

"水污染!"

"有证据?"

"告诉你管屌用!"

"嘿嘿,于小丫也会骂人了。好啊,有进步啊!"老魁冷笑着,而后,脸上一阴,一脸横肉拧在脸上,厉声道:"都给俺回去!"

丫丫开始骂人了,"流氓""混蛋""挨千刀的"全骂上了,都没用。她被几个大男人连推带揉地弄上了吉普车。车子"嗡"地一声,走了。

枣花、石头和卿卿受到老魁的命令和恐吓,又没有了丫丫,失去了主心骨儿,只好掉转车头,跟着吉普车回村了。

四十

七月十五那天早上,丫丫骑着老憨儿,带着大黄,去了趟后山头的水窖。要下来的时候,老憨儿咋也不走,眼睛里湿漉漉的,"哞哞"地叫个不停。丫丫眼窝也湿了,她轻轻地拍了拍老憨儿:"老憨儿听话,咱走,咱去北梁找栓柱去。"老憨儿才跟着走了。大黄倒是一副没心没肺的样子,老是跟丫丫撒娇,动不动就去添主人的脚腕子。

来到栓柱的坟前,丫丫把包裹里的祭品掏出来,摆在坟堆前的一块青石板上，然后跪在了地上。老憨儿站在旁边，一动不动地瞅着丫丫。大黄则到处乱嗅，对什么都很好奇的样子。

这时，丫丫念叨起来："栓柱，俺来瞅你来了，还有老憨儿和大黄，俺们来瞅瞅你。给你送点儿钱，你添点儿衣服，别冻着……"

远处传来一声狗吠声，大黄竖起耳朵听了听，辨清方向，立刻冲了过去。老憨儿还是站在那儿一动不动。

"栓柱，你敢跳崖，你有理，你英雄，俺给你跪一格拉拜子①。俺给你这一跪，你就是俺长辈了，就是俺爷了。栓柱呀，爷呀，你在阴间得保佑俺，俺要反映情况，俺要为你伸冤，俺要揭露水污染的事情，可是俺遇到难处了，遇到过不去的坎儿了。你要告诉俺，俺该咋办。你告诉了俺，也不枉俺跟你做一回夫妻，也不枉俺给你跪一格拉拜子，也不枉俺叫你一声爷。"

丫丫说这话的时候声音不大，慢条斯理地，像栓柱就坐在对面。厚厚的冥币在丫丫不急不慌地拨弄下，徐徐地燃为灰烬。一些飞虫受到青石板上点心的吸引，翩翩着围拢过来。

西边百十米的地方，一个人影行色匆匆，在走动中往这边张望了一下，然后停住了，犹豫片刻，拐了个弯，朝这边来了。

是村长。

"丫丫。"老魁走到丫丫身旁，轻唤了一声。

丫丫吓了一跳。侧头瞟了一眼，见是老魁，没言语，兀自烧着她手上的纸钱。

"丫丫，听说你撺掇石头跟俺争村长哩？"

"不关你事儿！"

"跟俺争村长，咋不关俺事儿？！"

"村民的死活都不管，算啥鸡巴村长？！"

---

① 延庆方言，格拉拜子指膝盖。

"丫丫，你这样跟俺说话，栓柱要是听见了，肯定不高兴。"

"当然不高兴，他受了毒水的害，死不瞑目。说不定哪天就出来找你算账了。"

老魁脊梁骨发凉，"嘶"了一下，对着坟头说："栓柱，你听听，你瞅瞅，你媳妇她简直就是魔怔了。你想法子劝劝她。"

"哼！"丫丫冷笑起来，"哈哈。哈哈哈。"

老魁瞅了瞅冷笑的丫丫，咬了咬嘴唇子，转对着坟头说："栓柱，今儿个都在这儿，干脆当面鼓对面锣，咱把话挑明了。丫丫是你的女人，可是你死了，你到那边享清福去了，她哩？她还得活着。她一个女人，孤苦伶仃的，咋活？不容易呀！栓柱，论岁数和辈分，你该叫俺叔，叔跟你撂句话——俺待见丫丫，真心的，俺愿意照顾她后半辈子，你要是同意……"

"滚！"丫丫"嗖"地从地上站起来，指着老魁，声嘶力竭道："滚！你给俺滚！在俺男人坟前，你还敢……你就不怕天打雷劈？！"

"栓柱，你要是同意，就给俺托个梦。"老魁不为所动。

"你在俺男人坟前耍无赖，就不怕他出来掐你的脖子？！"

这句话毛骨悚然了，把老魁吓了一跳，脸也煞白。"好，你们是夫妻，你们感情深，你们合起手来吓唬老子！"老魁心里复杂了，有一点儿酸，又有一点儿恨。酸的是吃了栓柱的醋，恨的是丫丫翻脸不认人，竟然想让地下的鬼丈夫出来掐地上的活情人。好歹睡过几次哩，怎么这么绝情？怎么一个大活人还不如死人有面子？村长的尊严和男人的面子让他吃不消了。老魁生气了，恼了，恶向胆边生了。

"老子是无神论者，老子还真就不信这个邪！"老魁咬牙切齿道，"有种的你让他出来！"

"既然这样，老娘也豁出去了。咱们今儿个把话全说清楚。栓柱，俺是你的女人，俺对不起你。俺跟村长睡了两次，是俺鬼迷心窍了，俺罪该万死！是你出来掐俺的脖子，还是让老天爷打雷劈俺，俺都认了……"

老魁的脸红了，又白了，嘴唇直打颤。他万万没想到，丫丫会把那件事儿在栓柱坟前抖落出来。真是疯了。简直就是疯了！

"栓柱，只是你要等俺把水污染的事情搞清楚，那个时候，再来找俺，千刀万剐俺俺都不亏！俺都不怨你！至于那些个坏人，俺相信善有善报，恶有恶报，不是不报，时辰未到。"丫丫也咬牙切齿了。

"啥意思？"老魁蹙着眉头问。

"好人一生平安，坏人断子绝孙！"丫丫说。这话更歹毒了。

这也是老魁最忌讳的骂人话了。"你于小丫仗着跟俺睡过，可以骂俺，甚至可以骂俺祖宗八辈，但是咋能骂俺断子绝孙哩？！"老魁思忖着，"骂俺断子绝孙谁都不行！找死！不想活啦？！"

"你再说一遍！"老魁低沉地说。

"坏人断子绝孙！断子绝孙！！"丫丫尖叫道。

老魁"嗖"地蹿到丫丫跟前，一左一右，"啪啪"就是两记耳光，"让你骂！臭娘们！不知死活的东西。"

丫丫的嘴角出血了，但是她没去管它。丫丫又骂了一句："断子绝孙。"老魁抬手又是一记耳光。"啪"，"断子绝孙"，"啪"，"断子绝孙"，"啪啪"。而后，老魁觉得打耳光都不解气了。他孟浪地把丫丫推倒在地，纵身骑了上去。他伸手去解丫丫的腰带，他要在栓柱的坟旁强干她一回，这样才解气。老魁这么干，恶向胆边生了，色胆包天了。

这时，老憨儿从后边悄悄逼过来，对准老魁的屁股就是一犄角，而后仰天长啸："哞——"

四十一

老魁养伤的那些日子，村里发生了两件事：一件事是枣花的男人石头挨家挨户地拉选票，叙说自个儿的竞选主张，支持他的人越来越多；另一件事是卿卿的男人双锁死了。

双锁病得蹊跷，死得突然。腰疼，发烧，昏迷。四天的工夫儿，人就没了。以为是感冒，没想到死了，出人命了。啥病也不知道。反正是人没了。瞎子到另一个世界去了。

丫丫向卿卿提议，把双锁的尸体拉到县医院检查一下。卿卿不同意，卿卿婆婆更是反对，还翻着眼睛抢白道："你家栓柱死了咋不拉去检查？安的啥心思？！"

丫丫无言以对，还闹了个大红脸。

四十二

从王家湾到县城只有一条路可走，如今，这条路设上防控岗，被人看住了。国庆节了，维稳工作非常重要，县里下了死命令——国庆节期间，哪个乡镇出现到县里或者市里上访的情况，党政一把手就地免职。各乡镇都不敢大意了。

防控岗设在村西路口，每班有三个人把守。因为值一天班给十五块钱补助，所以张婶和卿卿也参加了。丫丫虽然很生气，但也只是跟枣花磨叨了两句："前些天还说好一块进城找县长反映情况哩，咋说变就变，也站起岗来啦？！背信弃义嘛！叛徒嘛！"

这天后晌，王家湾防控岗上只剩下了两个人——民兵连长和张婶。另外一个人有事儿先走了。那时，离"下班"还有半个时辰，民兵连长和张婶也有些放松了。后来，民兵连长说他要去车站接个人，想先走一会儿，张婶爽快地答应了。

民兵连长走后十几分钟，丫丫骑着车子往这边走来。张婶一见，立刻心头一紧。村长交代过了，于小丫是重点防控对象，不能离开村子半步；谁放了于小丫，谁吃不了兜着走。张婶不敢大意了。她斜觑着丫丫，眨巴眨巴眼睛，警惕地挺了挺胸。

丫丫老远就下自行车了，推着车子走了过来。丫丫挺亲近地跟张婶打招呼。

"你要去哪儿?"张婶一副公事公办的口气。

"到镇上买点儿东西,咱女人用的。婶子,您可要行个方便。"丫丫和和气气地说。

见丫丫的态度挺好,一口一个婶子的,张婶绷紧的神经也稍稍松弛了一些:"不行呀,村长说了,不让你出去!"

"为啥?"

"为啥你还不知道。你总想告状,把人家告下去,然后你当村长。"

丫丫一愣,知道是村长在蛊惑人心了:"婶子,俺不是想当村长,俺一个女人家,当啥村长呀!"

"就是嘛,一个女人家,要安分守己,别整天琢磨到天上摘月亮、下海里捉王八的事儿。水污染?污染得一个村子的男人都不行了?不可能!八竿子打不着嘛。俺男人……"

"婶子,可不能那么说。村里好多男人不行了,栓柱死了,双锁也死了,要真是水污染弄的,这可是大事啊!咱世世代代都要在村里生活哩!"

"可是丫丫,不是婶子说你,你又不是科学家,你就个农村妇女,干啥管那么宽?!"

丫丫眼珠一转:"婶子说的也是,俺个小管水员,一个农村老娘们儿,管鸡巴啥水污染呀?!俺也想通了,就算村里水污染了,还有村长哩。还有镇长哩。村长、镇长都不管,也轮不着俺操心呐!"

"就是这么个理儿。"张婶如释重负:"不过,村长有令,不能放你出村,扣补助不说,还……"

"您要硬不让俺过去,俺也不为难您。婶子,咱们是好朋友,跟您说实话,俺这回去镇上,还真不是为水的事儿。"

"那你去干啥?"

"是这样,镇上俺一个同学,知道栓柱死了,硬要给俺介绍门儿亲事。

那男的在县城开厂子，比俺大几岁，有俩孩子，有几百万的家产……"

"哎，快说说，那男人对你咋样？"张婶的眼睛里充满艳羡。

"出手倒是大方，一见面就给了俺两样东西：一个戒指，俺都舍不得戴；还有五千块钱，说是让俺买点儿化妆品啥的。咱个农村人儿，买啥化妆品呀！"

"嘿——！听听，听听，人家这气派，人家这手面！啧，啧。"张婶顿时非常羡慕，伸出手指头戳了下丫丫的脑袋："个贼丫头，上辈子积了大德啦！"

"啥呀！八字还没一撇哩。"

"没问题，肯定没问题。人家一眼就相中你了，要不然，也不会往你身上花钱。你想，要是不想娶你，谁还往你身上花大钱？多憨呀！"

"说的也是。只不过，俺看这事儿……还悬。"

"为啥？说说，婶子给你出出主意，只要你将来过上好日子，别忘了婶子就行。"

"他要来咱村，俺没让她来。俺去找他，又总是不方便。时间长了不见面，还不黄啦？！"

"黄不了。你这丫头！真是的！你倒早跟婶子说呀！"

"可是……"丫丫满脸愁容地低下头，伸手去擦眼睛。

"你今儿个就是去跟他见面？"张婶问。

丫丫点点头，期待地瞅着张婶。

"走，快走！去镇上吧，跟你那儿如意郎君见面去吧！"

"那……谢谢婶子了。"丫丫立刻从兜里摸出一张票子，"这五十块钱，你拿着，给娃们买点儿吃食儿。"

"不成不成，这咋成？乡里乡亲的……不过难得你有这份心，俺也不客气了。走吧，跟那个厂长好好相处，婶子等着吃你的喜糖哩！真是的，都是村里姐妹，拿你这钱，多不合适！"

张婶目送丫丫离开了村子。

丫丫走远后，张婶从兜里摸出那张五十块钱的票子，举过头顶，透着夕阳望了望，感叹道："贼丫头，真成了阔太太啦！"

四十三

丫丫到县城时天已大黑。她在镇上赶上了去县城的最后一班车。从长途车站一出来就觉得饿了，于是她钻进路旁的一个小吃铺，要了一碗馄饨和两个烧饼。吃饱了喝足了，她用手抹了抹嘴，拿起兜子就走了。

县政府真气派。丫丫还是头一次走到政府跟前。以前，丫丫在电视里见过政府，是县里干部在楼前往募捐箱里扔钱的时候。他们冲着电视镜头，把百元票子抖得哗哗响，然后决绝地扔进箱子里。他们觉悟真高，不愧是干部。相比起来，丫丫只捐了十块钱。丫丫当时觉得忒对不起灾区同胞。县政府真气派，跟外国哪个国家的皇宫似的。大楼四白落地，中间高两边低，院子里有草坪，草坪中间有鸽子，鸽子悠闲地在草坪上溜达着。

上访的人总是选择在白天，总是弄了好多人，总是雷声大雨点小，总是让政府上火让干部们操心！丫丫这些天想了许多，心里头闹明白了许多事情。明白了。你们觉得人多力量大，俺不，俺偏一个人来，而且是在晚上。目标小吧？不影响公务吧？不算聚众闹事吧？而且，丫丫打听清楚了，新来的县长家在市里，每星期回家一次。夜里差不多都在政府大楼里。正好去反映情况。

传达室的大爷挺和蔼，但是弄清丫丫来意后，连连摇头："不成不成，县长是你一个人的？你想见就见。"

丫丫怯生生地问："不是说人民政府为人民嘛，咋不让见?！"

大爷说："全县三十万人哩，能都见县长吗？一天见一个，见得过来吗？"

丫丫一想，觉得大爷说得也有道理，就又把自个儿村的情况叙说了一遍，还从兜里拿出一条烟，递给大爷。大爷不要，架不住丫丫硬给，只好收下了。大爷说："你这丫头，真犟。这样吧，你把你要反映的事情写封信，改日给俺送过来，俺给你送进去。"

"县长能看见？"丫丫问。

"能。俺交给他秘书。"大爷说。

"太好了，不用改日。今儿个就行。俺早就写好了，今儿个就带来了。"丫丫瞅了瞅四周，见没有旁人，就立刻从兜里掏出一封信。信封对折着，四角已经卷曲了。那里边装着枣花执笔、丫丫和石头口述的一封信，上边还摁着多半村人血红的手印。

传达室大爷接过信封，正面、反面端详了一阵子，小心地捏了捏，放心地搁进了抽屉里。

突然，传达室的门"砰"地被踹开了。

"对不起，对不起，大爷，俺一着急，这开门的劲头儿用大发啦！"老魁说。老魁身后跟着民兵连长、张婶等人。

"你们是什么人？！"大爷厉声问。

"这是俺们王家湾村村长，俺是民兵连长。"

"大爷，她是俺们村人，她刚从精神病院里跑出来，可把俺们急坏了！终于找到她了！"老魁说，"丫丫，别闹了，咱回家，回家啊！"

"大爷，俺不是精神病……"丫丫气得嘴唇直打颤。

"还不快扶丫丫上车？！"老魁对民兵连长和张婶下命令。

二人"嗯嗯"应着，一人一只胳膊"搀着"丫丫，往门外推。上车后，张婶使劲儿地拧了把丫丫的胳膊，气急败坏地骂道："个骚货，还相亲去哩？！相到县政府里来啦？！"

老魁点头哈腰地从传达室退出来，转过身，三步并作两步地钻进了吉普车。

四十四

秋天转眼就过去了，天气渐渐地冷了起来。

刚一上冻,村委会换届就开始了。虽说离投票的日子还有十几天,但是气氛已经不寻常了。拉票之争已经白热化了。前几天,村里已经选出了党支部书记,老魁当选了。但是,县里提倡"一肩挑",如果老魁在接下来的村主任选举中不能胜出,就得服从组织安排,辞去书记职务,只能象征性地当个副书记。

王家湾是个小村,竞选村主任职务的只有老魁和石头两个人。究竟谁能当上村长(村民总习惯于把村主任称为村长),谁能在十几天后的投票上胜出,村里也是众说纷纭,莫衷一是。对双方来说,形势都很严峻,情况都很复杂。下死决心支持各自一方的人屈指可数,大部分是中间派,属游移分子,需要反复做工作。今儿个还答应投你一票呢,明天就不一定了。有变数。变数还不小。造成变数或者变量的就是对方的游说和拉拢。都不是吃素的。都有道道儿。当然,投谁不投谁都是村民自个儿的权利,就看关键时刻了。

在枣花和丫丫的帮助下,石头声名鹊起,呼声不小。要是能赢得村主任的职务,那么村支书的职务也能集于一身。所以,村主任选举至关重要。

在化工厂的帮助下,在老魁的授意下,民兵连长他们四下活动,老魁连任的可能性仍然很大。

谁都看不清形势,又离不开选举的困扰,心里很乱了。今儿个答应这边儿了,明儿个那边儿的又来了,只好答应那边儿。两边儿都不得罪。投票的时候再说。到时候再让心碰笔笔碰纸,一票定乾坤。

王家湾人第一次体会到,原来村委会换届选举是多么重要的一件事儿,是如此引发人心震动的一件大事儿。好呀!带劲儿呀!

王家湾村民觉得自个儿真受重视了,真有点儿主人翁的意思了。想着要是天天选举就好了。跟过年似的。

四十五

就在老魁为了连任摩拳擦掌的时候，村里发生了一件事儿。这件事儿来得突然，来得仓皇，来得不可思议，让村长没了竞争对手，也失去了唯一的儿子。

那天吃后晌饭的时候，老魁的儿子突然失明了，瞅不见东西了。这让老魁立刻想到了瞎眼双锁，又想到了跳崖的栓柱。莫非水里真的有毒？奶奶的。老魁真的心里打鼓了，害怕了。儿子不能有个三长两短。绝不能！他当机立断，马上带儿子去县医院。可是，村里的吉普车不争气，怎么也打不着火。老魁只好硬着头皮，去枣花家求助。枣花想，石头跟老魁竞选，那是公家事，人家有灾有难了，而且亲自找上门来了，咱不能不管。于是，枣花答应得很爽快，让石头赶快开拖拉机跟老魁去县城。老魁也很高兴了，感激地说："毕竟是乡亲，毕竟是乡亲，俺谢谢你们两口子了。"老魁想修好车再去追，所以他让石头开着拖拉机拉上儿子、儿媳先走了。

天有不测风云。拖拉机经过高家梁的时候，与对面突然出现的一辆轿车相撞，坐在车斗里的老魁的儿子、儿媳被甩出老远。老魁儿子当场就断气了，老魁儿媳也多处骨折。石头呢？脑袋撞在了不知什么地方，受到强烈震荡，成植物人了。

四十六

老魁一夜之间须发皆白。老年丧子，令他几近崩溃。无论在事发现场高家梁，还是回到村里王家湾，老魁老泪纵横，悲痛欲绝，有好几次都晕厥过去。他的哭是无声的，一颗老拳砸在炕沿或者木柜上，沉闷的"咚咚"声在诉说着一个老汉的悲恸，也令许多前来探望的人心碎。

丫丫到老魁家来了一趟，给死者跪下了。烧了几沓纸钱。起身经过老魁身边的时候，丫丫说了句"对不起"。她觉得她有罪，不该咒他断子绝孙，她的话太狠了。

丫丫大部分时间都在枣花家里，她要陪着她。当然，她也更关注石头的康复情况。她仍然指望石头能早点儿醒来，能按计划参加村委会选举。她不相信医生的话，不相信石头会永远地成为植物人。

离投票还有三天，石头还是没有醒来。丫丫哭了。丫丫和枣花抱头痛哭："咱姐妹咋就这么难呢？！""是啊，咋这么难呢？！"

其实，枣花已经不在乎石头参选不参选了，她更在乎丈夫的生命。

丫丫恰恰相反。她更关注村里的选举，关注水污染问题的解决。

丫丫做出了一个重要决定，她找到镇里和村里的老书记，说王家湾情况特殊，原来的候选人出事儿了，自己想出来竞选村主任职务。镇里领导和老书记都同意了。

四十七

十二月十二日，王家湾的历史时刻来到了。这天上午，将要通过投票选举，产生新一届村委会领导班子。老魁连任还是于小丫胜出，这个悬念让许多村人的心跳都加速了。会不会产生史上第一位女村长呢？一些人认为不会，一些人觉得完全有可能，许多人都展开了大胆的猜测。

正式投票前，候选人要做最后一次竞选说明，陈述自己竞选村主任的理由。老魁先发言，村人们的眼睛都睁得大大的。老魁说："乡亲们，俺当了两任村干部了。在这期间，俺配合老书记做了一些工作。通过环境整治，村里的面貌更美了；通过发展设施农业，大家手头也宽裕了一些；通过招商引资，引进了化工厂，村里有点儿钱了，村民的福利也上去了。这都是好事儿，也可以算作一点儿成绩。但是，在这些成绩的背后，还有许多的不足，最大的不足就是生产发展了，生态没发展，咱村里八十几口人活命的生态环境没有搞好，甚至受到了污染。最近几天，俺老是琢磨，是不是化工厂真的对咱们有污染？为什么鸡喝了苇子沟的水就脱毛？那根细管子流出的水到底有没有毒？以前，村里人反映过这个问题，俺压根儿没当回事儿，觉得是瞎掰，是胡扯，是老娘们儿吃饱了撑的，如今看来，俺错了，俺对不住那些受害者，对不起那些反映问题的人……"

说到这里，老魁瞥了一眼台下的丫丫。丫丫脸上挂着惊讶，警觉地盯着他。老魁继续说："今儿个，俺站在这里，想跟乡亲们说几句掏心窝子的话。有人反映化工厂排出的水有毒，俺为啥总听不进去？除了因为化工厂是俺引进的项目，厂子给村里带来了收入，还有一个原因……这两年，厂长跟俺个人之间走得挺近，请俺吃个饭，给俺条烟，超出了正常的工作关系。谁要是说化工厂有问题，俺从心眼里腻烦，腻烦大家说厂子的不是，总认为是有人找茬儿。俺错了，俺给大家鞠个躬，俺请求大家批评俺。"

台下人群骚动了。王家湾的人可从没见识过，村长在全体村民面前而且是在竞选的关键时刻，揭自个儿的短，道自个儿的不是，还向村民们道歉，没有过呀！从来没有过呀！！开天辟地呀！！！丫丫的脸色由黄变白，又由白变红，她的目光里充满了热望。

"关于水污染的事情，俺这些天也老是寻思，也做了点儿调查，俺想出点儿眉目了。咱们假设水是有毒的，那为啥男人都受害了，而女人们没事儿呢？俺觉得，是苇子沟栓柱种的那两亩烟叶出了问题。多少年了，咱们村里的男人都抽自个儿村里的旱烟，没事儿呀！可是自从化工厂来了，自从它往苇子沟那儿排水，咱们村里的男人就开始闹病了，眼瞎的眼瞎，不行的不行，得怪病的得怪病。这就说明，化工厂流出的水污染了那两亩旱烟地，旱烟又坏了村里爷们的身体，问题就出在这儿呀！俺不抽旱烟，俺嫌它忒冲，所以俺就没受害；村里女人不抽烟，当然也没事儿！"

村人们听得非常入迷，台下鸦雀无声。

"至于下届的村长，俺干不干都行。如果大家不投俺票，俺谁都不怨；如果大家支持俺、信任俺，想让俺再干一届，俺上台的第一件事儿，就是跟化工厂谈判，让他们建污水处理厂。如果它不建，俺就向市县环保部门投诉它；如果环保部门不管，俺豁出去不当这个村长了。俺带着大伙儿上访去，到县政府上访，到市政府上访，到国务院都不怕，直到解决问题，让大家过上安稳的日子，让大家都身体健康！让大家都长命百岁！"

台下响起了潮水般的掌声。谁都没料到，老魁来了个一百八十度的大转弯。这转变有些突然了，意外了。四年了，村人们整整有四年没听到村长说这么掏心窝子的话了。大家激动了，振奋了，豪情万丈了。掌声过后，许多人心里矛盾了。特别是那些准备投票给丫丫的人，脑袋里有点儿乱了，心里头有点儿不是滋味儿了。这票可咋投呀！

很快，丫丫上场了。丫丫的发言很简单，也出乎了所有人的意料。丫丫说："俺之所以要竞选村长，就是要向上反映水污染的事儿。这当儿，老村长想通了，也打算做这件事儿，俺非常高兴。俺退出竞选，不参加竞选了，并且俺投村长一票，也希望打算投俺票的乡亲们，把那票投给村长。村长有经验，有能力，咱们支持他再干一届！只要他真地解决水污染问题，咱们一定拥护他，永远拥护他！"

台下顿时掌声雷动。这次的掌声比先前还热烈，还持久，有了地动山摇的意思。村人的泪水夺眶而出了。

老魁的眼睛也湿润了。

四十八

这天后晌饭，丫丫烙了一些葱花饼。丫丫想给老魁送两张饼去，又觉得冒失，有些犹豫了。她站在地上，陷入了沉思。

这一年村里出了几件事，死了几个人，可是，一切都过去了。死的死了，没了；活着的还在，还得好好活着。活着就不能饿着，就得吃饭。

这么一想，丫丫又想通了。她把装烙饼的盘子用屉布盖上，放进了一个小篮子里。

徐小伍的四分之一人生

一

　　我爸的手稿丢了，急得他血脉贲张，夜不能寐，第二天须发皆白，第三天血压升高，第五天被医院误诊为癌症（当时不知道是误诊）。听到这个"喜讯"我拍手称快，立刻告诉了我妈。不料，我妈没有幸灾乐祸，反而躲到院里的苹果树下，嘤嘤地哭了起来。

　　我对我爸的恨由来已久。别的事儿都可以忽略不计，关键是去年秋天，他在酒后以皇上自居，说我妈是皇后，逼问我到底爱谁？问得我张口结舌，怎么回答都不落好。这件事儿让我彻夜难眠，一个星期都没睡好。天底下哪有这样的爸爸，提出如此伤脑筋的问题给孩子，你说我能爱他吗？要我说，他丢手稿活该，得绝症也是罪有应得。

　　当然，这是气话。他毕竟是我爸，是我亲爸。

　　我妈不是我亲妈，我娘才是我亲妈，他们……

　　算了，不说他们了。事实上，我自己的事儿我都忙不过来，哪有空儿跟他们扯闲淡。

　　长期以来，我爸是一个自以为是的君主，我妈是个逆来顺受的臣民，我生活在那个城堡里，一方面感觉有座大山压着我，一方面在我喊山时总觉得有人要堵我嘴，憋死或即将憋死是新常态。高二时，我爸偷看我日记，发现我用了"新常态"这个词，立刻把我骂了一通。那天晚上我差点儿把他掐死，还是我妈语重心长地把我劝了回来。

奈保尔爷爷说得好："我们永远不能成为我们希望成为的，只会成为我们必须成为的。"我就是这样一个人。小升初时，凭借小号特长被四中轻松录取，当时我吹的是《欢乐颂》。初升高时，我的小号水平升了三级，吹的是《嘎达梅林主题变奏曲》，得了满分，可到了面试时却匪夷所思地给了零分。另一个学生吹的是我小升初时的《欢乐颂》，却被一中录取。我无缘市里的重点高中。当天，我拿着小号跑到西湖边上，把它扔进湖里，一起被扔的还有我音乐家的梦想。没被一中录取，我只好上了五中，准备在那里卧薪尝胆，一鸣惊人——谁说普通高中没有考上名牌大学的？我就不信邪。上高中后，我早上一杯咖啡，晚上一杯浓茶，每天学习十五个小时。老师们拍手称快，学生们则视我为怪物——高一就冲刺，这家伙绝对有病！

第一学期期末，我考了全年级第一，全区第八，破了五中学生在全区排名的记录，可谓一飞冲天。当天晚上，爸爸喝得酩酊大醉，妈妈酒不醉人人自醉，对我的人生充满信心。我暗下决心，下学期力争蝉联全年级第一，全区排名进前三，全市排名进前十。

可是好景不长，第二学期的一天上午，隔壁班的一个男生走进我们教室，问我名字。我报上大名后，他立刻开骂，大意是我勾搭他们班上的一个漂亮女生——公认的校花。我当即否认，并劝他骂人别搞错对象，不料他嘴很贱，继续当众骂我。我走到他跟前，给了他一拳，很快也挨了他一拳，然后我们扭打起来。十分钟后，他被我压在身下，最后他鼻青脸肿地走了。

中午，那个"贱男"找到我，嘴里"嘶嘶"着要报复我——他一开口说话，嘴巴上的伤疤就疼。他身后站着四五个小混混，个个凶神恶煞。我无所畏惧，指着他们的鼻子："有本事你们打死我，打不死我，下午我就找人弄你们！"

四五个人愣在那儿了。他们面面相觑。

"好啊，你现在就找！"为首的一个文身的胖子说。

我立刻掏出手机找人，约了下午五点。

三月份的天气乍暖还寒，傍晚残阳如血，十几辆面包车停在校外，一百多人手持棍棒在学校门口徘徊。老师们惊慌失措，学校大门早就关闭。直到警察接警后迅速赶来，保卫处的人像盼来了大救星……

从那以后，我在五中再没受过任何人欺负。但是，这件事儿让我的心灵受到了袭扰，从此学习状态低迷，上课时精力无法集中，痛苦而沮丧。以至于高考时只考了个北京的二本。

你瞧，我想进入北京名牌大学，结果却成了二流大学的学生。不得不说，奈保尔爷爷说得真对。

当然，作为一名河北省的考生，能考进北京也不错了。

二

人一上二十岁话就多。不知道是年龄的原因还是小弟们惯我的原因，刚上大三不久，我就从一个不苟言笑的"乡巴佬"，变成了讲起话来滔滔不绝的学生会干部。他们的掌声令我沉醉，他们的谄媚令我糜烂，膨胀时我觉得自己能当国王。

你瞧，说废话的毛病又来了，你们肯定讨厌我了。你们不说我也看得出来，谁肚子里有什么东西我一目了然。好了，言归正传，既然你们三顾茅庐，我就给你们说说那件事儿吧。

事情发生在一个月前。那天晚上八点多钟，我刚钻进樱桃的被窝，准备跟她飘飘欲仙，结果被一阵电话铃给揪了起来。我瞥了眼手机，屏幕上的汉字放大了我的瞳孔，我赶紧伸手去拿手机。

电话是槟子打来的，声音很急，大意是他哥哥开车撞了人，正在市区等候处理，让我火速赶往现场。他大概知道我正在罗平度假——暑假。"妈的，好事儿从来不找我。"我骂了一句，穿上衣服。樱桃比我穿得还快，她要陪我一起去解放路。

槟子是我初中同学，因为成绩差，后来上了技校，学飞机安全检修，毕业后闲了半年，后来到首都机场干地勤。他自称"修飞机的"，我们骂他不要脸，戏称他是"打飞机的"。是啊，你别小瞧这个"修飞机的"，他的工资可不低，一年薪水够我妈这个退休的处级干部挣三年的。去年他时来运转，先是被机场评为"先进"，随后被一个私企老板相中，挖去做他的私人安全专员，挣年薪。他大事小情都找我，好像我长着三头六臂似的。有时候我挺烦他，可也没办法，他的事儿我必须管。

事故现场围了好多人，警察还没到，我暗自庆幸。槟子的哥哥一见我的车，立刻凑过来，结结巴巴地说："小伍，我喝酒了！"我问他："什么情况？撞人了吗？人怎么样？"他告诉我，只喝了两瓶啤酒，觉得开车没问题，没想到路过一中时出了事儿，撞了一个过马路的女生。"当时已经过了下晚自习时间，所以开得有点儿快，经过一中的时候，一条狗过马路，躲狗时撞了人。"

槟子的哥哥叫橙子，本名成刚，年轻企业家，此时过路群众把他围在中间，生怕他逃逸。橙子和槟子是我给他们起的外号。他们也曾想给我起外号，我张嘴比他们快，说就叫我榴梿，奇臭无比。他们反倒哑口无言，只好放弃了给我起外号的图谋。

橙子前面还有一堆人，我立刻走过去，分开人流，走向被撞的女孩儿，俯下身，只见她倒在血泊中，一支胳臂压在身下，另一支横在路面上，脸上血肉模糊。旁边有人用手机拍照，我一边制止，一边回身问橙子："报警没有？"

"报了。他们报的。"他手指愤怒的人群。

"120呢？"

"也打了。"

正说着，120急救车呼啸而来。医生把女孩子抱上担架，放进车里，又呼啸而去。橙子让女秘书跟着救护车走了。他没忘记把一沓钱装进她包里。我看女秘书有点儿心虚，就让樱桃开着车跟在后面，给女秘书壮胆。我则留在现场陪橙子。

"小孩子一边过马路，一边看手机……"橙子埋怨道。

"哪条法律说过马路不许看手机啦？"我拿话噎他。"您是企业家，怎么犯这种低级错误？司机呢？"其实也是瞎问，他们一男一女这种标配模式，不说我也能猜出个一二。

橙子没接我的话茬儿，问："交通队有没有人？"

"你是企业家，公安局不认识人？"我反问。

"没有，从来不跟他们打交道。"

"为什么？"

"他们一个个冷冰冰的……废话少说，赶紧帮我想办法。听槟子说，你的办法多。"

他一夸我，我立刻来劲儿了，好像找到了存在感。我说："第一，你今天晚上没喝酒，昨天晚上喝的；第二，……"

"这么说管用吗？"橙子斜睨我，有些不屑，打断了我。

"听我的没错，先博取同情。第二，你临时被市长召见，但司机已经回家，只好自己开车，至于秘书……干脆说她听说出事儿，临时赶过来的。有人看见你们同时下车吗？"

"有两个，但很快走了。现在这些人都是出事儿一分钟以后才陆续聚到这儿的。"

"大晚上的不回家睡觉，都是吃饱了撑的！"我小声骂道。

警察的车终于到了，收本、拍照、吹管、询问、训斥，然后要把橙子带走。

"你们不能带人，他是人大代表。"我急中生智。

"人大代表也不成，法律面前人人平等。"戴眼镜的警察说。

"酒驾涉嫌犯罪，必须跟我们走。"不戴眼镜的警察说。

"我有酒味儿没错，可是今天没喝，是昨天喝的。"

"那我们不管。无论昨天还是今天，只要你血液里有酒精，就涉嫌犯罪。"

"成，听您的！"我打了个响指，"我们跟您走！"

"没你的事儿。"

"有。我也在车上，是我让他替我开的。"

"他喝酒了，你没喝，你让他替你开车？你觉得可信吗？"眼镜警察瞪着我。

我凑到他跟前，小声说："我想跟女朋友干那个。在车上干特带劲！"

"臭……"他大概是想骂我臭流氓，但临时改口了，"臭德行！"继而又问："你们是什么关系？"

"他是我同学的哥，咱们罗平市的企业家，做新能源汽车的，今天他们公司开年会，我给帮点儿忙。"

橙子在一旁直点头。

"那你女朋友呢？谁是？"不戴眼镜的警察扫视周边。

"她跟救护车去医院了。家属还没来，那边得有人料理不是。"

我们挤进那辆挺旧的伊兰特警车。车上，我跟樱桃语音，让她转告医生，要不惜代价地抢救被撞的女生，"人命关天"这个词我说了三遍。语音后，警车已经远离现场，我掏出两万块钱，隐蔽地往警察兜里塞，我知道他们车上有监控。

"少来这套！"戴眼镜的警察嗓门很大。

"嘘——"我竖起手指挡在唇前，并尝试再次贿赂他。

"李队，人家一片心意，要不咱先收上，回去交公。"不戴眼镜的警察说。看上去老实巴交的，没想到这小子还挺阴损。我立刻把钱装回兜里。

后来我知道，戴眼镜的警察是交通队的副队长李根。

"遇到好警察了，这我就放心了。希望你们公正执法、公开执法、公平执法！"我拍了拍不戴眼镜的警察的肩膀。他不耐烦地掸了一下，好像我碰过的地方有病毒。

我们很快到达市立第二医院，警察押着橙子抽了一管血，准备送省里检验，作为是否酒驾的依据。然后我们上车，向交通队驶去。

路过五四大街时，我想下去撒尿，警察没允许。我要给交通队的熟人打电话，他们不让，说坐上他们的车就不能随便打电话。我说打给你们郭队长，他们犹豫一下，仍然说：

"那也不行，出警时当事人要是给队里打电话，必须有上级批准！"

"我就是给你们上级打。"

"那也不行。"

我没管他们，偷着按了拨出键，但是那边没人接。只好给郭队长发短信，轻描淡写地说了下"酒驾"的事儿，一再强调是昨天喝的酒。可过去了十分钟，车子都到交通队门口了，电话还没动静，郭队长既没回短信，也没给我打电话。我真是有点儿急了。

问讯的时候，橙子态度谦恭，我在一边坐着，乖顺地配合他，跟他说的保持一致。我不知道为什么他们没有把我们分开。这是漏洞。但是我也管不着。有漏洞我才有机会。

做了二十多分钟笔录，估计差不多了，橙子直直腰，客气而谦卑地说："民警同志，我想去个厕所，行吗？"

"去吧。出门左拐。"李根的态度大为好转。难道是因为橙子一直谦恭吗？还是另有原因？

橙子大模大样地去厕所了。这又是一个漏洞。固然院子里有门卫和监控，但嫌疑人在院里独来独往，仍然可能出事儿啊。只因为是一起交通事故不值得跑吗？只因为他的手机被收了就不会打电话串供或者求人吗？橙子大模大样地去厕所了。这真的是一个漏洞。

后来我才知道，橙子兜里还有一部手机，他用这部手机给王市长打了电话，并且打通了。其实在事故现场他就打了一次，市长没接，可能当时在开会。这次打通了。

后来橙子告诉我，市长一听他开车撞人了，立刻雷霆大怒，把他臭骂一通，"你要是坏了我大事儿，坏了罗平大事儿，我饶不了你！"市长答应马上跟书记汇报，商量应对方案。后天，罗平要举行新能源汽车第30万辆下线仪式，副省长要来，省发改委主任、省财政厅厅长也要来，当场宣布对罗平新能源汽车产业的扶持。

橙子回到问讯室不到十分钟，李根接到一个电话，听着听着就激动了，后来跟电话里吵了起来。撂下电话的时候，他呼哧呼哧地喘着粗气。不一会儿，一个又高又壮的警察走进来，警衔级别不低，声音格外洪亮："你们是不是党员？是党员就要服从上级决定。局长和书记都打来电话，这么点儿事儿咱们都落实不了，怎么跟领导交代？"这人是郭队长。

李根还想辩白，郭队长直着嗓子说："上次的屁股我还没给你擦净呢，这你就翘上尾巴啦？"

"上次是我个人的工作失误，我认，可这次不一样，咱们不能……"

郭队长掏出一支香烟，叼在嘴上，点燃，深吸一口，吐了个圈，说："对，是不一样！上次是一般性失误，这次是不讲政治，是大是大非的问题！"

李根哑火了。

我暗自给老郭挺了个大拇指。

"那怎么办，郭队？"不戴眼镜的小警察问。

"放人，让他赶紧去医院，掏钱救人。现在的医院你们又不是不知道，关键时刻，差一分钱都不给动刀。"

"我不同意。"李根犟劲十足，"他撞了人，说放就放了，这算怎么回事儿啊？"

"他是人大代表，可以问讯，不能随便羁押。"郭队长说。

"李哥，咱让他走，他跑了和尚跑不了庙。"不戴眼镜的警察安慰李根，然后瞟了眼桌上的采血管，转问郭队长，"郭队，血怎么办？"

"先放那吧。它又没长腿，跑不了。"

"不送检啦？！"李根目光炯炯。

"不送了，局长就是这么说的。吹管不是也没到八十吗？"

"是，七十九，可咱们那东西有时候不准！"

"那你怨不得别人。再说了，就是过了八十，也不能当酒驾处理——领导就是这么说的！"

"依法治市，不过一句屁话！"李根拂袖而去，把门摔得山响。

郭队长摇了摇头。

"郭队，您甭理他，他就是这么个脾气。"不戴眼镜的小警察息事宁人，见郭队长不动声色，犹豫了一下，也推门出去了。

"呸！这么多年了，我还不知道他！只要是我坚持的，他就反对；只要是我反对的，他就坚持。他娘的，他这是把我当敌人了。"

郭队长用大拇指和食指掐灭烟头，揉碎，狠狠地扔在地上。

三

事情出现反转是在一小时以后，有两个原因：一是被撞的中学生没抢救过来，死了；二是被撞者身份确定，罗平市王市长的女儿。我和橙子当即就傻了。当时我们正在酒吧喝酒，给他压惊，反正他也不能去医院，要是去了让受害人家属碰到，肯定是一顿暴打。我们在酒吧里不断地给女秘书和樱桃打电话，了解抢救情况，并一再指示他们多掏钱，一定要找专家上设备、上好药，确保女孩儿万无一失。撞了年纪轻轻的中学生，橙子心里肯定愧疚，当然也有紧张，他近期要搞大动作，自己不能出任何差错，负面新闻尤其可怕。我们边喝边聊，一瓶洋酒喝到一大半的时候，交通队的电话打了过来。

王市长已经赶往市立第一医院，正忍着悲痛安慰着妻子。他女儿的尸体要拉到公安医院，一周后出尸检报告。

因为打不到车，我从附近酒吧跑过来，远远望着站在警车旁边的王市长佝偻的身影。他和妻子蹲在地上，按照当地习俗，正在给逝去的女儿烧纸钱。王市长起身的时候朝这边看了一眼，我发现他面色凝重，目光如炬，嘴角暗藏杀机。他不认识我，但是我在电视上见过微笑的他。

橙子的出租车也到了，下车后他直接跑向王市长。他觉得自己有罪，跪在王市长面前。

"市长，我对不起您，您打死我吧！"

王市长静静地看着橙子，面无表情。

"市长，就算您不动手，我也要给您的女儿偿命。"

王市长嘴角动了动，但是没说什么。

"嫂子，您打我两个耳光吧！"橙子转向市长旁边的妇人。

市长的爱人早已浑身无力，但此时见到肇事者——在她眼里，肇事者就是杀死她女儿的"凶手"——立刻骂道："混蛋！你这个混蛋！"朝橙子脸上抽了一记耳光，而后因为激动晕倒在市长怀里。

王市长一字一顿地对橙子说："成总，你听好了，我不会因为自己是市长，就让你罪加一等，也不会因为你是区里的企业家和纳税大户，就对你法外开恩！"

橙子被重新抽血，我们坐着警车再次赶往交通队。这回我可真急了，本来橙子撞人时只是两瓶啤酒，顶多算"酒驾"，现在喝了洋酒，血液里的酒精含量一定超过八十，甚至超过一百二，很可能就是"醉驾"了。这不是罪加一等嘛。

我一路上跟警察解释，但是他们根本不听我的。警察还是原来那两个，李根和那个不戴眼镜的小警察。我这才知道，不戴眼镜的小警察是李根的徒弟小白。另外，还有一个女警察。女警察坐在副驾驶位子上，我坐在后排两个警察中间。橙子坐在另一辆警车上，几个看不清面孔的警察"陪"着他，有人为他开门，有人从后面推他屁股。车上，警察一言不发，他们越不理我，我越紧张，我越想给橙子作证，证明他肇事以后喝了洋酒。我知道他们有一万个不信我的理由，可是我也得说。

"刚才喋喋不休，现在说吧。"坐在问讯室里，女警察下令。还是一小时前受审的那间屋子。

"不该你说的时候，别瞎咧咧！"李根说话有东北口音。

我把事情的前因后果说了一遍，其间没少忏悔。

"把血样送市里。"李根指着我说，"你走吧。"

"他呢？"我手指着橙子问。

"他还能回去吗？"

"那……送哪个血样啊？"我一急之下，不由得结巴起来。

"当然是送这个了。"李根指着新抽的采血管。

"一个小时前抽的血呢？"我大声问。桌子上空空如也。我走向纸篓，纸篓里也没有。

李根没理我，拿着采血管走出房间，跟女警察坐进一辆警车，车子呼啸着离开交通队。橙子始终一声不吭，我觉得他是被吓傻了。

屋里新来了两个警察，都是中年人，一个胖些，一个瘦些，每人身后都跟着一名辅警。胖警察和一名辅警把橙子带走了，说是要单独问讯。小白接了一个电话，也出去了。屋子里只剩下我和瘦警官还有那名辅警。他们把要问的又问了一遍。

半小时后，郭队长来了，身后跟着小白。从郭队长的表情看不出什么，吉凶难料。

我赶紧说明情况，他看了眼坐在屋里的中年警察，又看了看随行的小白。小白知趣地"哦"了一声,走到墙角纸篓旁,猫腰在篓里拨拉来拨拉去,什么也没找到。郭队长无奈地看着我,一脸困惑。

"找什么呢?"中年警官问,他姓马。

小白抬头问:"马哥,是不是谁给'抬'起来了?"

我一听口音,才知道小白是延庆人,我姥姥家就在延庆。他们那儿的人说"藏"东西都说成"抬"东西。

马警官不慌不忙地拉开抽屉,从里面取出采血管。我眼前一亮,如释重负。这天不是他当班,但是单位突然通知他回队里待命,来时发现了办公桌上的采血管,就顺手把它放进了抽屉里。

"果然是你'抬'起来了。"小白说。

"是这个吗?"马警官捏着采血管问。

"是这个,绝对是这个!谢谢警察同志!"我点头如捣蒜,"快,快给我吧,我去追他们!这个是事发后采集的血样。这个是真的!"

"都是真的。"郭队长揶揄道。

"是,都是真的,但是这个更真……"我不知道说什么好了,伸手去接马警官手上的采血管。马警官一躲,这才把目光丢向我。

"你怎么证明事发以后你们喝了酒?"他问。

我一时无语。在酒吧消费确实没开发票。

"既然找到了,还是用先前那管血吧!"郭队长平静地说。

我立刻给他作揖:"酒吧有监控,你们调监控就可以看到我们。"我一放松就来灵感。

马警官和小白都看着郭队长。

"我看可以。调监控,血用先前那管。"

"可是,他们已经走了。"马警官说。

郭队长掏出手机,给李根打电话,打不通,对方不在服务区。

"没关系,我去追,肯定能追得上!"我从马警官手里夺过采血管,用袄袖擦了擦。因为激动,我手一哆嗦,采血管掉在地上,"啪"的一声,我心说"完了完了",仿佛看到黑红的血液溅出了一朵罂粟花。

大家面面相觑,我睁大眼睛,猫腰捡起采血管,发现完好无损。我羞怯地笑起来,对大家说:"采血管不是玻璃的,是硅胶的。"

天降大雾,罗石高速临时封路,警车改行国道。因为有雾,国道上的车行驶速度很慢,我远远地看见,前面警车的警灯一闪一闪的。我还没有想出办法。不知道怎么能让警车停下来,又怎么能把我手上的采血管送到他们手上。李根的电话总也打不通,总说不在服务区。樱桃开着车,我一声不吭。她跟我说话,我也没好腔调理她。橙子的公司即将得到一大笔政策补贴,此时出事儿,对他非常不利,绝不是掏几百万赔偿就能解决的。我得帮他。就算不看槟子的面,我也得帮他。能弄到省里这么大一笔钱不容易,不能让到嘴的鸭子飞了。

车子开得很快,可就是看不到警车的踪迹。车过保安的时候,又堵车了。开始我很着急,急得直骂娘,后来平静下来,心想就看橙子的造化了。我耐心地等,等啊等,等得都犯困了……我梦见老爸的手稿找到了,他眉开眼笑,激动得老泪纵横,眼泪滴在手稿上,可转眼间手稿又消失了,他急得四处乱跑,找啊找,结果没找到,他号啕大哭。我从他的哭声中醒来。

车还在堵着,纹丝不动。我着急。总不能这样无限期地堵下去。我急得像热锅上的蚂蚁,直冲樱桃发脾气。

"你他妈别跟我来啊!我招你惹你了?不就是个验血的事儿嘛!有什么了不起的呀!"她一连串说出这么多话,看来确实被激怒了。

"废话!脾气不小嘛!"我息事宁人。

"我也是个人,从白天到现在,你把我当人了吗?你跟我正儿八经说句话了吗?"

"对不起,我错了!"

"除了祈使句,你还会用别的句式说话吗?"

"会。我现在不想让橙子的血液进入省公安医院，不想让他被判刑，您有办法吗？"我按捺住火气，口气里夹带着奚落。

"有啊！"

"说说看。"

"咱们先到公安医院，我表姐就在那儿的化验室工作，让她想想办法不行吗？"

我一拍大腿："你怎么不早说呢？"

"谁知道你要干什么呀！你让我连续说出过两句话吗？"

"我错了！都是我的错！"

这时，前面车辆的刹车灯纷纷熄掉，车子开始蠕动起来。

省公安医院化验室只有两个人值班，刚好主任在班。樱桃的表姐给主任打了电话，主任痛快答应了。樱桃表姐喜欢钱，主任喜欢表姐，而且喜欢六七年了都没得手。这回机会来了，他要为此冒回险，献献殷勤。这算不上色令智昏。我不管他。甭说检验我送的采血管，就是要抽我的血，我都敢让他抽。

"也别丁点儿酒精含量没有，有点儿，但是构不成酒驾。"我小声说。

"这个我可做不了主，都是机器作业。"主任瞟了我一眼，脸上冷若冰霜。

"主任，让您费心啦，我表姐咋谢您我不管，我会单独再谢谢您的。这个您放心！"樱桃说。

"她表妹也是我表妹……表妹，咱是一家人，别客气！"主任跟樱桃说话时春光明媚，是完全不同的表情。我猜他肯定理解错了，以为樱桃也要献身给他呢。

我给樱桃使了个眼色，她从包里掏出大信封，递给主任。主任吓得直躲："不敢不敢，这个是犯法的！"

樱桃往主任白大褂的兜里塞信封，兜太小，塞不进去，她干脆拉开主任的抽屉，把信封扔了进去。不料主任从抽屉里拿出信封，硬往樱桃手上送。樱桃躲闪时，胸脯被碰了一下。两个人还在争执。你推我搡，像打太极。我不满地看了他们一眼。樱桃也懒得说话了，突然往主任脸上亲了一口："姐夫，乖，听话！"扭头就跑了。

主任呆鸟似的站在那儿，不知是在体味樱桃的嘴唇还是被她的话电住了。

早上八点，我们从公安医院出来的时候，正赶上那辆罗平的警车开进院里。他们起了大早，却赶了个晚集，不知为什么。

后来我听说，李根跟郭队长有过节，加上强烈的仇富心理，工作中总想追求公平正义。他和他的同事女友认为，让罗平市最大的企业家坐坐班房，绝对大快人心。

四

中午十二点，我回到罗平，足足睡了三个小时。醒来后，去储安小区看了趟我爸，他正在写小说，写得昏天黑地的。上一部小说手稿丢失让他更加疯狂，他噼里啪啦、摧枯拉朽地敲击着键盘，节奏感和连续性比我不差。事实上，他的指头在生活中十分笨拙：包饺子难看，换灯泡不会，夹菜的时候因瞄得不够准常有遗落，看上去就像耄耋之年的老人。事实上，他只有五十五岁。那时，他已经从丢失手稿的痛苦和阴影中走出来，开始了另一部小说的创作。我给他带了两盒东阿阿胶口服液、两包荞麦挂面、两个柴沟堡熏猪蹄子，再送上两句嘘寒问暖的话，去院里摘了个青苹果，嚼着苹果就走了。从始至终他都没离开座位，对我只是侧目而视，"哦、哦"了声——他活在自己的小说里，亲儿子也懒得看一眼。

我妈跳广场舞去了。最近他们关系不错。

下午四点，绿驰新能源汽车第三十万辆下线仪式如期举行。橙子在官方特批下走出看守所，参加了为期半小时的活动仪式，然后又被押了回去。仪式上，王市长致辞，市委书记和副省长先后讲话，省发改委主任在仪式上表态，对绿驰新能源汽车的政策支持将会加大力度，一亿元无息贷款和三千万元的政策补贴一个月内兑现。最后，该主任发出豪言："既然咱们中国人能造出原子弹，那么我们就相信，新能源汽车也一定能干过外国人。三年内，我们让绿驰独霸全省，五年内把特斯拉挤出中国！"此话引来绿驰员工和来宾的一片掌声，这掌声比斯大林同志做报告时的掌声还热烈，有四五个人被忽悠得直掉泪。

我看见橙子脸上露出得意的笑容。那笑容很诡异。

下线仪式结束时，橙子走到我身旁，轻声说了句"谢谢"，然后跟着便衣民警坐着警车飞驰而去。他的秘书递给我一个爱马仕包，我接过来，感觉手头很重，险些掉在地上。回家打开一看，好家伙，整整五十万。我不知道他为什么如此谢我，因为我帮的忙还没结果，还没水落石出。也许这就是企业家的手笔。

下午五点，我用橙子给的钱在网上买了一双鞋，2016 Nike MAG "Back To The Future"。去年，我一个朋友通过购买彩票的形式中了2016年版的"回到未来"，最近他需要资金周转，急于出手这双鞋。我毫不犹豫，用橙子给的钱把这双"鞋王"收入囊中。半小时后，"闪送"小哥将"鞋王"送达，我异常激动，小心翼翼地接过包裹，一层层打开包装，把鞋子摆在茶几上。我从不同角度看着这双鞋，看够了立刻拍照留念，并把照片上传到虎扑球鞋论坛，帖子下面的留言瞬间爆棚，几个熟识的朋友也都前来膜拜。

下午六点到七点，我什么都没干，完全处于发呆状态。中间接了槟子一个语音，对我千恩万谢，显得挺生分。我告诉他，血液检测结果再有两个小时就能出来，如果不是碰上天崩地裂或者改朝换代的大事儿，应该十拿九稳。我顺便告诉他，下午绿驰新能源汽车第30万辆下线仪式也如期举行，官方当场宣布配发一亿元无息贷款和三千万政策补贴，让他尽可放心。我觉得他更关心他哥的企业能不能拿到钱，而不是他哥能不能判刑。

"其实，就算是酒驾，你哥也能拿钱搞定这事儿，不会有牢狱之灾的。"我说。

"那可不一定，现在警方对酒驾处理特严，民警想收钱都不敢，弄不好会'脱'衣服的。何况是市长的女儿。"

"那倒是。可话说回来，民事赔偿到位了，肇事方和受害方达成谅解，也可能免于起诉……事故组和法院都有调节的义务。"

"免于起诉不太可能，顶多少判两年。"

"就算判到头，最多七年。七年后你哥还是一条好汉。"我话里有话。

"七年？七年出来他连市政府在哪儿都找不到了，没好汉，只有孬种！"

槟子这么说我很开心，算他明智。我费了那么大劲儿，立了那么大的功，不能说抹就给抹了。不过我还是告诉他，他哥给了我五十万，他立刻说那是应该的，是你应该得的。我本想说"咱可不是为钱"，但是懒得斗嘴，只好作罢。

七点钟，樱桃来找我，我们二话不说上来就接吻——主要是我吻她，她没有还嘴的机会——这个毛病我怎么也改不了。我不愿意开口跟她说话，因为星宿不合，超不过三句就抬杠。但是这并不妨碍我们恋爱、做爱，身体和灵魂各行其是，这也是现实一种。我爸跟我妈就是这种关系：我爸写小说，我妈看不上；我妈跳广场舞，我爸也看不上。除了跳广场舞，我妈还热衷于上电视、打市长热线，一会儿为"创城"发挥余热，一会儿路见不平一声吼为民请命。我妈是个退休的处级干部，因为身体不好提前退休，退休了反倒珠圆玉润，更像个在台上的领导干部了。

我妈不是我亲妈，我亲妈我都叫娘，不知为什么。我说"我娘"就是指我亲妈，我说"我妈"就是指我继母。这个只有我爸和樱桃知道，别人我也懒得说，说不说都一个样。

我妈跟其他退休干部走在街上，找市政和供电部门的毛病、挑银行和公交公司的刺儿，过足了嘴瘾，还常常能上电视。他们那个组织叫"啄木鸟督察队"，专管城市环境的事儿，横挑鼻子、竖挑眼，鸡蛋里挑骨头，而且绝对是合理合法的。市长还接见过她们。他们作客广播电台或电视台，在演播厅里滔滔不绝，指点江山，有一种返老还童、风光依旧的感觉，仿佛回到了他们拥有权力的旧时代。

我爸热衷于文学创作，当然看不上她这个做派，但是他能做到"和而不同"，这个我就不能不服了。也许我就是遗传了他的生理基因和人类学基因，跟樱桃灵魂相差一万米，身体却能无缝衔接，而且处得相安无事。

跟樱桃接吻时我夸她，她没理我，脱她汗衫的时候往具体里夸，夸她足智多谋，夸她人脉广、讲义气。她停下浮动着的呻吟，狠狠地说："闭嘴！"满脸凶神恶煞的样子。

"不是嫌我跟你话少吗？"

"那也得分时候啊！"

她伸手挠我痒痒肉，我"噗嗤"笑了，于是专心致志地爱她，充满敬意地爱她，势大力沉地爱，让她的身体从贫穷走向小康。

五四广场上的大屏上开演《东方时空》的时候，我们坐在大排档上开始喝啤酒。樱桃喜欢撸串，我喜欢烤海鲜，槟子两样通吃。槟子是十分钟前回到罗平的，一进市区就给我打电话，问我在哪儿，我说五四广场，他撂下电话八分钟就出现了。

"哥们儿，我敬你！"槟子用七秒钟干掉一杯扎啤。

我也只好干了。

"樱桃，我敬你！"槟子拿起另一扎啤酒，还要干。

"别喝那么急，就你那儿两下子，连干两扎你擎不住！"我劝他。

"就是，别客气！"樱桃说，但是也端起杯子。

槟子的杯子碰在樱桃的杯子上，发出"咔咔"的声响："我全干掉，你喝一半，老规矩。"

槟子的脸很快就红了。我知道他喝不了快酒。樱桃拿筷子给他夹菜，我挡住，改用我的筷子给他夹了一只虾。我夹住的是虾须，虾身在筷子下晃晃悠悠，像在顽皮地打秋千。

槟子吃完这只虾就往外跑，显然是要喷了。他回来后，我和樱桃的第二扎啤酒也都喝完了，准备开始喝第三扎。这叫磨刀不误砍柴工。槟子端起第三扎啤酒，还要跟我们干，被我拦下，示意他缓缓，先吃两口菜。"我要替那只虾说句话，不是它令人作呕，是你压根儿拿不住两扎啤酒，干一扎勉强可以，两扎足以使你翻江倒海。"

槟子点了点头，表示认可我的观点："绿驰那边跪求人才，尤其是你这样的人才，薪水你说，橙子不会有二话。这回你去吧，只当帮他的忙！"

我摇摇头："岂敢！权力诚可贵，金钱价更高，若为自由故，二者皆可抛！"一如既往的矜持："实话实说，不想给自己找个枷锁套上，还是喜欢做自己的事儿！"

"倒鞋？"

"真难听。你说国际贸易好不？"

樱桃在一旁哈哈大笑。

是的，我这个真难算是国际贸易。一年倒上两三双鞋，顶多四五双鞋，够我一年嚼谷了，余下的时间我就随心所欲了。如果跟橙子干，固然能挣年薪，但是他们骗取国家补贴的做法我一向不敢苟同，更不能跟他们冒险。我总觉得他们会出事儿。三年前我就有这种感觉，可是三年过去了，他们没出事儿。但是我也不后悔。我还是觉得他们早晚会出事儿。一个四千多人的汽车制造厂，科研机构只有七八个人，研究政策的部门却有二十多个，这算啥套路？要干什么？你们的精力都用在对付政府上了，这怎么成？

当然，除了"倒鞋"，我也不是无事可做。闲暇时我做志愿者，去年被评为罗平金牌志愿者，只是这个不能当职业。事实上我更愿当一名纪录片导演，拍出像《野性非洲》那样的纪录片。对我来说，"倒鞋"只是爱好，拍纪录片才是正庄，我已经拍过两部河流方面的片子。可是他们总说我是"倒鞋"的，对此我无可辩驳，只好默认。谎言说上一千遍，就成了真理，这个没办法。我都认为自己是"倒鞋"的了。所以，我早晚要拍个特别牛的纪录片镇镇他们，也好为自己正名。

"都新时代了，你们能不能叫我'导演'？求你们了！"

"不能！"槟子和樱桃异口同声。

晚上十点，郭队长的电话打到我手机上，说橙子血液检测结果出来了，构不成"酒驾"，更构不成"醉驾"，让我大可放心。我心里一沉，嘴上说太好了，那就不会坐牢了。郭队长说："你也别高兴太早，血液里还是有酒精的，只是含量不到八十，说明还是喝了。"我赶紧解释，是嘛，当天没喝，是前一天喝的，这个我保证。郭队长要挂电话，我赶紧问："人能放吗？"

"还不行。"

"为什么？"

"你懂的。"郭队长轻轻地叹了口气，"刚才请示局里，局里说需要请示政法委和市委。"

我无话可说了。受害者是王市长的女儿，这个案子非同寻常。我有点儿不忿，郭队长没等我抱怨，直接挂断电话。

一刻钟后，郭队长的电话又来了，告诉我请示结果，说橙子可以放。"最后还是王市长本人发话了，'不能因为是我的女儿，就给人家罪加一等'。"跟我在医院里听到的一模一样。

我突然有点儿佩服这位市长了。市长固然是市长，是党员，可他也是有血有肉、有情有义的父亲啊！他已经四十五岁，十六岁的女儿被撞死，多大的痛苦啊！但是他能说出这样的话来，真让人敬佩。我开始对国家干部另眼相看了。

跟郭队长的电话刚撂下没两分钟,橙子的电话就来了——这说明他自由了。他让我去罗平大酒店,说要感谢我,也商量点儿事儿。我推说自己困了——其实我在追剧,《山河》里据说有我太爷爷的影子——橙子的声音消失了,槟子的声音在听筒里传过来:"别嘚瑟,快过来,给哥压压惊!"

槟子这么说,我就没有不去的道理了。我想打车把樱桃送回家,自己奔罗平大酒店,但是樱桃不肯,说还没去过罗平大酒店,我只好带上这个漂亮的累赘。

橙子坐在包间最里的长条沙发上,见我进来立刻起身,走向我跟我握手,继而拥抱,弄得我右侧脸颊和耳根很不适。他的络腮胡子扎到了我,但是他不以为然。"多亏了你!"他在我耳边小声说。

热菜上来后,我们入席。司机默不作声地给橙子剥蒜,秘书把醋悄悄地倒入他的碟里。槟子把茅台酒倒入众人面前的分酒器,然后又从分酒器里倒出一小杯,摆在众人面前。除了司机,在座的五个人都领了白酒。橙子端起杯子,从座位上站起来,声音里有沧桑感:"躲过一劫,哥几个辛苦了,谢谢大家!"一饮而尽。

橙子的秘书眼圈发红,橙子示意她满酒,她不好意思地笑了笑,赶紧起身满酒。我提议第二杯:"成总福大,有惊无险。"橙子脸上的表情写着对我那八个字的满意。槟子提议第三杯时说:"从今往后,我的亲哥有两个:一个是橙子,一个是小伍——你徐小伍。"我立刻骂道:"你丫肉麻不肉麻?"说完一扬脖,一杯酒直接空降嘴里,杯子沿儿没碰到嘴唇。

橙子单独敬了我一杯,问:"听说你爸的手稿丢了,还丢了什么东西?"

"金银珠宝一样没丢,就是稿子不见了。"

"怪了。啥时候的事儿?"

"上个月。"

"我能帮你做点儿什么。"

"不用。不说他的事儿，说咱们的。成总，我敬你！"我不习惯叫成刚"成哥"，尽管他对此耿耿于怀。本来我和槟子是同学，四年级橙子蹲级，初三时又补习了一年，就跟我们成了同学。上学时大家互称外号，不亦乐乎，现在你发达了我就喊"哥"，那不是我的性格。

酒过三巡，开始说正事儿。我建议他当晚就去找市长，橙子说没可能："市长肯定不见我。"

"当然不见。见不见是他的事儿，求见不求见是咱们的事儿。"

橙子顿悟，若有所思地点了点头，又要跟我喝第四杯，被我按下。"那怎么办？现在就求见？还是明天？"

"现在。"

橙子点了点头。我看了眼槟子，槟子也点了点头。司机悄悄地出去了。

"什么形式？"

"发短信。不要打电话！"

"咱们想到一块了。"橙子又要跟我碰杯，这回我没拒绝。他说："王市长是我的恩人，我却干了这么档子事儿，这是造孽啊！"

"成总，现在你甭说什么恩人不恩人的了。现在，咱们把人家女儿给撞了，人没了，你得先把他当成一个受害者、一个父亲，他身后还有一个家族的愤怒和悲伤。"我一激动就说书面语。

"撞的毕竟是市长千金。"秘书给大家斟酒时小声说。

"所以，这条短信特别重要。我让你来，一个是当面向你表示感谢，另一个就是怎么说这话，这条短信怎么编啊？"橙子微蹙额头。

"哦，合着你也想到给他发短信啦？"

"没想好。一是不知道该不该，二是不知道怎么发。"

要在平时我一定噎他两句，杀杀他的威风，可现在没必要。他确实没主意。这个我知道。拜年短信好编，他轻车熟路，可是这条短信，要是编好了、编到位了，可是难于上青天。

我开始思考。已经十点半了，最好不要晚过十一点钟。当然，话说回来，王市长今天晚上不可能睡觉。他睡不着。但是最好也早点，越早越好，越早越主动。

"你知道，王市长对短信要求很高。"橙子提醒我。这个我知道，王市长从宣传部部长干到副书记，又干到市长，对文字是情有独钟的。部下写的稿子，他基本不用，看不上；《罗平日报》他每期必看，每期都能挑出毛病来，总编三番五次认错。我在宣传部实习时就知道他的这个癖好。

我加紧思索，开始独酌，一回抿一小口儿，且一声不吭。他们知道我开始"构思"了，说话、喝酒的声音都有意地调低了音量。

"你们大声造你们的，静了我反而不适应。"我督促他们喧哗起来。

果然，在他们推杯换盏的过程中，我完成了"构思"，拿过橙子手机，在上面敲了一段字。橙子接过手机看，开始点头，后来摇头。我又改了几个字，他完全认可，一个劲儿地点头，念给大家听。大家没有任何意见，橙子就给王市长发过去了。

我给橙子编的短信是：

王市长：

我以戴罪之身向您问好！发这条短信，不是向您寻求原谅，而是向您申请裁决——您让我死，我绝无二话。您对我恩重如山，我却带给您莫大伤害，天理难容；您是绿驰四千员工的父母，我却让您痛失爱女，我罪孽深重；您是罗平新能源企业的功臣，我却让您肝肠寸断，我罪恶滔天。我再苟活两日，等待您的判决。

罪臣　成刚

槟子把最后"节哀顺变"四个字删掉，删得真好！的确，这个词在这里反而显得日常和轻佻了。

五

后半夜，我妈的电话打到了歌厅，手机在我兜里振动时弄得我大腿痒痒，以为是樱桃在摸我。我爸的肚子疼了，我妈已经打了120——在这方面我和她有共同语言，120永远比子女迅速且专业——她让我赶紧去医院。

我扔下樱桃和槟子，立刻赶往市立医院——樱桃想跟我去，被我拒绝了。我走进急诊室的时候酒醒大半，看到我爸痛苦的面容心生愧疚，感觉自己罪恶滔天。疼痛让他额头淌汗，面部肌肉扭曲，拳头攥得噔噔的，可他一声不吭，比邻床那个因打架骨折不断呻吟的小伙子强上一百倍。氯化钠和杜冷丁正在融入他的血液。我妈的手轻握在他的拳头上，好像在帮助他战胜疼痛——我对这个动作很满意。看到我的出现，我爸眼里划过一丝光亮，脸上不那么狰狞了。

"小伍，我大概是不行了，你要好好学习……"

"您别瞎说！"我打断他。

"这个病我知道，应该没几天了。这也是我急着赶小说、你去家里我跟你说句话都顾不上的原因（他居然能说出长句子，一如他的叙事风格）。我写的家族小说你看过，也许你不喜欢，但是我喜欢，这是我迄今为止写得最好的小说，可惜……"

"会找到的。"我安慰他。我知道，他把《命途》弄丢了。那部大概五万字的内容是写我太爷爷的。

"那部分我已经重写了，我说的不是这个。写你姑奶奶的小说也快到一半了，但是现在，你看，我……大概是没法完成了。"他的眼泪还是流了出来，原来没到伤心处。

"爸爸，您得的是糜烂性胃炎，不是癌症。就算是癌症，这个病也好治。"

"你甭骗我，我又不是不识字。"

我看了眼我妈，我妈冲我点了点头。这个她就不应该了。我爸虽然脾气大，但是胆子小，五十岁以后特惜命。无论如何也得蒙他呀！如果造假病历有助于他战胜病魔，那也在所不惜。

"我不是怕死，我是怕死了没法儿写小说了。"

"那倒是，估计是没法儿写了。"

"没写完呢，没写完呢……"爸爸又哭了起来。

我从没见他流过泪，从没见他如此柔弱，不禁伸出双手，搂住他的头，在他耳边低语：

"爸，您说过，得癌症的人有一半是被吓死的。咱们宁可战死，也不能被吓死。"

"话虽这么说……"

"您的心理素质我知道，写文学的人都是有信仰的，有信仰的人都是有意志的！"我随口胡诌。没想到他点了点头。看来说假话永远管用，真鼓舞士气。

"你得帮我。"

"怎么帮？"

"第一，看住我写出来的手稿，我已经打印了两份，别让它再丢了；第二，给我用好药，别让我疼痛，让我再坚持两个月，我把剩下的小说写完喽。"

"没问题，都没问题。"

我妈满意地点了点头。

"如果你孝敬，做得足够好，让我再活半年，看到小说出版，我揣着书离开这个世界，就太好了。"

"爸，您放心，我手上还有一些钱，全用来给您买药，《我不是药神》里说的那些进口治癌药，咱们都能买来！"

"也不用花那么多钱！"

"咱有渠道，不是高价药。再说钱是王八蛋！"

"攒点儿钱买楼，没楼谁跟你啊！"

"哎呀老头子，你就别想那么多了。没楼？怎么就没楼啦？咱们储安小区的楼不就是楼吗？你死了我还赖在这儿吗？"我妈的话真让人感动。真不愧是干部出身，对我爸的房产没有一点儿贪念。

"听听，我妈说得多好！楼不愁，钱也不愁，什么都不愁！再说了，您是中学高级教师，多活一年就能挣十万，多活二十年就是二百万。这个账我算过。还甭说您的稿费。万一您的小说改编成电视剧，一下子就能挣百十万，那时咱就阔了，钱根本不是问题。"

我爸咧着嘴笑了。不信说不美他。

"借伍儿的吉言！"他看着我妈说。

他很少叫我"伍儿"，通常都是"徐小伍、徐小伍"的，好像我是他们单位一个小年轻。他这么说我，我感觉到不正常，立刻想到一句话：人之将死，其言也善。我立刻往地上啐了两口，只当自己没想过。

"两个月没问题，半年也没问题。"我说，"下周咱们去北京，如果北医三院也说是癌症，那才是癌症。这事儿咱们市立医院说了不算。"

"咱们这里误诊的事情，又不是一件两件。"我妈积极配合我，以减轻他的精神负担，帮他燃起生的希望。

是的，我爸年初去医院看牙，好牙拔掉了，坏牙留下了；我妈上个月恶心头晕，医生建议她去妇产科，说可能怀孕了。我妈跟她们大吵一顿，还打了市长热线。

我爸微微点头，脸上舒展开来——他多希望他的病是误诊啊！

天亮时，我打车离开医院。

我睡了整整一上午，中间还做了光怪陆离的梦。梦见我爸的病不是误诊，而且癌细胞扩散，疼得嗷嗷叫，我妈给他头顶插上一面红旗，居然止住了疼痛。他在病房里写起小说。樱桃变成护士，跟我调情，后来又对我爸体贴入微，我一气之下把她送进了太平间。妈的，什么破梦？！太无厘头了。

醒来时脑袋昏昏沉沉的，并且有点儿疼，我起身煮了碗汤面，吃下去大汗淋漓，感觉好了许多。

我坐在电脑前，浏览了一下新闻，发现不是"人类命运"，就是"东方奇迹"，真是没意思，又进入虎扑论坛，发现几个熟识的朋友都在，包括辣妹。大家说起手上的新货，我如实禀告，辣妹立刻提出转让给她。我说了个价，她二话没说，立刻答应。这些个富二代，太他妈有钱了，不赚白不赚。辣妹收藏鞋有目的，因为最近她想上一部戏，而导演没别的爱好，只喜欢收藏鞋。辣妹自称是三流演员，演过的两部戏都是女四号以后的人物，这次想整个大的，导演已经答应她演女三号，但是她不满足，想再努把力，直接演女一号。辣妹自己也喜欢收藏鞋，但是为了明星梦，只好忍痛割爱。

我卖掉了那双"回到未来"，卡里多了十万块钱。不到二十四小时就挣了十万块，知足了。我感到一阵空虚。我一空虚就想睡觉，所以又倒在床上。这次没有做梦，睡得时间不长，下午三点就醒了。我感觉自己有事儿要做，但一时想不起来，只好去查备忘录，才发现这天是志愿者服务日。利用假期做志愿者，是我刚上大学就给自己定的计划，已经坚持了两个暑假、三个寒假。

我立刻给志愿者协会打电话，问他们今天参加志愿活动晚不晚，他们说不晚，但清除社区小广告的活儿已经干完了，去路口做文明引导员还不到时间，只剩下慰问失独家庭的那拨人还没回来。

"今天出去三组，每组两位空巢老人，现在刚三点，应该还赶得上其中一家。"负责人告诉我。

我让他们立刻联系，选择其中离市区最近的一组，开车直奔目的地。二十分钟后，我来到米粮屯——这个村子的名字真好，可是到了才发现，这个村子很偏，也很穷。按照他们发来的位置，我很快找到了这组人。走进李大爷家，"海陀情"的人跟"鞋子"握手，谁也不打听彼此的真实姓名。

李大爷今年五十二岁。唯一的儿子去年开车出了事，和他妈，也就是李大爷的老伴撒手归西了。当时他带着他妈去医院看病，在刚进市区的时候跟女友语音，车撞在一棵大树上，娘儿俩都没抢救过来。真够倒霉的。据说，此前李大爷担任村民代表，面若红枣，声如洪钟，开会必发言，发言必有掌声。可自从家里出事以后，他闷声不响，一夜之间须发皆白，瘦得不成样子，人整个塌了下去。我跟李大爷握手的时候，他的手干枯、发凉，生命气息微弱，目光茫然无助。李大爷得了高血压和抑郁症，生活凄苦得很。

屋子已经打扫完了，院里柴火已经码放妥帖，我只好发挥能说会道的优势，主动跟他聊天，直到他的眼睛里出现光泽。我看火候已到，大胆地跟他开玩笑："您得找老伴，年轻点儿最好，能生一个更好，自己有总比别人有强。"

"海陀情"的人忧心地看着我。

"我这个人爱说实话，我们虽然也是您的孩子，可终究不是个法子，不是所有时候都能指望得上。我们也有父母，他们闹起病来，也够我们一呛！"

李大爷微微点头。

"我这么说您别多心，可不是我们嫌弃您。我们三个这辈子做您的孩子，每周来一次，这个绝对没问题。可是另外那六天呢？谁陪您？谁帮您打扫屋子？谁给您做饭？……所以，还得找个老伴！"

李大爷面带不悦，不看我了。

"您心里有婶子，不肯再找，这个我们敬佩。但是您想过没有，就是婶子地下有灵，她希望您孤苦伶仃地过完这一辈子吗？她希望您顿顿饭都糊弄，总吃剩菜把胃口吃坏了吗？她不希望您有说有笑开开心心地度过每一天吗？"

我可能说到了李大爷的痛处，他老泪纵横。

"放心，就算您找了老伴，婶子她也绝不埋怨您，不信您上坟时间问她。而且您也甭担心，将来您百年之后入土为安，就算有两个老伴跟您埋在一起，左右陪伴着，也绝对打不起来。就算她们闹别扭了，您一个笑话就给她们说乐了，您说是不是？"

李大爷"扑哧"地笑了。

据"海陀情"的人说，这是他们接手李大爷以来第一次见他露出笑容。我挺有成就感的。贫嘴也有价值。

"就您这身体底子，稍微恢复一下，没问题，娶个三十岁的都没问题！"我发自内心地吹捧道。

李大爷再次笑了。他本来就是个有说有笑的人。

我们离开时，李大爷出门相送，我发现他佝偻的腰身突然变得挺拔了许多。

橙子给王市长发过第二条短信，王市长就回复了他。根本没用第三条。王市长的短信只有短短十一个字：

来殡仪馆吧，送我女儿一程。

橙子给王市长发短信是在上午九点，王市长回复他是在下午四点。王市长不等什么尸检报告了，他只希望孩子早点儿入土为安。橙子立刻叫停公司会议，坐上车，直奔殡仪馆。他在车上给我打电话，我当然支持他立刻去，并且世俗地提醒他，让他把所有费用都结了。我的话纯属多余，市长让他去肯定不是为了这个。

撂下电话我就改变方向，驾车朝城南呼啸而去。我还没去过殡仪馆，没去那里送过任何人，我想我应该去一趟，万一哪天我爸……我立刻又啐了一口，强行杀死刚才的念头。

殡仪馆里人山人海，大大出乎我意料。

这个仪式不能叫追悼会，也不能算遗体告别仪式，因为上面有规定，老百姓不能搞这一套。主持人读了一首诗，算是给十六岁花季少女作了一个生平，然后家属和来宾进入瞻仰室。来宾三鞠躬，然后绕灵一圈，跟王市长和夫人握手慰问。棺椁里躺着的逝者跟大堂上方的照片判若两人，我心里一震，脑袋有点儿疼，莫名的悲伤涌上心头。但是我让自己理性起来，因为我跟在橙子身后，要防止他出意外。果然，他经过棺椁时没有三鞠躬，而是"扑通"一声跪在地上，"砰砰砰"地在地上磕起头来。我一边去拉他胳膊，一边瞥了眼对面的王市长，我发现他一脸哀荣，目光散乱。橙子大概磕了七八个头，终于被我拉了起来，他的额头已经出血。我们走到王市长跟前，市长夫人又要伸手打人，被我拦住；橙子要跪下，被我牢牢抓住——我觉得他跪给死者完全可以，给市长或市长夫人下跪大可不必——可事情出乎意料，王市长伸出手来，跟橙子认真地握了握，弄得橙子眼泪"哗哗哗"地往下流。随后我也跟王市长握了手，这是我第一次跟他握手，我可以给自己设想一万个机会和地点跟他握手，但绝对想不到会是在这里。

命运是个谜，你永远无法猜透它。

"怎么会有这么多人？官方通知的？"我和橙子往西边搬花圈时随口问。

"不可能。"

"那怎么会有这么多人？我觉得足足有五百人。"

"人命关天。"橙子说，随即又否定了自己的说法，"市长不是白当的。"

我立刻想到，如果我是市长，我爸辞世了也一定会有这么多人前来吊唁。当官也不错。这回我没想啐自己，可能是在特殊场合有特殊感受，把这事儿给忘了。

离开殡仪馆时，市长秘书走到橙子身旁，让他晚上十点，在市政府门口等王市长。

我把送别小女孩的经历告诉樱桃，樱桃唏嘘不已，感觉人生无常，发誓不再酒驾或过马路玩儿手机。"珍惜当下，必须珍惜当下"，我说着就去摸她的胸，她"啪"地把我的手打回原处。自从给橙子验血立功，她明显骄狂起来，我脸上不悦，嘴唇蠕动着想说出点儿狠话来。

"说吧，我等着呐！"她仰着头斜睨我，一副满不在乎的样子。

"说什么？"我装糊涂。

"看这架势憋着什么狠话呢！休了我？"

"谈不上。咱俩又没结婚。"

"把我让给橙子？换回你一个大好前程？"

"想得美！把你卖给人贩子还差不多。"

"这个不可能，我不如一双鞋值钱。"

我哈哈大笑，她说的真有道理。我有点儿爱上她了。但是我不能让她发现这一点，否则她就更颐指气使了。

"给市长做填房吧，给他生个龙凤胎。"我试探她的心理底线。

"亏你想得出来。人家老伴还硬朗着呢。"她装作无所谓的样子。

"让他们离婚。"我补充道，"失独家庭的夫妻啊，容易出现心理问题，心里一有问题，日子就没法过了，很多都离了。"

"那倒是可以，我也做做市长太太！"樱桃眉飞色舞，"到时候你办事、做生意，还得求我跟市长美言，给你吹枕边风。他要是不从，我掐死他或者给他下毒。"

我脊梁骨发麻，飕飕直冒凉风："我服了，服了！"

"别介，咱接着吹啊！吹牛又不上税。"

"最毒莫过妇人心。我承认，你比我狠！"我这么说，心里特别不是滋味。人家王市长刚刚死了女儿，我俩背地里开人家这种玩笑，太不像话了。

"是你说要我给市长做填房的。"她坐在沙发上，双臂交叉抱在一起，眼睛平视窗口。

我马上跟她道歉，知道她生气了。女人只有在生气，甚至寒心的时候，才能说出狠话或者干出狠事儿来。

如果樱桃真的寒心了，这说明她爱上了我。

有人爱总不是坏事。

晚上十点，我跟橙子在市政府门口等来王市长。市长秘书走到我们车前，让橙子跟他走，橙子照办。跟着他往前走了十几米，上了王市长的车。秘书没有上车，而是站在附近等着，也不上我的车。他站在那儿徘徊，好像是放风的。

十分钟后，我接到橙子电话，让我开车跟着市长车走。秘书这才上了我的车。我们通过解放路，拐到民主街，最后到达和平里，车子停在壹号院门口。

路上，橙子给我发微信，让我下车时把密码箱提上。下车时我有些犹豫。秘书在我身边，当着他的面给市长钱总觉不妥。于是我走到他身旁，小声说明顾虑，他说没关系，都是自己人，又说："这又不是行贿，这是赔偿。"

我想想也是，回身去车上拿箱子。

"按照法律规定，多一分我不要。"王市长看橙子时目光炯炯。

"我不多给您，就给您五百万，以此谢罪！"橙子说，递上密码箱。

"说好的，一百万，多一分不要。"市长声音浑厚。

橙子犹豫了一下，把手上的箱子还给我："好吧。小伍，你去车上拿那个小箱子，然后给市长送上去。"

"他是谁？"王市长看着我问。

"徐小伍。我弟弟的哥们儿，公司副总。"他直接给我封官了。我往车上走的时候听到了。

我把那只小箱子提到他们面前。

"还是让小伍给您送上去吧，我上去不方便，阿姨……"

"不用。我自己来吧，一百万我还能拿得动。"王市长说。

"还是我给您送上去吧。您日理万机，太辛苦了。我送到门口就回，不耽误您休息！"我一口气说了好多话。

王市长盯着我看，像是在用X光透视我，然后点了点头。我跟市长向单元门口走去，期间他停住脚步，回身对橙子说："记住我跟你说的话！"

橙子点头称是。我和王市长走进单元门。

从楼上下来，我发现秘书已经把市长的车开走。

"不出所料，兄弟，你真是料事如神！"橙子说。

我谦虚了两句，因为我确实料到王市长不会多收橙子的钱。但是我给他出了主意，既要照顾市长面子和原则，也让他悲有所得。

我给他准备了两只箱子：一只里面装着五百万人民币，另一只装着一百万美金。

六

在认识樱桃以前，我跟三个女孩儿接过吻、上过床，包括五中校花。另外两个，一个是师范大学的月儿，一个是人民大学的乔乔。月儿来自贵州，人长得漂亮，也很朴实，但是烟火气太重。外地女孩毕业后想留北京，本无可厚非，但是她那种急切的心理和对生活有条不紊的安排让人生疑，也令人生厌。我还想留北京呢，可我没想那么多。都是二十岁左右的年轻人，怎么把生活安排得那么井井有条？如果都这样，人生就没意思了，没一点儿悬念了。我不喜欢。我们好了三个月就散了。乔乔倒是北京女孩儿，个子不如月儿高，但是丰满、洋气，裸着的时候身体曲线格外美，可一穿上衣服几乎啥都看不出来。她是军队大院长大的，身上的优越感可想而知。这个都无所谓。她对我的约法三章我也都答应：跟她恋爱期间不能脚踩两只船；分手后还是朋友；如果结婚生子，孩子随她姓。一切我都接受。但是，她因为崇敬唐太宗而讨厌魏征，因为喜欢梦露而厌恶张瑜，这个我就不能接受了。她仇恨美国等西方国家，一提起鸦片战争、甲午战争、抗日战争就拍桌子，一提起八国联军就咬牙切齿，一提起义和团就欢呼雀跃……她的这些想法我也是一点儿一点儿才知道的，有些是在被窝里听她说的。她痛恨西方国家，但是并不拒绝西方的科技产品，汽车开的是原装奥迪跑车，相机是日本佳能5D3，鞋是英国的，香水是法国的，包是瑞士的，所以她滔滔不绝地骂外国的时候，我从心里鄙视她。但为时已晚，我已委身于她。不过话说回来，我已经上了她，也没什么后悔的。她分不清崇洋媚外和盲目排外的界限。当然很多国人都分不清。但是，作为一名人大在读硕士，这个再分不清就令人费解了。后来我听到一句话，"爱国是工作，出国是生活"，我觉得用这话形容她再恰当不过了。当初我们认识是在一勺池旁边，我跟两个哥们儿从水穿石咖啡馆出来散步，正好碰到她和一个女同学坐在椅子上闲聊，因为我的哥们儿和她那个女同学认识，所以就跟着聊了起来。聊得兴起，乔乔提出去吃宵夜，大家没理由拒绝，只好奔西门外的大排档。撸串、喝啤酒期间，乔乔大谈她的价值观，我也别出心裁，说了一通共产主义不难实现的话，大致意思就是具体小事做好了一千件，共产主义就实现了。

"上车排队，下车好好走路，不随地吐痰，开车时不乱扔东西，开车直行时选择直行道而不是直行和右转弯均可的双向道——你走双向道当然不犯法，但是缺德！"我这么说的时候乔乔饶有兴趣地看着我，她探寻的目光和起伏的胸脯鼓励了我，"公家的钱别贪，别人的妻别占，谄媚的话别说，害人的事别干，这样的事情做到一千件，而且每个人都做到，共产主义就实现了嘛！"

大家听得入神，我话音刚落，乔乔带头鼓掌，拍完手立刻举起扎啤杯跟我干了一个。那天晚上我们走到一起，我看到了她的曲线美。

樱桃对我以前的事情从来不问，不是因为我们刚认识才一个月，而是因为她不喜欢打听男友的前史。当然，我对她之前的事情也不感兴趣，因为结婚距离我实在太遥远。樱桃对我动心也是因为一句话，起初她对我爱搭不理，直到我说出那句惊天动地的话来，她不仅看我，而且目光直视且坚定不移了。

我说:"人生若有五百年,一个人一辈子只跟一名异性生活,是漫长、枯燥和不人道的。"

樱桃出神地望着我。她的目光照亮了整个酒吧。

"所以必须实行结婚证期限制,发一次证管十年,十年过去了如果想延期,跟民政部门申请,可以存续夫妻关系;不延期、不存续的可以另找他人,也属合法,也算正常。真正能够延期到五百年的,那才叫从一而终,那才叫白头偕老,政府颁发纯金的忠贞牌坊!"

樱桃的目光从惊讶到欣赏,从欣赏到想入非非,但是她突然改口:"你这是典型的男权思维,说来说去还是为你们男人寻花问柳找借口!男人四十一朵花,女人四十豆腐渣,谁要啊?"

"错。你忘记了我的前提——人生若有五百年,如果真是那样,女人四十还是花季少女,正含苞待放,楚楚动人呢。就算女人还有豆腐渣年龄,那也得四百五十岁了,距离那时还有四百年呢,你急什么呀?!"

樱桃笑了,笑得愚蠢且开心。她被我描绘的人生当有五百年的远大前景给迷住了。当天晚上我们在一起时,她夸我这张嘴能说会道,并且长时间地品味它、吸吮它,弄得我很销魂。

从楼上下来,我一上车就问:"哪句话?"

"哦,没、没什么。"橙子支吾。

回家路上,车子里异常安静。我不想跟他说任何话。他再次邀请我加盟绿驰,许诺我年薪百万,我不为所动,冷淡地表示再考虑考虑。我想,既然你这么求贤若渴,既然你对我如此大方,可为什么不跟我讲实话?分明是不相信我嘛。不信任还要我干什么。我保持沉默。他也没解释。车子开得飞快。

我静静地躺在床上,想起好多跟女孩儿有关的事情,不知为什么。起初想到樱桃,后来想到乔乔和月儿,再后来又想回樱桃。我睡不着。不被信任的滋味不好受。当然我更好奇,也更为橙子担心。王市长上楼前跟他说:"记住我跟你说的话!"

我问哪句话,橙子搪塞我,我当然不悦。

不悦的时候感到孤独,孤独感迫使我想到樱桃。孤独可以忍受,但是我不想让自己孤立,光荣的孤立也不行。这个我明白。我渴望跟她说话。我拿起手机,打开微信,犹豫一下,又关掉了。但是手机没有放下,牢牢地攥在手里,这说明我潜意识里还残存着联系她的愿望。我有点儿看不起自己。我一向讨厌那种有事儿问女人,甚至凡事儿都让女人做主的男人。可樱桃……

我迫使自己不再想白天的事儿,不再想樱桃,我默念"唵嘛呢叭咪吽",以让自己尽快入睡。果然,十分钟后我安然入眠。

夜里,我梦见王市长跟橙子变成演员,在戏台上唱京剧,一个是电影《霸王别姬》里的段小楼,一个是程蝶衣,我成了掌板的老师傅……台下一片掌声,乔乔和樱桃把银圆扔到台上,一帮歹人策马而来,往戏台上射箭,我躲呀躲,躲过了七八支利箭,但是一记飞刀却朝我面门而来,一着急,我"嗷"地叫了一声,惊醒了。

我坐在床上,发觉自己身上湿漉漉的。

这时,"吱"地一声,手机里跳出一条短信。我把夜间微信进入的声音设置成了蛐蛐的叫声,就算有消息打扰,我也瞬间享受了一回蛐蛐的鸣叫。

"亲爱的,睡了吗?"是樱桃。

"没呢。"

樱桃要来我这里,我说:"大半夜的你出来我不放心,不如我去你那儿。"她说不行,说她父母都在家。我说:"那我接你去。"她说不用,要骑车。我知道她骑车技术好,斯普瑞克七档变速公路自行车,速度也不慢,但是我担心她的安全,她却说:"产能过剩,街上的灯都亮着呢。"

我就喜欢樱桃这点,丁点儿小事儿也能跟大形势联系一下,甭管联系得对不对。不愧是干部。一个女孩子做到这点,着实不容易。

樱桃家到我公寓有五公里的路程。一刻钟后，她敲响我的房门，果然风驰电掣。"让你久等！"一进门她调皮地说。

　　"恭候多时！"我回应她，并把她拥在怀里，孤独感立刻消失。

　　樱桃知道我有事儿，否则不会失眠，因为他知道我是个倒头就睡的野兽。我犹豫了一下，告诉她实情。她帮我分析了一阵子，也没分析出个子丑寅卯，只好胡诌起来。

　　"让橙子给他续弦？"

　　"不可能。"

　　"暗地里找个肯生娃的小三儿？"

　　"应该不会。至少不会这么早。"

　　"好啦好啦，甭猜了，睡觉！"她说。我们只好睡觉。

　　樱桃一早就上班去了。她在公平事务局工作。我则睡到了日上三竿。起床，洗漱，吃早点，然后去逛实体书店。书店就在我家对面，隔一条马路就是，我经常到那儿闲逛。有时真能搞到几本好书。《庐山会议实录》就是在那儿淘到的，当时店里只有两本，一本品相脏，另一本缺页，店主急于出手，也顾不得下架通知了。我都给趸了过来。高中时我就喜欢历史，这些年此爱好没变。我要给米粮屯的李大爷买几本书，他爱看人物传记，特别想看《陈独秀传》和《张闻天传》。不知为什么，书店里没有这两本书，我只好回家到网上找，很快找到了。我一边下单交钱，一边自言自语："这个老李头，是不是有受虐心理？"

　　我是看着那家书店的书长大的，跟书店有感情，买书尽量先去他们那儿，一来重温旧梦，二来照顾店主生意，可这次没照顾成。

　　买完书，我突然想起什么，给樱桃发了条短信："跟你表姐说，验血的事儿保密，姐夫也别说。"樱桃给我回复两个字："废话。"

　　她说得对，警察给的采血管你不用，却用我们送去的，这个犯规矩，表姐当然不会乱说。当然，我送的血也是橙子本人的，并且得到了郭队长的默认。

这时，橙子的电话打过来，让我立刻到他公司一趟，他的原话是这么说的——"马上来公司一趟"，好像我是他员工，好像我已答应了他。他嘴上矜持，甚至傲慢，但是我行动迅速，马上开车奔绿驰集团而去。

橙子告诉我，昨晚王市长跟他说的那句话让他一夜无眠。王市长说："这两天咱们少联系，有事儿我找你。"

"为什么？市长说了吗？"我立刻问。

橙子摇了摇头。是啊，如果说了原因，他也不至于彻夜不眠。你瞧，我在为橙子不信任我睡不好，橙子在为市长的话无眠，真是各有各的心事。

橙子一筹莫展，让我帮他想办法。我跟王市长只见过两面，并不了解他的行事风格，关键是他说那话时所处语境，我一概不知，又怎能解析其中含义。我问了一些情况。橙子一五一十跟我说起来。原来，他的新能源汽车通过市政府立项并不顺利，盖章、论证会如何复杂都不必说，关键是，省发改委组织的专家评审会一波三折，第一轮是四比四（有一位专家弃权），第二轮是五比四，同意票未能达到三分之二，各方使劲做工作，第三轮勉强达到六比三。最终，省里通过了政策扶持绿驰新能源汽车的项目，并上报国家发改委备案。备案期间再起波澜，一封自称"良心专家"的信寄到了省政府，揭露所谓绿驰集团弄虚作假骗取国家资金的"内幕"，省政府派出调查组，对绿驰新能源汽车集团及其申报国家政策扶持的过程进行全面审核，包括资质、实力、经验、程序、产量、科研投入、产品质量、市场前景等，并没发现什么问题，只好维持原判，同意省发改委对绿驰的扶持。

"跟这件事儿应该没关系。"橙子断言。

我脑子一片空白，不置可否。

"跟交通事故应该也没关系。"我这么说。

橙子也不置可否。

"当务之急，是跟王市长联系上，弄清原因，然后一起想办法。"我这么说几乎是废话。

"关键是怎么联系啊？他不允许啊！"橙子面露难色。

"我有办法。"我说出我的想法，橙子眼前一亮。他狠狠地在我肩上拍了拍，差点儿把我拍成肩周炎。

七

周六上午，一个快递小哥出现在王市长家门口，他身穿橙色制服，手上拿着一个包裹。他的名字叫徐小伍。他就是我。我给自己弄了个假发套，戴上一支看上去挺斯文的眼镜，只要我不说出自己是谁，恐怕连橙子也不会认出我。

壹号院有六栋楼，每栋只有一个单元，四层、八家，王市长住二楼。我站在他家门口，并没有预想的紧张，这让我更加放松。开门的是王市长夫人，不是保姆，更不是市长本人。她看上去仍然憔悴。我心里一震。她并不多问，我只好把装着盆栽荔枝的纸箱子放在玄关那儿。

"市长在吗？"我小声问。

"你是谁？"她反问，警觉地看着我，声音有气无力。

"一位朋友。我能够帮助他。我能见到他吗？"

"不能。"

"他在家吗？"

"你走吧。我不认识你。"她要关门。

"您一定让我见一下市长，事关重大！"我扶住门沿，不让她关门。

我这样她都没发火，着实令人惊讶："阿姨，我真的有急事，而且，一般情况下，我也不会这身打扮的。"

她没笑，但是面部肌肉显然松弛下来："他散步去了。"

"哪里？"

"民族公园。"

我向她道谢，然后下楼，骑上电动三轮直奔会展广场。樱桃在车上等着我，我脱掉橙色制服，摘掉假发套和眼镜，开上车直奔民族公园。壹号院距离会展广场只有一公里，广场到公园只有七八百米，车子很快就到了公园门口。我把樱桃的墨镜戴到自己头上，任凭她挽着胳膊走进公园。我们俨然一对恋人，不，就是一对恋人，这个谁也说不出什么。按照顺时针我们走了一圈，没碰到要找的人；又按逆时针走了一圈，还是没有碰到他。我回到车上，察看了一下行车记录仪——我下车时没熄火，把摄像头对准了公园大门——仍然没有发现王市长从公园里出来。

"他没跟老婆说实话。"我断言。

樱桃点了点头。

我给橙子打电话，没等我开口，他直接下令：马上来厂里。我真是不习惯他这副口气，但是没办法，我也急于见到他。他说的厂里不是公司总部，而是附近生产汽车的老厂，网球馆在老厂里。

我知道橙子爱打网球，所以直奔网球馆，但是扑了空。电话里他说他在静园，我赶紧开车到静园。夏季的静园荷清柳绿，烟波浩渺，两个人影背对我们，坐在岸边，像是在垂钓。我走到他们跟前，发现他们面前果然各摆着一架鱼竿。

"你们跟踪我。"王市长斜觑我和樱桃。

我急中生智："市长，不敢，我们想保护您。"

"我们担心你。"樱桃小声嘟哝。

"担心我什么？"

"怕您被……"樱桃看了看我，没敢说出那四个字。

"哈哈，监视居住？亏你想得出来！电视剧看多了吧？"

王市长的表情弄得我们很尴尬，也很狼狈。他不让橙子给他打电话，又用新号跟橙子联系，我当然会想到许多种可能，其中之一就是他有麻烦，被监视居住了。

"你们去车上等我。"橙子说,"我和市长谈点事。"

"不用,"王市长摆摆手,"这样神神秘秘的,他们更以为我有问题了。"

我们只好站在他们身后。

"这两件事你一定要办好,我拜托了。"王市长站起身,居然向橙子鞠了一躬。

王市长当着我们面向橙子复述了一遍他所说的两件事:一是绿驰新产品的研发速度要加快,质量标准要提高,特别是电瓶和电机,要对得起国家的政策扶持,经得起历史和人民的检验;二是帮他个人一个忙,想办法让他老婆吃饭、说话、见人。说完,王市长就走了,据说是去省城了,要见一位老首长。

橙子说:"他的老首长通天,谁也扳不倒他。"

"那他为什么不让你联系他呢?"我没想明白。

"他失去女儿,想一个人静着。"

我摇了摇头,觉得这个说法不足以令人信服。

"第一件事儿由我来办,第二件事儿你们帮我想想辙。市长夫人不吃饭、不说话、不见人,已经整整五天了。"

樱桃的车子开得很慢,我催她,她若有所思,但稍稍加快了一点儿速度。既然答应了橙子的事儿,我就要尽力办、马上办,不能有丝毫耽搁。我们重返壹号院。

"撞的真是市长的女儿吗?"她问。语气里充满疑问。

"几个意思?"

"看上去没有一点儿悲伤,而且跟'肇事者'还很亲热。"

"也许,"我斟酌着用词,"这就是共产党人,心中有大我,大我永远高于小我。天下为公永远大于儿女私情。"我把在宣传部实习时听到的话说出来,觉得也有几分道理。

"不近人情。"她纠正。不满意我的回答。

"刘青山是伟大领袖的警卫员，犯错误了照样枪毙。他们天生就是革命家，职业革命家！"

"现在正在革自己的命，革蛀虫的命。"

我对樱桃接的话很满意，拍了拍她的瘦肩。她自己却不满意。

"不可思议。"她摇摇头。

樱桃把我放在壹号院门口，开车走了。这种事不能两个人。我要单枪匹马干。这么说吧，如果市长夫人有自杀倾向，我要在第一时间把这念头给她掐死。所以，我一进门就叫"干妈"。

"干妈。"我脱口而出，叫得极其顺溜，"我来看您了。"

她看了看我，没有任何惊讶，连一丝困惑都没有。我真希望她撇撇嘴鄙夷我啊！但是没有，不但不惊讶、不困惑，连鄙夷都没有，好像我的计划她统统知道。

"回去吧。"她没有关门，但也没有请我进去的意思。"没用。都没用。"

"市长去省里了，让我来看看您。"

"不必。"

"您得尽量走出来，身体不能出问题！"

"知道。"她扭身走向客厅。身影离开玄关的时候，飘过来软软的三个字——进来吧。

我大喜。

"您可以把我看作市长的朋友，也可以把我当成……"我如实说，"我是一名志愿者，周末会陪一些孤寡老人聊聊天，给他们打扫打扫屋子。当然，您不能算是孤寡老人。"

她冷笑了一下，嘴角露出一丝不屑——值得庆幸，最起码表情丰富了起来。

坦白说，我不知道怎么跟她聊，但是既然叫了干妈，就要真诚地跟她相处，就算演戏也要投入。当然，我此刻并不认为自己是在演戏，因为我从心里同情她。虽然没想好怎么聊，但是我也不能怯阵，让场面冷清下来。

"您还别不信，我昨天就去了米粮屯，跟李大爷聊了好一阵子。他的情况跟您类似，不不，我说错了，他的情况比您还惨，他老伴和儿子都没了。儿子开车，撞在一棵树上，车子着火，娘儿俩谁也没出来。"

"这件事儿我知道，上过新闻。"她落落寡合的样子好像在为李大爷惋惜。

我把手机里李大爷的照片拿给她看，心里在想着下面说什么。

干妈歪头看了看照片，从座位上站起来，若有所思。

"妹妹去天堂了，不用应付高考了。"我轻声说。

干妈没理我。我知道跟她说话比跟我妈和我娘都难。

"天堂里有她爷爷，有她姥姥，她不会寂寞。"我对市长的家庭情况和社会关系都门清，刚才在厂里从橙子那儿了解到的。

干妈还是没理我，继续在屋里走。她看上去有点儿焦虑。

"这就是命——我妹妹的命，您还得往开了想。"

"什么？！"她停住脚步，走到我跟前，指着我鼻子，"你的意思是我女儿该死？！"

"从某种程度上说，就是这样。"我做好挨耳光的准备。

她抬起手，但是要打下去的时候又停住了，"滚——！"她低沉地吼道。好歹也是个祈使句。刚才她说疑问句，现在祈使句，终究算是有进步，我应该有点儿成就感。

"她是您上世的仇人，这辈子来讨债，债讨完了，就回去了。"我根据道听途说的东西随口胡诌。只要她想开点儿、能吃饭、能说话、能见人、能出门、能尽快恢复正常生活，我就万事大吉了。管它是不是真理。我又不是苏联真理部的人。说到真理部，我想到斯大林，继而想到恩格斯，想到马克思说的那句话：

宗教是麻痹人们精神的鸦片。

对，我就是要给她上点儿鸦片，让她减少痛苦，也甭管她会不会因此上瘾。我很清楚，一旦她上瘾我还真没那么多鸦片呢。鸦片在我这儿还挺稀缺挺珍贵的呢。

没想到的是，干妈眼里划过一抹亮色，这亮色令灰暗的房间亮堂了许多。

八

"良心专家"在网上再次发声，引来众多围观，跟帖同情者特别多。这是我周一上午跟绿驰签约后遇到的第一件事。橙子说服董事会任命我为集团副总，年薪八十万——没有达到他承诺的百万，对此我并不计较。我在董事会上跟大家见面，说了一堆场面话，然后在人事部同事的引领下，来到公司给我准备的办公室。

房间很大，足有三十平方米，有我喜欢的绿植——绿萝、芭蕉、君子兰，也有我不喜欢的发财树——抽空我就让人把它弄走。老板台的体量很合适，长度刚好跟我身高等同，颜色也是我喜欢的灰色。我不喜欢那种煞有介事大而无当的老板台，特别是红色的。书柜在一进门左侧的墙上，是装修时嵌进去的，摆放了一些循环经济、绿色能源和企业管理方面的书，其间居然还藏着两本小说和一本《中国文化要义》。

"祝贺徐总！"樱桃的微信很快跟了过来。

"谢谢！"我回复她，"有点儿后悔，觉得自己从此没有自由了。"

"要什么自由？年薪百万还要什么自由？就是当牛做马也值了。再说了，怎么能没自由呢？你随时都可以微我、约我啊——这就你的自由嘛！"紧跟着就是微笑的表情包。

我想多说两句，但是上班时间不宜多聊，这个规矩我懂。我必须自律。自律是自由的前提。当然，每一份工作都将给你带来薪酬，也将给你带来束缚，这就天经地义地意味着某种自由的丧失。问题的关键是，橙子让我退学，这个我还没想通——我觉得我顶多先办个休学，一年后想继续读书还有机会。

桌面上关于绿驰的资料我大致翻了翻，然后上网，进入百度百科和各种论坛找关于绿驰的介绍，很快，那条"良心专家"的帖子闯入我的眼帘。

这位专家自称"老朽"，已到"风烛残年"，"无所畏惧"，仅仅是凭着"一腔爱国热情"，要为国家"做点贡献"。他的长帖子应该有三千多字，有些话是车轱辘话，但是我读了一遍就看出他的意思：绿驰申请国家资金扶持纯属诈骗——电瓶是美国的，电机是瑞典的，只有车身是自己的，而且是高仿，国产化程度极低——这就是个骗局，这个骗局应该被揭穿，让国家减少损失。

我迅速把这个帖子打印出来，送到橙子办公室。橙子说了句"果然来了"，半晌无语。他看上去不悦："以后送文件不必亲自来，交给秘书就可以，而且，最好敲敲门。"

"对不起。"我马上说，心里颇不是滋味，"这件事怎么办？"

"你的意见呢？"

"电瓶和电机都是国外的？"

"不能这么说，质量标准是咱们定的，生产技术是他们的，这叫合作，这叫'专属定制'……你别在这上头兜圈子，关键是怎么对付那个老东西。"

"我暂时还没有成熟意见。我能想到的办法我猜你都想到了，比如送钱。"

橙子点了点头，侧了下身子，"不管用，这个人油盐不进。"

"女人呢？"我调动自己的想象力。

"没试过。六十多岁的老头子，估计不会有奇效。"

我也觉得不管用。如果他真喜欢女人，他就应该喜欢钱，就不至于一根筋抻到底、一条路走到黑。

"他有没有特别怕或者特别买账的人，找出其中一个给他施加压力，让他闭嘴，会不会奏效？"我仍然站着跟橙子说话。既然成总没让我坐，我就不能坐。真是时过境迁，上周我来这里还是座上宾呢。你看，这就是自由的丧失，这就是资本的力量。它把我的时间和人格买了，我把自由和独立卖了。

橙子再次摇头："试过了，这人偎得很，简直就是一头骡子！谁的面子也不给。"

屋子里陷入沉默。他让我坐，我没坐，我听出是客套，而且我要习惯站在成总面前说话。其实不是成总，严格说是成董。

"如果，"我打破沉默，压低声音，"如果把他干掉，会是什么局面？"

橙子侧头看我，是审视的目光："当然一了百了，可是，我不想让自己手上有人命。"他的语气有些气馁。

我释然，心里有数了："其实听之任之，他也未见能闹出多大的风浪来。"

"还是不好，总是不安定因素。"

"交给我吧，我设法让他闭嘴！"最后我说。

虽然还不到志愿服务日，但是一股神秘的力量把我推到了米粮屯。我是独自去的，没跟活动站联系，算不算一次志愿服务都无所谓。面对我带来的水果、蔬菜、猪肉、羊排、书籍、硅胶女娃，李大爷高兴而窘迫。高兴的是从来没收过这么多礼物，窘迫的是硅胶女娃让他羞怯。我要让他热爱生活。他是一名党员，是唯物主义者，不该被死后跟谁埋在一起的顾虑所拖累。一万年以后谁都完蛋，连个头发丝都留不下。李白都不例外，何况是老李头。如果你死了，并不会影响任何人。当然我也知道，他现在不敢走向新生活，首要的是怀念妻子，其次是有顾虑，我要做的就是既让他忘记妻子，也让他放弃顾虑。这也许不够人道，但是对于一个老实巴交的农民来说，不这么做他就会永远原地踏步，永远沉浸在痛苦中，永远不会重新投入婀娜多姿的新生活中。

送李大爷硅胶女娃，是想让它帮助李大爷排遣寂寞。这待遇可不是每个人都有的。

随后我去了干妈家，干妈正在客厅非常投入地墩地。她跟我打招呼，让我坐在沙发上，自己继续打扫卫生。她坦陈自己有七年没干家务了，甚至连洗碗都不会了。是的，我观察了一番，保姆的勤劳让她尽显雍容华贵，同时也赘肉满身。她打扫得很仔细，这说明她开始关注生活，至少已经转移了注意力。我很欣慰。

"干妈，您应该再生一个。"我不合时宜地说，说完就悔得肠子发青。

她放下手中墩布，立在客厅中央，定定地打量我，说："不，我的女儿只有一个。她是我的唯一。"

我知道我操之过急了，而且这话说得极轻佻。跟她说这话的时候我走神了，不该，绝对不该。

"市长，您还不到五十，应该再生一个。"橙子说。

"不急。"王市长摆摆手，往自己盘子里夹了一块龙虾肉。

"您的身体棒，绝对没问题。"橙子秘书开玩笑。她把多余的一只鲍鱼夹给王市长。

"人家也不配合啊！"王市长浑厚的声音里夹杂着诙谐。

"不换思想就换人。"秘书大胆地说。

我看到，橙子瞪了秘书一眼，是的，这话说得真放肆。我也觉得市长会生气的，但是没有。

"谈何容易。老夫老妻这么多年了，打断骨头连着筋，感情深着呐！咱不能翻脸不认人啊！"王市长和蔼地说。

"那就让别人生一个。"秘书更放肆了。

王市长一点儿也不尴尬，哈哈大笑起来，而后放低声音说："你们这些小年轻啊,想法太活络,思想太简单,不敢苟同,不敢苟同啊!"仍然没生气。

我和橙子交换了一下眼神,感觉王市长的表现有点儿意外。橙子的目光很快躲开我,好像有点儿心虚。

"对了,说归说,我要敬小徐一杯,你这个志愿者,竟然能让我爱人开口说话了,竟然让她开始打扫房间了,不易,不易啊!"王市长举起酒杯。

我马上举起酒杯,"市长,您别客气,我这方面多少有点儿经验,应该的,应该的!"我们碰了一下,然后一饮而尽。

"小伍去年被评为全市十佳金牌志愿者,因为排名第一,被媒体称为'最美志愿者'。"橙子介绍说。

"最美!绝对最美!当之无愧!"王市长看着我夸耀道,像一个父亲在夸他满意的儿子,"你在哪儿读的大学?什么专业?"

我报上北京联大的名称,说出自己的专业,随口道:"我更喜欢心理学,业余时间看过这方面的书,准备考一个心理咨询师。"

"好。罗平就缺这方面人才!"

那周我忙于工作,只跟樱桃见了一面。周三槟子回罗平,我们三个吃了一顿饭,唱了一回歌,仅此而已。我把大量精力用在了对付"良心专家"上。这个人叫汪海潮,是燕京大学一名退休教授,号称中国的汽车工业专家。年轻时他留学英国,中年时到美国做过访问学者。他的经历令我眼前一亮。汪海潮是福建厦门人,喜欢大腹木棉、波罗蜜、羊蹄甲和凤凰木,除了学术专著,还出版过一本名叫《鼓浪屿之春》的诗集,结过两次婚,生有三个孩子。年轻时没有偷盗经历,功成名就时也没有绯闻,口头禅是"不唯上,不唯书,只唯实",多次顶撞领导,跟同事关系一般。他的情况让人无从下手。我站在绿驰大厦办公室的落地窗前绞尽脑汁,睡到燕京大学对面某饭店的席梦思床上冥思苦想,飞到他出生地的蓝色海岸线上寻找灵感，完全无计可施。我隐隐感到，只能从他的求学经历上做点儿文章，至于做什么文章，一时还想不出来。

我没有从厦门回罗平，而是从高崎机场转机去了澳门，在那里我过了两天纸醉金迷的生活，终于找到了灵感。当天晚上，我模仿汪海潮的文风写了一篇文章，题目叫《科学无国界》，大意是科学没有国界，中国要向外国学习，特别是要向发达资本主义国家，如英国、美国学习，学习人家对科学的重视和发展方法，"就算人家跟咱们甩脸子，也要忍气吞声地学"。我还举例说明："韩信为谋大业能忍胯下之辱，我们为何不能？从地理学因素和视觉角度考虑，就是美国的月亮更圆些，只是我们肉眼分辨不清罢了。"

我把这篇文章放在了三家知名论坛里，然后，以"后生徐"的名字，又写了一篇《谁说外国的月亮圆》的文章，全面否定"老朽汪"，堂而皇之地放在论坛里。我让天南海北的同学和网友支持我，能写文章的写文章，不能写的跟帖回复，反正最终目的是要形成"东风吹，战鼓擂，这个年头谁怕谁"的大好局面。第二天回到罗平，我又抛出《高举爱国主义旗帜》《是发展科学还是卖国求荣》等题目，让公关部的人写成文章放在网上，花银子雇水军声援我们。汪海潮果然中招。他在第三天发表文章，题为《爱国和科学并不矛盾》，否认自己在网上发表了《科学无国界》的文章，同时阐述自己的观点。坦率说，这篇文章写得不错，但是仍然让我从中抓到了小辫子，比如他那句"爱国天经地义，科学具有普世价值"，于是新一轮的口诛笔伐再次开始。攻击"老朽汪"成为八月中旬网民的时尚，围绕爱国主义和科学发展的话题持续发酵。我们点燃了一个火药桶，然后悄悄撤退，参与者不再是我们的朋友和水军了，数以万计的网民以"爱国"的名义发表看法、表明观点，支持"后生徐"，声讨"老朽汪"，极尽谩骂讽刺攻击之能事。这就是我要看到的局面。我不明白网上怎么那么多声援者，其实他们压根儿没搞清爱国和科学两者间的关系就急于发表观点，真是够蠢的。其实，支持"老朽汪"的网民也不少，只是面对我们高举"爱国主义大旗"的策略总是有所忌惮，完全被我们的观点压制住了。我找了网信办的朋友，他们又帮我找了三个年轻的计算机专家，我们用老方法和新手段共同对付那些敌方支持者。我体验到删帖的乐趣，这有点儿像我小时候玩儿过的捂嘴游戏，一只陌生的手偷偷捂住一张陌生的嘴巴，不让他说话、出气，真是够过瘾的。

后来，"老朽汪"发表了一篇短文，名为《清者自清》，以示自己的清高，就此不再发声。据说他大病一场，住进了医院，出院后形销骨立。

夜里我做了一个梦，梦见樱桃跟王市长睡到了一起。第二天上班，橙子到我屋跟我聊天——这很少见，大概是对我的工作表示满意——我无意中说出了这个梦。

"爱上她了？"

"也不能说。但她是我的人。至少目前是。"

"如果梦想成真，你怎么样？"

"我不知道。也许会给他们送上避孕套或彩礼。"

橙子笑着离开了。十分钟后，他的秘书过来叫我，请我去他办公室。秘书跟我说话的时候很严肃，没有一点儿跟市长说话时的风情万种。我一瞬间就有了睡她的冲动。她把我送到董事长办公室里面，关上门出去了。

"咱们给领导找个女人，他得再生个孩子。"

"用离婚吗？"

"他不想离，舍不得你干妈。"他的口气里有万分之一的揶揄，我听出来了。

"找呗。这个容易。什么品相的？城里的大学生还是贫困山区的清纯小妹？"

"他看上了樱桃。"

我一怔，但装得很平静："他说过？"

"我猜的。"

"那我回去问问她。"

"作为补偿,我把她转给你。"橙子指了指百叶窗外面的秘书。

"无所谓。不是什么大事,何须董事长费心。"我感觉自己在坠落,往一个巨大的黑暗的深渊里坠落。

"愿意吗?"下班后我找到樱桃,开门见山。

"你呢?你愿意吗?"她反问。

"身体是你的,子宫也是你的。你的地盘你做主。"

"徐小伍,你混蛋!"

"橙子说了,事成之后,他给你一百万。"

"好价钱,好价钱!"樱桃气得嘴唇发抖,"值了,我干!"她含着泪走掉了。

九

坊间流传"七二三"事故肇事者血液抽检造假是在事发两周以后。这在罗平市引起轩然大波,有怀疑者、震惊者,也有拍手称快者、忧国忧民者。我丝毫不紧张。可以查DNA,血又不是从我的胳膊上抽的。本来,交通事故发生后,人们怀着各种心理对该事热议,三天后归于平淡——因为众所周知的原因,这个事故没有引起太大波澜,只是为人们增加了一点儿饭后谈资罢了。人们同情被撞者家属,但是因为他是罗平市市长,这种同情很快消解,化为乌有。可是,当血检造假的说法流传开来,人们的良知又被唤醒,道德底线又被触碰,一股脑儿地表示愤怒,慨叹法将不法、国将不国了,开始仇富。但是,这种情绪又持续了三天,震惊演化为麻木,麻木转变为顺从,人们的健忘症再次发作,一切都随风而逝。个别人甚至吐槽"狗咬狗一嘴毛"的无稽之谈,对此我不屑一顾。

只有一个人对此事表示了从始至终的兴趣和热情,一封笔迹清秀的信寄到了市委政法委和市公安局，继而又寄到了省委政法委和省公安厅，这两封信给橙子和我带来巨大麻烦。我们大费周章才平息此事。差不多让公司浪费了一年的公关资源。

举报信我拍了照，回去仔细看，也没看出个所以然。字迹娟秀而有章法，有点儿面熟，跟我高中时的化学老师的板书很像，但不可能是她，因为她一年前在家里被劫匪杀了。信上最后一句话是"事关重大，我们宁可信其有，不可信其无"，然后是三个重写惊叹号。

我不知道此事是如何泄露的，追问樱桃时被她抢白了两句，但是她马上给她表姐打电话，问她是不是嘴上把门不严，跟谁透露了消息。她表姐也矢口否认，樱桃还追问了一句：

"你跟他睡了吗？"

她表姐用两个字回答："讨厌！"

我对此环节表示乐观，表姐跟主任睡了固然好，可即便没睡，主任也不会愚蠢到自曝家丑的地步。可问题出在哪儿了呢？我冥思苦想。后来才想到，也许是李根警官心有不甘，暗地里造谣生事。可是又没证据，更不能贸然找上门去。

我设法找到李根的笔迹，结果发现，跟写信者的笔迹判若两人，这在我意料中。他不会蠢到这种地步。但是我仍然怀疑他或他的警察女友。但是就在我即将找到他女友的笔迹时，发生了一件蹊跷事，他的女友失踪了。因为她也是警察，警方暗地里把这一案件作为刑事案件进行侦查。

我和橙子对质，发誓女警官的失踪跟我没关系。然后我们坐在一起，大胆想象与推理，抽茧剥丝，都快把自己弄成福尔摩斯了。

当然，这不是问题的关键，当务之急是阻止好事者给上边写信，让狗日的闭嘴。这是橙子的想法。可人家的信是匿名的，好事者并不能跟李根画等号，而且无从查起，我也不想在这上面瞎耽误工夫儿。反正跟政法委、公安厅的人已经说好，匿名信不予回复，实名信可以回复——"您反映的事很重要，我们先期已经派出调查组，对此事进行调查核实，经查，所谓血检造假的说法并不属实，当然您的行为也构不成诬陷，谢谢您对政法工作的支持！遵纪守法，有你有我；依法治国，与你同行！"

事情基本平息下去了。

不料，那个好事者不依不饶，竟然打起了市长热线。从市长热线办公室反馈回来的消息表明，举报者是一位女性，自称罗平市"一名老共产党员"，真实姓名不得而知。我怀疑她就是那位给政法委写信的人。市长热线回复那位女性时引用了政法委的官方复函，口径如出一辙。但是，那个人不依不饶，天天打热线，连续打了五天。每打一天，我和橙子的心就哆嗦一天，几乎被她折磨疯了。樱桃夜里来陪我，我都无法入睡。就算睡着也做梦，眼前总是一个白脸红牙的女人深夜站在街上的某座电话亭旁咬牙切齿的画面。我时常从梦里惊醒，发现身上湿漉漉的，樱桃帮我擦汗，抚摸我的头发，把我抱在怀里，让我的情绪稳定下来。

我爸的癌症真是误诊了。市立医院副院长带着三个主任医师到我家道歉，我们丝毫没有责怪他们，还一个劲儿地感谢他们送来了好消息。追究什么呀，感谢还来不及呢。

误诊太好了！只要这次别是误诊就行。

周末我去看了趟李大爷，发现他精神好了许多，开始到诊所给人看病。他年轻时是村里的赤脚医生，八年前又重操旧业，做起了乡村医生。老伴和儿子出事后，他一度猫在屋里，大门不出二门不迈，给乡亲们看病拿药的事全然忘在脑后。现在，李大爷甚至扭起了大秧歌。硅胶女娃他没用，没拆封，竖在了猪圈旁边的核桃树下。我告诉他那东西的珍稀程度——是一个朋友从国外买回来送给我的——他惊讶之余面露羞赧，又突发奇想，提议把硅胶女娃给村里一个老光棍子用，我觉得这主意倒也不赖，绝对人道，临走时跟他开玩笑：

"假的您不要，改天我给您来个真的！"

从市区到米粮屯，又从米粮屯回到市区，加上中间在李大爷家陪他唠嗑的时间，共用了我两个小时。这期间我心无杂念，大脑硬盘里没有多余的垃圾信息，心里也很干净，好像一个无忧无虑的儿童。回到市区这种状态立刻全无，开车走在罗平大道时感觉自己有了九十岁的高龄。我去储安小区看了趟我爸和我妈，说了些嘘寒问暖的话——就像首长看望贫困户那样——然后去和平街壹号院，看望干妈。我娘已经改嫁到北京怀柔，要是有空，我真想再去看看她老人家。但是不行，我得把有限的时间交给那些最需要我的人。本来我才二十岁，却一下子出现这么多爸妈让我孝敬，还真有点疲于应付。

干妈的精神头不错，虽然还没上班，但是开始弹钢琴了，这真令人欣慰。我跟她讲米粮屯的见闻，当然不包括硅胶女娃，她听得很专心，也特别欣赏我的做法。我不知道为什么一去她那里就想给她讲这个。我暗自揣度。当我想起橙子跟我说王市长可能看上樱桃的话时，恶意滋生心头，我就给她大讲特讲李大爷的为人和魅力，"他是一名乡村医生，人高高大大的，性格也开朗，还幽默，而且还会弹古筝。"

我发现了自己内心的脆弱和险恶。

"您会弹钢琴，他会弹古筝，真是珠联璧合。"

干妈没听出我的弦外之音，"是啊，有时间认识一下这位悬壶济世的乡村医生，还真是多才多艺！"她是罗平市群艺馆馆长。

周日傍晚，橙子追问我："那件事儿考虑得怎么样？"

"哪件事儿？"

"樱桃的事儿。"

我立刻恼羞成怒，"你问她去！身体是她的，子宫也是她的，她的地盘她做主——我就是这么跟她说的。"

"关键是你的意见？"

"我没意见！"我沮丧地说，然后拂袖而去。

我边走边在心里骂:"狗日的橙子,樱桃和我有恩于你,你不报答,反倒算计我们,什么鸟变的?你是石头缝里蹦出来的吗?怎么这么没有良心?"

我这么骂的时候感觉很出气,但也不是很硬气。我觉得我身上跟他有相同的东西。它迫使我反思。这是我十八岁以后第一次反思。有点儿荀子和苏格拉底的味道。省察。我有点儿厌倦目前的生活。我后悔入职绿驰了。

"老朽汪"经过两周的调理,病情大为好转。周一上午,他再次发声,揭露绿驰新能源的"骗钱勾当",并且声称不达目的不罢休。橙子慌了,让我急中精力处理此事,三日内平息。"公司要钱出钱,要人出人,要设备给设备。"我表示尽力,开始了新一轮的危机公关。

这个老东西!我心里骂道,必须给他使出撒手锏,让他永远闭嘴。

我让公关部的人抓紧想办法,自己也冥思苦想起来。想着想着,竟打起盹来。

公关部的小马送来几张照片,是"老朽汪"和年轻女子手挽手在湖边嬉戏、在酒吧接吻、在床上颠鸾倒凤的照片,拼接的水平很高,但是逃不过我的眼睛。

我把小马骂了一通,说这种下三滥的手法不能用,照片造假一旦被戳穿,麻烦还在绿驰这边。

十分钟后,公关部的小聂送来一段文字,上面是他刚刚找到的"老朽汪"的最新材料:四十九年前,汪海潮作为北京城里的红卫兵,在他就读的清华附中加入"毛泽东思想宣传队",去燕京大学揭批著名教授方先生,导致方教授跳楼自杀。十八年前,汪海潮来到方教授跳楼的地方长跪不起,以此谢罪,他跪了七个小时,直到教授后代从家里走出来扶起他……他的膝盖血迹斑斑,脸上老泪纵横。小聂把手机递给我,让我看当时的照片,我心里一沉,喜出望外。

我让他们核实这则消息的真实性，确定无误后，开始实施"穿越复仇计划"，把"昔日年轻人逼死老教授，老流氓今天瞄准民族工业"的帖子发到了网上。

十

周一下午两点，省长热线接到罗平市"一名老共产党员"的举报电话，声称市长热线已经失灵，要省长亲自过问"七·二三"交通肇事案血检造假事件，还公众以"真相"，还法律于公平。五分钟后，这件事儿就被反馈到市里，市里"据实报告"，省长热线办公室的人满意收线。郭队长也压力山大，反复追问我橙子血液的真伪，我一口咬定，绝对是第一次抽血的采血管，他才释然些。他跟李根警官交涉过，李根矢口否认自己或委托亲友在告状。

"妈的，还打起了省长热线！"橙子拿起杯子摔在地上。

我也想摔杯子，但是没有。真可恶！这个女人没完没了、不依不饶了，就像跟我们有多少深仇大恨似的，非要弄得鱼死网破不可。

下午三点，市政府办公室的朋友来电话，说那位"女共产党员"——对她的称呼都变了，有了戏谑的味道——刚刚给省长热线打了电话，他们已经按计划答复；下午四点，省长热线又接到她的电话；五点钟又接到了一次；六点钟又是一次。看来是一小时一次。省长热线的人有点儿烦，但是也耐心跟她解释，让她不要影响他们的工作，她却义正词严地说：

"对，我就是要一小时打一次，打到二十四次，如果你们还不重新调查此事，我就打更高一级的热线！"

市政府办公室的朋友告诉我："这女人准是个疯子，甭理她，就让她打总书记热线去吧。他妈的，哪有什么总书记热线呀！"

我在电话里冲朋友笑笑，可实际上高兴不起来，隐忧像块大石头硌着我的心。我恨透了她。一小时打一次省长热线，这个行为太滑稽了，太荒诞了。一个有钱人撞了一个官人的孩子，当事人达成谅解，大部分人都表示麻木，唯有你不依不饶的，简直不可理喻。

我开始设想对付她的方法：开车撞死她不成，事情败露会判刑，我不想手上有人命；把她强行送到精神病院，倒是可行，可人家家属不乐意；给她打一针，让她成为一个傻子，唉，这个办法倒是不错，既解决了问题，也没造太大的孽。

七点钟、八点钟、九点钟，这个人分别打了三次电话。这些情况我在第一时间获悉。政府办的朋友说话的口气有点儿气馁，说省长热线的人一看来电显示就怵头了，还问："这事儿会不会真有隐情？"

就是这句话激怒了我，让我起了杀心。我立刻让电信的朋友帮我查实那个公用电话的位置。我要有所行动。

晚上九点五十分，我来到罗平大道靠西湖公园东口的公用电话亭附近，果然，十分钟后，一个身披披肩、头戴纱巾、眼戴墨镜的女性走向电话亭。她中等身材，不胖不瘦，走路不快不慢，样子好像很从容。她拿起电话，拨号、说话、离去，整个过程没超过三分钟。因为距离较远，我无法听清她说话的内容，因此没有轻举妄动。

十一点钟，街上行人渐少，多数门店都已打烊，街上偶尔走过一队醉鬼或一对情侣。天上打起响雷，乌云压境，雨点很快落下来。个别开着的餐馆也关门了，顾客们纷纷往家里跑。

凌晨时分，街上一片阒寂，那个女人再次出现在电话亭旁——真是风雨无阻了。我恨由心生。这时，雨停了，但是我仍然身着雨衣，迈开大步，向电话亭走去。我走到她身后，左手掏出浸满乙醚的毛巾，堵住她的嘴巴和鼻子——我知道两秒钟不到她就要晕过去——前胸抵住她的后背，任凭她的脑袋瘫在我肩膀上，我右手掏出注射器，瞄准她耷拉的胳膊的静脉，给她注射了一针失魂散。两个小时后，她将成为一名失忆者，而且思维混乱，行为癫狂，不进精神病院家里都不答应。

我满意地离开了现场。

回到公寓，我打开两听黑啤，就着叶子果酱，轻松地喝了起来。

第二天上午，我得知两个消息：一个是"老朽汪"在燕京大学跳楼自杀，这是方教授四十九年前跳楼的地方，他以此向历史谢罪，也一并证明自己的刚正和清白；另一个是我接到父亲电话，让我赶紧回家，说我妈"出问题了"，"什么都不记得了"。

"老朽汪"罪不该死，我心里有一点儿内疚，但是他的所作所为也很可恶，毕竟是伤及了我们集团的利益。气死人不偿命，当时我就是这么想的。可当我回到储安小区父母家里时，我立刻傻了，面对一个思维混乱、语言诡异、记忆消失的女人，爸爸愁眉不展，见到我后更是老泪纵横——我知道他们相濡以沫了十七年，感情上已经无法离开，是那种相互博弈又相互依赖、打断骨头连着筋的关系。

我无比震惊，感到自己一下子坠落到万丈深渊，如果不触底反弹，将永远沉于井底而无法见到光明。我想到自己三周来的种种行为，意识到自己身上发生的变化，我突然非常憎恶这种变化。这变化让我成为天下第一罪人。这个世界很荒诞，它使我也变得荒诞，但是我不想再荒诞下去。

我恨自己，向爸爸说了些安慰的话，然后走出家门。我没有说出真相的勇气。经过灵照寺时，我听到佛乐从寺里缓缓传出，凌乱的脑袋像是受到佛祖的抚摩，心灵得到片刻的安宁。但是，当我经过罗平大道和西湖公园的路口时，内心再次凄惶起来。我沿湖而行，顺着滨河北路继续向东，经过天主教堂、日上市场，右拐后走上自由大道，在上面走了二百米，来到滨河南路。我使劲儿想，可也想不出救赎自己的方法。以前是我妈照顾我爸，今后得我爸照顾我妈了。他的癌症是误诊，倒是具备了照顾我妈的能力。这真是个讽刺。可他除了写小说，什么都不会做，我娘就是因此跟他离婚的。我爸娶我妈时我不同意，后来他一句话说服了我：你妹在国外，你在北京上学，你就只当是给我找个保姆吧。

现在，保姆被我废掉了。我有罪。罪孽深重。

汪海潮也是一个正直的人，他做的事情跟我妈一样有价值，可是他触犯了我们的利益。即便这样，他也罪不该死，真的不该。经过五中门口时，我大体完成了对自己的批判和忏悔，下一步就是怎么办了。

经过紫山书院时，我确切知道自己该怎么做了。左边是古香古色的书院，右边是澄澈的湖面和罗平宝塔，我深深地吸了口气。

要不要跟樱桃说呢？我随即否定了自己。

她已经跟我没有关系了。

穿过罗平大道，我又看到神秘婀娜的西湖了，湖上波光粼粼，时有白鹭飞起。我顺着滨河南路继续西行，步子越来越大，没有顶点迟疑。经过公安局门口时，对面一个老头推着轮椅走过来，轮椅上坐着一个目光呆滞的女人。

我的心抽动了一下，转身拐进公安局大院。

后来的事，我想你们也猜到了。我被判了二十年。罪不可赦。罪有应得。

关于逼死教授，我供认不讳，但是法院没法儿给我定罪，法官们把对我的愤怒全使在了我迫害我妈的情节上，加上我在血检时偷梁换柱（其实我并没做错），他们给我判了二十年。我懒得算加法，也懒得上诉做减法，我相信这二十年都是有理有据的。

关于换血一事，我没有说出樱桃和她表姐。我跟检察官的供述是：我和血检中心主任做了交易，他用了我送的血，而把警察送来的采血管丢进纸篓里。他们认可了我的说法。

橙子如期拿到政策补贴，绿驰的行为不构成诈骗，但被要求全面提高国产化率。省委调查组给王市长的错误定性为"无意"受贿，且因为退赃及时，免予追究法律责任，但是开除党籍，行政职务连降四级，正厅降为正科，王市长坦然接受。

樱桃来监狱看了我一次，表示要等我，我拒绝了她。她哭了。哭得稀里哗啦的。临走时，她冷笑着说："徐小伍，你别不信，咱走着瞧！"

如果真像算命先生说的那样，我能活到八十岁，那么我的人生已经过去了四分之一。下一个二十年我会在监狱里度过，无论我是否适应那里的生活，那都是我必须经历的。这就是命运，这就是人生，对此我无话可说。

如果我是我爸，我就会写一部小说，题目叫《荒诞世界》。可惜我不会写，虽然我是学中文的。爸爸是学数学的，但是他会写小说，这个有点儿荒诞。

岛国故事

一

情人节那天早上,黑色的天空总也亮不起来,晨星眨着眼睛,期待着传说中的一场雨夹雪的降临。洗漱过后,我打开电脑开始修改小说。

吃早饭的时候,雪花终于落了下来。我自言自语:"北方有大雪,天地送君行。"我内弟是一名医生,一周前在南方辞世,今天是他的"头七"。老婆靠在床头上冲我"嘿嘿"笑,一根面条掉在床单上,她伸手捡起来,放进嘴里,速度非常快。

洗完澡,我望着窗外的雪花出神,感觉自己逐渐安静下来。看雪的地点从卧室转到客厅,从客厅转到餐厅,又从餐厅转到书房,我发现我对哪个角度都很满意。我庆幸自己住在一楼,庆幸有个院子,因此能够近距离看到雪花落地的情形。

是的,如果你读过我的小说《卢廷柱在1958》《卢伍德在1943》,或者《荒诞世界》,你会发现,我都在讲述我们家族的故事,比如我爷爷的故事,我爷爷的弟弟或妹妹的故事,甚至我儿子的故事。至今我还没有讲自己的故事。世界上没有比讲自己的故事更难的事儿了。我一直都这么认为。当然,讲任何故事都需要一个场景,一个合适的心情。今天,我觉得我就有这样的心情。外面雪花飞舞，屋内檀香氤氲，我觉得我该讲一讲自己的故事了。

我的故事当然要从去年春天开始。

立春那天，我的书稿丢了。

说是书稿，当然并不是我第二部长篇小说的完整书稿，而是其中的一部分——一个相对独立的中篇故事。这部中篇故事是我家族小说的关键章节，虽然只有五万字，但是我写了整整一年。小说交给了《半岛》杂志社，我也留了底稿，可是春天的那个傍晚，稿子在两个地方同时失踪，就这么不翼而飞了。对此，编辑给不出合理的解释，老婆也矢口否认。那时，老婆还没有傻掉。我儿子很少回家，他是一名大学生，不可能搞这种恶作剧。那时，他还没有上学出去。

春天里，前妻（朴曼玉）倒是来过一次，当时老婆去中国婺源看油菜花去了。我仔细回忆当时的情形，觉得有些可疑。就算前妻有作案时间，但是否有作案动机，我一时拿不准。左思右想，只好给她打了一通电话，结果，遭到她的一顿奚落。

"就你们家那点破事儿，谁稀罕啊？偷你一沓破纸片子，我吃饱了撑的？亏你想得出来！"

我在电话这边沉默着。

"说话呀！哑巴啦？"

"呃，差你的钱，我月底一定给你。"

"就是你一辈子不给我，我也不至于偷东西！"

我在电话里连声说着"对不起"，就挂断了电话。我后悔打这通电话，后悔跟她在两天前见了一面。

当时，她来平城进货，钱不够，就打电话跟我要。注意，我没说是借，说的是要。离婚五年，我还没还清她的"精神损失费"，她大概是催债来了——进货钱不够，也许只是个幌子。

五年前，我跟她离婚。她提出的所有不合理要求，我都答应，就好像我是过错方并且被抓了现行。关于我的第一次婚姻，我不想多说什么，回忆它并不是什么愉快的事情。两个人过日子，过成了两国外交官间的唇枪舌剑，有什么意思呢？关于"精神损失费"，我倒是要交代几句。这件事儿我老婆知道，并且她在三年前决定嫁给我时，对我深表同情，愿意跟我共同负担这笔费用。她的通情达理征服了我。我决定痛改前非，发誓在新组建的家庭里绝不再跟自己最亲近的人斗争——不是斗不斗得过的问题，是压根儿没有意义。我跟前妻斗争的方式是动嘴，从不动手，彼此恪守君子之道。即便这样，我也烦透了那种生活。

就像现在，《平城新闻》里说，我们全市人民万众一心，一定能取得战胜旱情的伟大胜利。要搁以前，我会说，什么是胜利？什么又是伟大的胜利？让多少亩土地不至于绝收才算胜利？有量的标准吗？如果这么说，前妻准会跟我斗嘴，我们就会大吵一番，最后不欢而散。

现在好了，我在家里不发表任何观点，我是个"没有观点"的人。一切为了和谐。我不想把家里弄得鸡飞狗跳的。这样不利于我写出好小说来。四十岁以后，我一直憋着要写部鸿篇巨制，生怕自己得了绝症，没有机会写出世界名著来。长期以来，我移居的这个岛国还没有人获得诺贝尔奖，我想改写历史。

当然，去年夏天，我被医院误诊为肺癌，把我吓了一跳。前来道歉的院长走后，我擦了把汗，高兴地把老婆抱起来，在客厅里转了三圈，在眩晕到来之前把她放到地上，感慨道："吓死我了！"

我给前妻的"精神损失费"已经付了十万，还差两万，这个数我认。我也不知道她怎么算的。我懒得跟她计较。我当然没用老婆的钱给前妻，心里不落忍。关于家庭收入的分配，大概是这样的：我的工资供儿子上学和我们生活开支，她的工资用于体己和养活她父母，我的稿费支付"精神损失费"。

这时候你会发现，我的稿费不多。是啊，这么多年了，我竟然还没有付清前妻的"精神损失费"。

这时候你还会发现，我的写作口吻像某位中国作家，喜欢他的人一定会骂我东施效颦。其实不是我有意模仿，是读他的作品陷得太深，常常难以自拔。最近，疫情闹得人心惶惶，许多人都"宅"在家里读书，我读的正好是《革命时期的爱情》。我是一个没有出息的人，太容易受人影响，缺乏自己的独立观点和独特表达。

老婆去婺源了，前妻提出要来我这儿拿钱，我就让她来了。你看，我多么没有自己的观点，多么没有主意。

没想到的是，前妻把我家当成她家了，一进屋就数落我屋子里乱。我心想我老婆出门了，要不怎么会这么乱？要是让我老婆搞起卫生来，能当你祖师爷！我只是这么想想，当然不会真的这么说，我已经成熟了。可是，我也没法阻挡她，只好看着她给我除尘、墩地、擦拭茶几，好像我们压根儿就没离婚。时间已经过去了五年，而不是五个月，她竟然还没把自己当外人。我突然有点儿恍惚，但也很快回到现实中。我默默地看着她，既然阻止的话不管用，我就希望她尽快忙完，尽早离开。我已经把抽屉里的钱备好。老婆去机场前给我留了一万块钱，让我没事儿就下馆子，不许在家里吃方便面和泡菜。我倒宁愿把这笔钱给前妻，让她赶紧离开。

可是她没离开。打扫完屋子，她竟然走进我书房，用手指敲了敲桌子，又摸摸电脑，最后拿起我刚刚打印出来的书稿。

"够厚的！还是写你们家里的事儿？"

"对。"

"真够能写的，好像你们是大家族似的！"她揶揄道。她辞职前是一名中学历史老师，说话带刺是一种禀赋。

我不知道怎么接她这话，只好沉默着。这一切糟糕极了。

更糟糕的还在后面。

"她去哪儿了？"

"中国婺源。"我不想撒谎。

"哟，出国啦！你可以潇洒两天哦！"前妻酸酸地说，以为自己还是个小姑娘。

我实在讨厌她这副腔调。我懂她的所谓"潇洒"的含义,好像我是个流氓。多种迹象表明,辞职以后,她的品位在急速下滑。要搁以前,我一定给她讲讲"潇洒"在现代汉语里的特殊含义——出国以后,我仍然坚持用汉语写作——但是现在不想,一点儿也不想。我不想跟她斗嘴。我保持沉默,并期待她马上离开。我把装钱的信封递给她:"这是一万块钱,你先拿着,剩下的光复节前付清。"

"我来这儿不是为了钱。"她说。

我一怔,怯问:"你不是进货……缺钱吗?"

她摇摇头:"我想看看你过得怎么样。"

我一听就知道中计了。糟了。更糟的还在后头。她做了饭,我们喝了酒,然后就上了床。

她走的时候说:"剩下的钱不要了。"

我突然有一种出卖身体的感觉。

那天我前妻在我家待了一个小时,第二天书稿就不翼而飞了,我当然有理由怀疑她。明面的阴谋只是冰山一角,会不会还怀着其他不可告人的居心,以至于顺手抄走我的书稿。

这么想的时候,我就给她打电话,结果遭到一通奚落。当天下午,我不死心,又给她发了微信,问她是不是在跟我开玩笑。我不想跟她打电话,不想听到她的声音。我总觉得那天的重逢是个阴谋,因为这个人一向有心机。她很快回了微信:"如果你认定是我偷了你的书稿,那也没有别的办法。"

这句话等于没说。偷和没偷都可以这么说。

"如果你说趁你老婆不在,我跟你重温旧梦,这个我倒是乐于承认。"她竟然给我来了段语音,我立刻删掉了。

我的老婆叫崔喜珍。她从中国回来后,我告诉了她我书稿失踪的消息。她问儿子回来没有，我说没有。她又问这期间谁来过家里，我说："谁都没来过。不过，我出去过一次，朴曼玉进货缺钱，我把抽屉里的一万块钱给她了，就在街上那家咖啡馆。"随后，我又补了一句："她没来家里。"

"你没必要强调这一点。对了，哪部书稿丢了？"老婆问。

"《沉默的自由》。打印的稿子不见了，电脑里的稿子也都成了乱码了。"

老婆打开电脑一看，果然如此。《沉默的自由》是我那部长篇小说的关键部分，也是一个独立的中篇故事。

"丢就丢了吧，你不是给杂志社发过电子版吗？问他们要一份，存在电脑里备份，然后再打印给他们快递过去。"老婆是一名提前退休的公务员，头脑清楚，说话、办事干净利索。我很欣赏她这一点。想起跟前妻偷情的事儿，我顿觉无地自容，脸上火辣辣的。

"问题是，我问过杂志社了，编辑电脑里的稿子也是乱码。"

"你在跟我演悬念剧吗？"

"哪有那个心思，你想多了。我巴不得早点儿发表，早点儿成书，早点儿把'精神损失费'结清了呢。"注意，我说的是"结清"，而不是"还清"。因为在我的眼里，那是一笔交易，而不是债务。

我这么一说，老婆就笑了。我们在生活中经常拿这事儿调侃，每次都能收到意想不到的喜剧效果，而且屡试不爽。在这当中，我前妻就是一个笑料，所以我偶尔也会有一点儿内疚，但是那天我很坦然，巴不得把她说得一文不值。

"有办法，一定有办法。"老婆安慰了我几句，去了厨房。

十分钟后，她从厨房走到书房，对我说："从今天开始，你什么家务都不用干，晚上也不用陪我，你把全部心思都用在还原小说上。赶紧，晚了就想不起来了，你现在记性忒差！"

这说明，她当时没想出更好的办法。

二

两个月后，我凭借印象，终于把五万字的小说还原了出来。故事没差什么，情节也没差什么，但是写作中的那股"气"断了，"调调"丧失了，跟原稿大相径庭。改了三稿，仍然改不成原来那个样子，只好沮丧地跟杂志社打招呼，凑合着给他们发过去了，同时也快递了一份打印稿。我一向很体恤编辑，不能让他们看电脑上的稿件，太费眼睛。

一周后，编辑说没收到稿件，电子版仍然是乱码。我彻底蒙了。我把快递单拍下来发给她，她说这个没用，没收到就是没收到。她说得对，这个照片没用，找快递公司也没人搭茬儿。我打开自己的电脑，结果令人惊悚，书稿文档仍是乱码。我突然很害怕，警觉地往四下里看看。

好在我在U盘里存了一份，我打开文档，发现书稿完好无损，这才长出了一口气。

"等小伍周末回来，咱们让他开上车，去平城送稿子！"老婆说。

我被他的提议搞得很兴奋，立刻说："那就别等他了，他回来都是周末了，杂志社的编辑还不上班呢。干脆，咱们坐公交去。"

"坐高铁，咱们还没坐过高铁呢！"老婆眼睛放光。

我当然表示同意。是的，平山高铁开通以后，我一次还没坐过呢。我们只当送稿是去旅游了。

第二天，我们坐上高铁，去《半岛》杂志社了。

编辑宋楠接待了我。小姑娘长得挺俊，穿着时尚，一见她我就觉得自己老了。她笑容可掬，态度比电话里好多了。我给她带了两样特产，她也许会在日后扔掉，但是东西里传达的友善，她还是照单全收了。这不错。我受不了她们爱搭不理的劲头。

"看过您的小说，非常喜欢。您在《半岛》发过三个中篇呢。"

宋楠的话让我得意。我说:"谢谢!"

老婆没有上来,她在杂志社旁边的商场里。我们各美其美,美美与共。宋楠问了我小说的篇幅和写作初衷,我大概做了介绍,然后要给她讲情节,被她制止了。

"这个您不必说,给我点儿新鲜感!"

"哦,好的,但愿它不会倒你胃口。"

"不会的,我是您的粉丝。"

她这么说我真开心,要不是老婆在楼下,我真想请她喝一杯。"很荣幸有你这么年轻的粉丝,不仅年轻,还漂亮;不仅漂亮,还高级。"我一连串说了好多恭维话。人家让我开心,我也必须让人家开心,这是我的生存哲学。

"小伍给我打过电话,让我帮帮您。"

我不喜欢小伍在这方面帮我。我问:"你们认识?"

宋楠点了点头。我立刻做出多种联想,甚至想到有一天她会叫我"爸"。

"我不喜欢他插手我的事儿,所谓帮忙。"我说。

"明白。"她有些走神。

"卢叔叔,请允许我冒昧地叫您一声'叔叔',"宋楠看了眼会客室的门,那门半掩着,从门缝里可以看到楼道里空空荡荡,"您的上一篇小说虽然发表了,但是给我们带来了不小麻烦。"

"麻烦?为什么?"

"看在小伍的份上,我就告诉您吧。我也是最近才知道的。您的中篇《砸狱》里有这么一个人物,伪政府监狱里的警察,好像姓全,外号全大肚子。"

我说:"对,有这么个人。"

"问题就出在他头上。"

我瞪大眼睛,望着眼前这个小姑娘。她的话充满悬念,似有谜底要揭开。

"您知道他是谁吗？"

"一个奸细警察呗。"

宋楠笑了："对，可他的后代您知道是谁吗？"

她这么问，吓我一跳。我不敢多想，摇了摇头。

"他的孙子是全总，H集团的全总，我们杂志社最大的赞助商。"

我一时没缓过劲儿来，因为《砸狱》是三年前的旧作，两年前发表时挺顺利的，反响也不错，怎么就有问题了？！

"出了什么事儿？"

"他向我们表示不满，并且跟主编说了，今后不许再发您的稿子。"

"凭什么？就因为他有钱？他每年赞助你们很多钱吗？"

"是的。所以，他的话无法拒绝。"

"我、我……"我突然结巴起来，感觉自己像刚从过山车上下来，有点儿晕，"我知道，历史上确有其事，确有其人，可是大部分情节和细节都是虚构的，人物的名字也都改了，没敢用原名啊！"

"可是姓儿您没改啊！问题就出在这里。"她告诉我，"全总也是喜欢读书的人。"

"姑娘，你今天给我说这些，是代表杂志社还是代表你个人？"

"当然是个人，并且是看在我和小伍的关系上。"宋楠给我杯子续上茶，"要不然，您永远不会知道这件事儿。"

"那我这稿子，是不是要拿回去？是不是以后再也无法在贵刊发表小说啦？"

"也不见得，上周我们刚刚换了主编。新主编来头不小，也有脾气，不一定买全总的账。我先看看稿子再说。"

我道过谢，离开了《半岛》杂志社。

这些年我和老婆的关系非常好。她有一手好厨艺，可口的饭菜加固了我们的爱情，也让我儿子卢小伍在上大学前终于喊了她一声妈。他第一次叫她"妈"的时候，我内心复杂，既替老婆感到高兴，也替前妻感到凄凉，窃喜与恻隐参半。另外，崔喜珍对我的照顾无微不至。洗澡的时候，她为我搓背，因为我总也够不到后背上最痒的那块地方，越是够不到，就越觉得那里有积垢，就越痒。我经常失眠。失眠的时候，她躺在床上，头冲下，用砭石为我锥脚，直到我鼾声四起。

我这么说，你也不要急于给我老婆贴上"贤妻良母"的标签。她是一个敢说话的人。在我们的婚礼上，她当众说："每一个金国男人都有一个皇帝梦，都希望妻妾成群。没关系，我不怕他精神偏离，就怕他身体出轨，想想可以，只要不付诸行动，管住身体就行。"当然，她也是一个善解人意的人，当《平城新闻》超时的时候，我忍不住骂两声，她就息事宁人地劝："做记者的也不容易，他们上面还有台长呢。"

老婆对我这么好，跟我如此默契，我当然爱她，舍不得她走。可是，去年秋天，她莫名其妙地得了失忆症，脑子出了问题，嘴巴闭得紧紧的，从不跟我说话。我在书房里写作的时候，她就坐在客厅里看电视，偶尔傻傻地笑笑。吃香蕉时，吃得半张脸都是，脏兮兮的，后来我也习惯了。去年秋天还发生一件事，小伍出国了，做交换生去了美国。出国前他回家里告知我，我很不高兴，这么大的事情也不跟我商量商量。他铁青着脸，看到我老婆傻坐在沙发上痴痴的样子，突然泪如雨下。我的心顿时软了。"去吧，出去吧，"我说，"出去开阔一下眼界，不是坏事儿，当官了不至于太糊涂。"他走了。身后的人紧跟在他身后。那两个人不苟言笑，估计是他的狐朋狗友，我也懒得问。

孩子在外面，老婆生病了，这日子过得有点儿凄苦。我小说里有一篇叫《沉默的自由》，这回她自由了，永远自由了。要是没有写作，我不知道自己该怎么活下去。前妻自从跟我"清账"后，再没露过面，连个微信也没有。我真是觉得那次受辱了。当然也无所谓。我得抓紧写小说。

小伍出国不久，《沉默的自由》通过了《半岛》杂志社的三审，新主编给我打了电话，说我的小说几乎就是个奇迹，使我开心不已。但是，主编说了"但是"，杂志社积稿甚多，要慢慢排着，明年能发出来就不错了。我连连表示不急，后年发出来都行，这是我的荣幸。主编强调，倒也不至于后年，明年肯定能发，争取上半年。

时光荏苒，很快就到了2021年春天，很快又到了夏天，可是，我的小说仍然没有刊登。

昨天，宋楠给我打来电话："您的稿子排在第十期，可是进厂印刷时，机器出故障了。电脑软件显示，是你的稿件让机器卡壳了。"

三

一周后，新主编带着宋楠敲响了我家的门。她们的到来没有任何征兆，令我感到意外和惊愕。

"卢老师您果然在家。"说完，宋楠从门缝间冲我笑。一年没见，她比先前胖了一点儿，估计够一百斤了。去年夏天我见到她时，她瘦得像一株小麦。

我让她们进屋。在客厅里，宋楠给我介绍新主编，新主编姓金。我们握手，她的手给我留下特殊印象，有点儿像和田玉。我让座，她们没有立刻坐。宋楠把手里的水果和营养品放在地上，金主编把墨镜摘下来，把挎包放在茶几上，把手上的一轴画递给我："一个小礼物，刊庆时做的，领袖像，限量版。"

我接过画轴，嘴上说着客气话，琢磨着是否该当众打开，但是屋里的气氛好像不对，没有任何欣赏画作表达谢意的氛围，她们好像有事儿要说，一副说完了立刻走人的样子。

"卢老师，您坐！"金主编说。

我突然发现，仪态万方的金主编像一个影视明星，但我一时想不出名字来。我喜欢那个明星。我按照金主编手指的方向坐下，把目光投向坐在对面沙发上的两个女人。

"卢老师，稿子遇到机器故障的情况已经跟您说了，今天我们来，"宋楠看了眼金主编，"就是向您道歉来啦！"

宋楠很年轻，二十几岁的样子，说话还是孩子气。

"道歉？为什么？"我问。

"机器出现故障的原因，终于找到了，我们用了很多方法，这个就没必要跟您细说了。总之，问题出在您的稿子上。"

我的眼睛瞪得大大的，不明白宋楠是什么意思。

"简单地说，只要有这篇稿子在版上，机器就不工作；只要没有您的稿子，机器就可以正常运行。"

"奇了怪了。不可能啊！"我说。

"我们也这么认为。"金主编说。她抱着双臂，微微侧头，饶有兴致地看着我，好像我是蜘蛛侠。

"别逗了，你们大老远来平城，就是跟我开玩笑来了吗？"我虚张声势地笑了笑，后来真的笑起来，控制不住的那种笑。

金主编跷着二郎腿，她的黑色丝袜令她的长腿更显修长，并且玲珑，这让我的思路突然中断，注意力无法集中。

"卢老师，真的不是开玩笑，这台机器是世界上最先进的印刷机，具有极高的智能辨识能力，国内只有我们一家杂志社拥有。这种机器，世界上也只有两台，另外一台在俄罗斯。美国、英国想买，都得排队，今年交钱，后年拿到货就不错了。我们也是刚刚买进的，市里给了大力支持……您得告诉我们，您的小说里，隐藏着什么我们无法破译但是电脑可以读懂的密码？"

听金主编一口气说这么多话，我还是笑了："哈哈，你是说，你们是说……你们来我这儿演美国大片来啦？！哈哈，你们真逗！"

金主编脸上没有一丝笑意，相反她更严肃了。

"卢老师，主编没有开玩笑。今天我们来拜访您，就是想跟您商量商量，咱们得想个办法，把这件事儿解决了。"

"办法？什么办法？"我有些生气地说，"不发我的稿子不就得了嘛！"

"没那么简单。"金主编低下头说，声音低沉，显得有些气馁。她换了下坐姿，把刚才被压的腿换上来，压在我看到的那条腿上。她两条长腿交换姿势的时候很轻灵，很矫健，像麋鹿在跳跃，不像她这个年龄的女人能够做出来的。

"您是市里有名的作家，我们没有理由退您的稿子。如果真是稿子差些，我们能够提出一些意见也就罢了，但是我们偏偏提不出任何意见。无缘由地退您的稿件，那太不合情理了，也太粗暴了。"金主编说。

"我无所谓。退吧，不要这么为难。"

"那不行。"金主编语气硬起来，不像是在跟我商量，"绝对不能随便退您的稿子，特别是目前这个时期。"

"为什么？"

"小宋，你跟卢老师说，我出去抽支烟。"金主编袅袅起身，从包里掏出一盒窄窄的烟盒，又拿出一只漂亮的打火机，向院子里张望。

我说没关系，就在屋里抽吧，我也抽过烟。金主编摆了摆手，还是出去了。她进门时就瞧见我家的院子。她去院里吸烟去了。说实话，我的烟瘾都发作了，不知道为什么。

"卢老师，是这样，第一，您是市里有名的作家，读者非常喜欢您，我们不能随便退您的稿子。如果我们随便退您的稿子，传出去不好听。"宋楠说话的样子很放松，跟金主编在场时明显不同，"第二，也是最重要的，去年我跟您提到过的那位企业家，还有当时的市委书记，他们犯事了，被逮捕了，现在市里正在肃清流毒。这时候我们退您的稿子，不是会被上级……误会吗？"

"他们跟我有什么关系？"

"不瞒您说，上周社里开整肃会，市委文教部一位副部长到会，我们社长承认错误，说出那位企业家曾经指示他不要发您的稿子，以至于社里压了您的稿子迟迟不发，压了将近两年。社长态度非常诚恳，副部长高度肯定，指示社长和金主编，要尽快把压下来的稿子发出来，'我们杂志不是某个资本家可以左右的，也不是某一位官员能够左右的，任何肆意插手杂志编辑工作的行为都是恶劣的，是没有道理的'。当时，副部长就是这么说的，'发，尽快发，给作家一个交代！'"

我终于明白了，如果杂志社不发我的稿子，就可能挨批。可是，她说的这些我从没听说过，这些是真的吗？

"是真的。"很快，宋楠打消了我的顾虑，用手指了指院子里巡逻吸烟的金主编，"别忘了，这可是《半岛》杂志社的主编，她大老远来这儿，没必要蒙您啊！您又不是卡夫卡或者帕慕克！"

我将信将疑。

"再说，我和小伍是同学，我会骗您吗？"

宋楠的这句话给我吃了定心丸。我知道自己该面对现实了，尽管现实有点儿复杂。

"那你们的意思是？"

"我们主编的意思是，您把小说里的密码解密，不要'夹带私货'。"

我打断她："我没'夹带私货'啊，也没有什么密码！"我觉得自己很无辜。

我老婆扶着墙从小屋里走到客厅，直勾勾地看着我和宋楠，把我们吓了一跳。我看向宋楠，发现她一脸惊悚。也是，我老婆贪睡，每天都在我吃完早餐写出一千字的时候才起床，此时蓬头垢面突然出现，确实瘆得慌。尤其是她那个眼神，跟中国作家鲁迅笔下的祥林嫂差不多。

"别怕，我老婆！"我小声说。赶紧走过去，扶老婆走进小屋，并安慰她，说等一会儿再给她洗脸、梳头。她好像听懂了我的话，安静地坐在床上。

"不行，我有点儿害怕。"宋楠惊魂未定，嬉笑着说，"我也得出去抽支烟。"

男人戒烟了,女人抽烟了。这时代变化真快。

宋楠跟金主编撞了个满怀。金主编小声埋怨她,她一边道歉,一边索烟。金主编说了句:"又蹭我的",而后走进客厅。

我们四目相对,一时不知从何说起。我是写小说的人,我的思维方式不适合面对或处理这种复杂事情。而她,则胸有成竹地望着我。

"您说吧,怎么办?"我怯怯地说,完全丧失了主场优势和一个作家应有的尊严。

"这样,卢老师,"金主编突然笑了一下,笑得很鬼魅,"你不承认小说里有密码也可以。我理解,这篇东西肯定费了您大量心血。这样,咱们从长计议,您换一篇小说,三万字左右的,尽快给我,还上第十期杂志,可以吗?"

我面露难色,手头上没有现成的中篇啊。

待我说明情况,金主编说:"没关系,您马上写,我等。就您的创作实力和速度,一周,准能整出个中篇来。"

"这又不是高考,又不是学生写作文,必须在一定时间内写出来。"我为自己辩解。没想到事情急转直下,朝着这个走向滑过来。

"当然不是命题作文,您随便写,写成什么样子我都发。"

"您这可是为难我了。"

"对,就是为难你!"金主编声音不大,但是话里有一股子霸道,"你提条件吧。"她不跟我说"您"了,我注意到这一点。

"条件?"

"比如稿费什么的,你尽管提,我绝无二话。"

"不不,我不是这个意思,我是说,你让我一周写出个中篇来,这个我不敢保证呀!上次一周写出个中篇还是十年前,那时候我不到四十岁,现在我都快五十岁啦!"

"没问题,我相信你。"金主编突然有些不耐烦,从兜里掏出手机,用语音跟宋楠说,"进屋。"

宋楠掐掉烟蒂进来后,脸上挂着歉意。

"掏钱!"金主编说。

宋楠答应着,立刻从背包里掏出一个大信封,放到我面前:"卢老师,这是六万,三万字,一周。"

我的天,她们出的稿费真高,比平时开给我的高出一倍。这个数目令我动心,也令我警觉,好像有枷锁要套在我脖子上。

"主编,别……"我推脱时,像个半推半就的女戏子。

"就这么定了,成交!"金主编站起身,像是要往外走,"不耽误您时间了,多一小时就多一千字呢。"

金主编又恢复用"您"了。她脸上闪过一个坏笑,提起包往外走。

"对了,差点儿忘了,"金主编停住脚步,从包里掏出一个信封,从信封里掏出一页纸,"卢老师,您得签一份保密协议。您得保证,换稿子这件事儿,不能跟任何人讲。"

"为什么?"我问。我不喜欢她的做派。她该说"合作愉快",而不是什么"成交",好像我们在做生意。

"不为什么。这就是我的逻辑。"她霸道的样子就像女皇。可是这个国家还从来没有过女皇。如果男人这个做派,无疑就是土匪。

"站住!"我大声呵斥道,准备拒绝她的无理要求。

她站定,听我发了一通牢骚,笑着说:"想到了,我想到了,知道您不会签这份协议。"她冷笑了一下:"宋楠,你留下,继续给卢老师做工作,直到做通为止,直到交稿为止。"

"主编,我……"

金主编不耐烦地摆摆手,说自己赶飞机去壤山开会,甩开我和宋楠,悻悻地走了。我从北侧的窗子看到,她上了一辆白色现代轿车,司机开着车离开了。我突然想到了古代骑白马征战沙场的女侠士。

我和宋楠面面相觑。

"没办法,这就是她的风格。"宋楠耸了耸肩,"她这么干,路上都没跟我商量过。"

四

金主编走后,宋楠开始喊我叔叔。叔叔长、叔叔短的,弄得跟我很亲近似的,但同时的确使我感到了一丝温暖。她看着我为老婆穿衣、洗脸、梳头、熬粥、喂饭,终于受不了了,伸手抢我手里的碗:"叔叔,您看,这都快十一点啦,您还一个字没写呢。这可不行,阿姨交给我,您干的这些我都会。"

我狐疑地看着她,拒绝交出碗、勺。

"叔叔,您要相信我。我奶奶也这样,他比阿姨还大呢,而且拉、尿都在床上,我们姐妹三个轮流伺候,她最听我的话了。照顾阿姨没问题的,您相信我。"

我将信将疑之际,她把饭碗和勺子夺了过去。

"阿姨,咱们喝粥,让叔叔赶紧写小说,要是一周写不出来,我可就要被开除了,即使不被开除,至少得挨处分。"

我老婆居然顺从地张开嘴,接住了宋楠递过去的粥勺。我站在那儿,看着她有板有眼地喂粥,不禁欣然、释然,又看了两分钟,轻轻离开了。

我来到书房,没有打开电脑,也没有坐在榆木椅子上。写什么呢?我不知道自己要写什么。我踱步,而后坐下来,打开电脑,两眼茫然,真可笑啊,真荒唐啊!重新踱起步来,试图从平庸的生活里搜寻小说的灵感。

突然,那边传来"啪"的一声,继而是搪瓷碗在地上滚动的声音,随后响起"呜哩哇啦"的叫声。我赶紧走到老婆卧室,看到饭碗被她打翻在地,剩下的稀粥洒到地板上。宋楠惊讶地望着她,她则蜷缩在床角,两手紧张地抓住墙壁上的暖气管子。

"没事,没事。"我走过去,揽住老婆的肩。她就势抱住我的腰,恐惧地哭起来。哭声是断断续续的,但是没有眼泪,她一直就是这样哭。

"对不起,我让她害怕了。"宋楠向我认错,继而转向我老婆,"阿姨,您别害怕,我是宋楠,是小伍的同学,我愿意照顾您。"

老婆一个劲儿地摇头,好像见到凶神恶煞般。

我摆了摆手,宋楠去客厅了。一分钟后,我发现她的身影出现在院子里。她手里夹着烟卷,额头微蹙,白皙而姣好的脸上浮起一丝年轻的忧伤。

吃过饭,我伺候老婆去厕所,然后扶着她坐上轮椅,准备去公园。每天下午,我都推着她到锦绣公园走走,少则半小时,多则一小时,这是雷打不动的。今天照样。宋楠跟在我们身后,我感觉她在默默地看着我,心里一定在想能够让我早动笔的法子。

她不知道,我写小说的灵感大都来自推老婆在公园里散步的时刻,也许是神示,也许是福报。这天却不顺利,灵感总也不光顾我的脑壳,我的思维定格在《沉默的自由》里。我不明白,为什么它就让机器卡壳了呢?

"叔叔,您可以利用散步的机会构思一下。"身后响起一个怯怯的声音。

"知道。"我几乎没回头,声音也不大,但是她准能听到。

我们走到公园最北侧的时候,灵感顿时潜入脑子里。回身看了眼宋楠,她立刻会意,脸上像一朵盛开的玉兰,惊喜地问:"有了?"

我点了点头。

"耶!"她冲我挥了挥小拳头,"厉害!"

然后,我用后眼看到她打开手机,在微信里语音说:"主编,卢老师有灵感了!有了!!"

前言不搭后语的,好像我是个女人,不经意间怀孕了。这丫头,大概就是在锦绣公园里,我在心里开始称她为"这丫头"的。

当天下午，我写了两千字。

万事开头难，我知道，一切都开始了。

这天上午，宋楠伺候我老婆起床、更衣、吃饭，她居然很顺从，没有扔碗，也没有发脾气。我很欣慰。等我和宋楠吃早点的时候，她平静地坐在我们附近，像孩子一样看着我们，一副酒足饭饱的样子。

"睡得好不好？"我问宋楠。

"不好。择床。"

"睡不好、吃不好的，也真难为你了。"

"所以，您要快点儿写哦。"她调皮地说。

吃过早饭，宋楠要单独推我老婆去公园，我没同意。我怕我老婆中途闹起来，宋楠没办法解决，最后麻烦的还是我。再说早上已经写了三千字，我总得歇一歇。利用公园漫步的机会再捋捋思路，也是一件好事。

果然，我推着轮椅走在公园里的时候，灵感如岑参笔下的漫天飞雪，扑簌簌地落了下来。我踩着地上的白雪，听着它们发出窸窣的声响，生怕它们会因为我的踩踏而融化。冰雪聪明的宋楠也看见了我脚下的雪糁，窥见了我踯躅的脚步和想要炫耀又隐忍的叹息，提议道：

"卢老师，咱们停一停，我和阿姨欣赏湖光山色，您把脑子里的文字敲进电脑里。"

"没法敲。"我说。

"在这儿。"她从背上取下双肩包，掏出里面的笔记本电脑。

"我的？"

"我的。跟您的一个牌子，只是小一号。"

我看了眼西侧的湖，突然想起张孝祥的《过洞庭》，觉得在这样的环境里写小说也不是一件坏事。出国多年，我坚持吟诵唐诗、宋词，以从中汲取营养。我接过电脑，看了看老婆，老婆居然点了点头，弄得我很紧张，不知她会出什么幺蛾子，不料，她马上傻笑了一下，顿时让我放心了。

我们走到木栈道附近一个石桌前，我坐在石凳上，打开电脑，看了眼远处澄澈的湖水，一字一句地敲击着键盘。宋楠站在轮椅后面，给我老婆揉肩，她们安静地让我写了一个小时小说。这一个小时，比早上的两个小时还出活儿，写了将近三千字。这是我第一次在户外写作，也是我最近五年单位时间内写得最快的一次。

中午吃饭的时候，我给自己倒了一杯酒，算是犒劳。我有一种成就感。

午睡的时候，我做了一个梦，宋楠在梦里告诉我，他爷爷死于光州事件。

五

一周转眼即逝，小说终于写出来了，三万字，标准的中篇，名叫《逃鹿》。宋楠高兴得眉飞色舞，动手打印一份，又存了一份在U盘里。她把东西装进双肩包，准备走人。看得出归心似箭。

"对了，忘了一件事儿，"她又坐下来，从包里掏出一页纸，"这个您得签上。"

我拿过一看，不满道："什么保密协议？不签。"

"为什么？"她的声音很大。

"我保证不会跟任何人说，也永远不会在文章里提及此事，但是，你们让我签这个协议，我断然不能答应。你们这是强人所难。"

"那我不管，这个协议您必须签。"宋楠撒娇说，噘起小嘴。

"少来这套。"

"卢叔叔，您就签一份吧，要不我完不成任务啊！回去一定会挨主编骂的！"

这时，宋楠的电话响了，她看了眼手机屏，离开客厅，走进书房，并且关上门。可这明明是在我家啊。我心里不忿，悄悄地走到书房门口，把耳朵贴在门缝间，偷听她的"秘密"。

"不签保密协议，你就甭回来。"是金主编的声音。

"人家不签，我有什么办法？总不能逼着他在上面签吧。"

"逼，就得逼！"

"我不会。"

"你不会？那你别回来了。"

"签这东西，有什么用啊？"

"当然有用！你怎么知道没用？混账话！"金主编嗓门很大，从手机听筒里传了出来。房间里静了一会儿，又出现她的声音："要不这样，你让他把稿子给我送到杂志社，我来处理！"

"好的，我们一起回去。"

"不行！你留守。"

"我留守？守什么？"

"守着那个病女人。"

"主编，你太过分了！我……"

"这是命令！"说完，金主编电话挂了。

"我去！你是主编还是军阀啊？"我从门缝里看见宋楠冲着手机大喊。

宋楠"霍"地从书房里蹿出来，弄得我躲闪不及，差点儿把我撞倒。我愣愣地站在那儿，任凭她的目光在我身上游移，任凭她数落我：

"唉哟，大作家，还扒门缝儿呐！"

金主编在她的办公室接待了我。我们唇枪舌剑，口干舌燥，最终仍难分胜负，谁也没有让步的意思。最后，我撂下一句：

"稿子发不发无所谓，保密协议不能签。"

"好吧，不签就不签。那你给我说说这篇小说的梗概。"金主编有些气馁，讪讪地说。

"你自己看吧。"

"来不及了，今天就得进厂，这是最后的期限。"看我一脸不解，又说："编辑审稿，美编设计版式，印厂制版，所有都得在下午半天时间里做完。我相信您的文字，只要故事本身没毛病就成。"

"我很惊讶，作为杂志社主编，您连稿子都不看啦？"

她不理会我的揶揄，也不辩解，只是从座位上站起来，双手作揖，眼神里透着祈求。

我大致说了下《逃鹿》的梗概，她给我竖起大拇指，在屋里踱起步来。她的胳膊继续抬着，大拇指就那样在我面前摆来摆去。她若有所思。后来，她把胳膊放下，显得很疲惫。她似乎习惯了用形体语言说话，从冰箱里拿出一瓶饮料递给我。我受到感染，不说话，只是摆了摆手。不料她执拗地冲我摆动瓶子，脸上是怂恿的表情，意思是喝点儿吧。我推托一下，见她态度坚决，只好接了过来。

我突然发现，两个人在房间里用肢体语言交流，也蛮有意思的。

"今天别回去了，晚上我请你。"沉默了两分钟，她低声说。不像她的声音。自从我认识她，她的声音都是颐指气使和居高临下的，音量从没有低过八十分贝。

"我晚上不吃饭。"

"没说请你吃饭。"

"那……"我不知道该说什么，也不知道她葫芦里卖的什么药。

"请你看话剧，我这儿有两张票，别浪费了。"

我已经很久没看话剧了，2012年以后就没看过。那以前老有人送我话剧票，后来就没有了，以至于我患上了蹭票综合征。我也讨厌自己这一点。就像我老婆没病前跟我说的："你到底喜欢看话剧吗？如果喜欢，没人送票咱们买票去看；如果不喜欢，有人送票咱也不去。"我说："有人送就喜欢，没人送就不喜欢。"这句话差点儿把老婆气晕，其实没晕，笑了。她现在要是还能那样笑就好了。她现在的笑很傻，很无厘头，但是我已经习惯了。我不知道她现在怎么样了。宋楠能照看她吗？我不在跟前，她往往会耍蛮的。

"宋楠聪明，能对付你老婆。"金主编好像有读心术。

可是，我不喜欢她用的"对付"这个词儿。

晚上，我真的跟她去看话剧了。那场重拍的《红光》真不错，老戏骨不用说，年轻演员的火候也拿捏得相当有分寸，台词略有变动，服装、化妆、道具都很到位。我看得很着迷，整整两个小时，中间都没去趟洗手间。这对我难能可贵。我在喝野生灵芝煮的水，灵芝是中国作家杜光辉先生送的。杜先生的《大车帮》写得相当棒，听说正在改编成电视剧。也不知道我的《金手枪》能不能被改编成电视剧。小说出版后，有报纸连载过，文艺台也做过广播剧，离话剧和电视剧只有一步之遥了。

"你的《金手枪》有杂志转载吗？"散场时金主编问。

"没有。"我不知道她为什么突然问这个。

"需要帮忙吗？"

我不知道如何回答她。当然需要，如果能被《亚洲文学》一类的刊物转载，我当然求之不得。可是，我咬着后槽牙说："不需要。"我猜她有什么阴谋诡计。

"你想好了？！"

我突然沉默了，生怕错过一次转载的机会。我的贪念在上升，像涡流漫过小腹，经过胸膛，直抵脖子和脸颊。我有点儿喘不过气来。

"看把你紧张的。"她坐到驾驶席上，侧脸看着坐在副驾驶的我。

"有条件吗？"我狐疑地问。

"没有。"

她的回答不大可信，但我还是说："谢谢！"

"那就请我吃宵夜。"她目视前方，发动引擎。

我答应了，并且让她选餐馆。路上，她给某杂志主编打了一个电话，蜻蜓点水地推荐了我的《金手枪》，说虽然时间晚点儿，但是好作品是扛年头的，是能够经受时间考验的，最后，对方初步答应了她。

"行了。"她撂下手机说。

我突然很感激，热血沸腾，想抱抱她。当然没有。在这个世界上，有些人办事儿很难，但对有些人而言，就很容易。这是亘古不变的道理。

"谢谢，给你添麻烦了。"

她微微笑着，用怪腔调说了句"不客气"，突然加速，车子风驰电掣般向前驶去。我感到后背被推了一把，后脑勺磕在了座椅上。我听到一声"嘿嘿"的坏笑。

我们坐在权金城里不到十分钟，她就接到一个电话，然后愁眉不展。"怎么办？"她把手机扔在桌子上。

"什么情况？"

"机器还是不工作。"

"什么机器？印刷厂的机器？"

她点了点头，双臂抱在一起，侧头看着我："真是见鬼了！"

我也觉得够魔幻的，魔幻现实主义："你这么直勾勾地盯着我，说'见鬼了'，什么意思？"

她笑了，而后又止住笑，审视着我："说说吧。"

"说什么？你要我说什么？"我不习惯她审问的语气。

这时，电话又响了，她拿起手机："嗯，好，好，嗯嗯，等我消息。"

她再次放下手机，正了正自己的坐姿，认真地说："卢老师，是这样，印厂和我的编辑们做了多种测试，最后找到一个解决问题的办法，你愿意配合吗？"

"愿意。"

"太好了！喝一个，感谢！"她举起服务生给我们倒的两杯啤酒。

我举起杯子，跟她碰了一下，提醒道："你还开车。"

"有代驾。"她又跟我碰了一下，然后一饮而尽。

我也一饮而尽，因为我既受到她情绪的感染，也感觉自己口渴了。"说吧，什么办法？"

"办法只有一个，您改笔名。"

"我的笔名用了三十年，你让我改笔名？"

"鲁迅好几十个笔名呢。"自出国以后，我好久没有听说谁提到鲁迅了。

"两回事。那是什么年代。"

"改一次嘛！我是真没有别的办法啦。要是下周读者再见不到刊物，非打'市长热线'投诉不可。宣教部那里也过不了关。"

"要是改笔名，我倒宁愿发《沉默的自由》呢。这篇《逃鹿》就是个急就章，就是个应景之作。《沉默的自由》五万字，我整整写了一年，那是我的心血。"

"来不及了，而且这期没有那么大的容量。这样吧，咱们君子约定，这期发《逃鹿》，下期发《沉默的自由》，用两个笔名，或者干脆都用一个名字，那也没关系，好不好？我找个理由，我想我能做到。"

"不行。"我执拗起来。

"别叫卢全斗了，就叫全亮，你的世界全是亮的，自从认识我以后。"

我低着头，没有吐口。这叫什么事儿啊？什么狗屁机器？凭什么就不认我的名字呢？我就是一平头百姓，凭什么见到我名字就罢工？

"全亮，非常好的名字。就这么定了。"她拿起电话就拨号。

我跟她抢手机，她站起来，袅袅地走到一边，对着话筒说："给卢老师改名，全亮，全斗焕的全，诸葛亮的亮，赶紧的。"

她重新坐回椅子上的时候，我恶狠狠地盯着她，感觉自己眼里正在喷火。她却没事人似的冲我微笑："作为补偿，我把下一期的稿费也提到这个水平上。"

我不想说话。也不想看她的脸。

"转载《金手枪》算帮忙，"她停顿一下，又嗔怪道，"看着我，对女士礼貌些。我帮助你把《金手枪》改成电影，这个算是补偿。"

我眼前一亮，目光不争气地投向她。

"成交！"她高兴地说，"干杯！"

她又说"成交"。我真不喜欢这个词儿。

那天晚上，在金主编的办公室里，在那个宽大的沙发上，我们搂在一起深情地接吻。她不让我住宾馆，因为我没带身份证，我也不跟她去她家，觉得多有不便，两下里一中和，结果是我睡到她办公室里。可不知为什么，我们就抱在了一起，然后嘴也黏在了一起，像是嘴唇抹了糨糊，想分开都不容易。我必须承认，我已经半年没跟异性接吻了，如果不算病前的老婆，我已经十年没跟配偶以外的女性接吻了。虽然喝了很多凉啤酒，可是我身上滚烫，很容易就被她的凉唇吮住了。她的舌头很活跃，时而矜持，时而主动，令我非常销魂。当我脱下衣衫的时候，她冲我"嘘"了一声，然后"嗖"地蹿到墙角，把一个开关关上。她指了指进门的上方，我这才发现，一个隐秘的探头正对着我们。要不是喝了酒，我会立刻吓得软掉。

风平浪静，我们相拥躺在沙发上，谁都没有说话。屋子里异常安静。我能听到自己的心跳。外面市声渐弱。她的呼吸逐渐平稳下来。远处的钟声响起来。

"录下来了。"她搂着我的脖子说。

"什么？"

"探头把咱们录下来了。"

"胡说。"

"你不怕？"

"不怕。无所谓。"

"那我就好好收藏了。"她嬉笑着。

"真录啦？"我突然有些紧张，立刻从沙发上坐起来。

她哈哈大笑，笑得前仰后合，一副幸灾乐祸的样子。

"讨厌！"我知道她在骗我。

"我是有身份的人。"笑够了，她这才说，"要是站街女或者打工妹还差不多，傍上一个大作家，后半辈子也不愁吃喝了。"

"我没那么有钱，穷鬼一个。家里还有一个傻老婆。"我突然想起家中的老婆，心中升起一丝内疚感。

我拿起手机，想给家里打个电话，发现手机没电了。本来没打算住省里，所以没带充电器，现在看来不该，真不该啊！不该的事情不是充电器一件，还有……算了吧，既来之则安之。

"你走神了。想家啦？"

"不知道我老婆……"

"给宋楠打个电话，问问不就得啦！"说完她就拨号。

"几点了都，不合适吧？"我看了眼墙上的闹钟，时针已经指向凌晨一点。

此时她已完成拨号，听筒里传来了宋楠"喂"的声音，想象中她一定睡眼惺忪、脑袋懵懵的样子。"卢老师爱人怎么样？没问题吧。"金主编率先发问。

"这都几点啦……主编……挺好的，你……"

金主编把手机递给我，让我跟宋楠说话。我不肯，一边摆手，一边摇头。是啊，这么晚啦，我跟《半岛》杂志社女主编还在一起，算什么事啊？

"卢老师就在我身边，你跟他说两句。"她的霸道劲儿来了，温柔烟消云散。

我只好接过电话，上来就说自己手机没电了，只好借金主编的手机问一下，然后表示放心了，最后除了致谢就是道歉，说打扰了她休息。

挂断电话，我气得捏住她的鼻子："这么晚了，你说咱们在一起，什么意思啊？"

"就是在一起嘛。"

"太坏了你！让人家怎么想呢？"

"爱怎么想怎么想。咱们讨论稿子呢。"

"这么晚还讨论稿子，鬼才信。"

"爱信不信，反正咱们……已经这样了。"

出电梯的时候，她看我闷闷不乐，说："放心吧，年轻人才懒得管咱们的事儿呢。没事儿，没事儿。"她拍了拍我肩膀。

"我还不知道你叫啥名字呢。"坐上出租车后，我突然说。

"一会儿告诉你。"她叫金北贤。

后半夜我是在金北贤家里度过的。她的家空旷而富丽，只有我们两个人。她独身。那晚我们很累。

天亮时，我伏在床上，在保密协议上签了字。

六

我从平山高铁平城站下车的时候，已经日上三竿。公交车倒了两趟，又步行七分钟，到达储安小区。老婆和宋楠都不在，轮椅也不在，我猜她们去了公园。真不错，这姑娘！我在心里夸奖道，要是能做儿媳，绝不是坏事。我暗下决心，等小伍从国外回来，一定撮合撮合他俩。

我没去公园，而是马上找到充电器给手机充电，随后冲了个澡。其实在金北贤家就洗过了，但是路上出了许多汗，只好再洗一次。也想把背叛洗掉。她们还没有回来，我坐在电脑旁，开始调阅最近二十四小时的监控，看看宋楠是否虐待我老婆。监控是半年前安的，我得保证自己随时看到老婆的状况，特别是在我外出买菜或者办事的时候。我仔细地回看录像，结果发现宋楠对她非常好，梳头、洗脸不说，夜里还陪她睡在一起。自从我老婆患病以后，增添了两个毛病：一是睡前听人说话，否则绝不闭眼；二是睡着以后鼾声如雷，比男人的呼噜都瘆人。我通常的做法是，陪她说话，哄她睡着，然后去我屋里睡，因为如果不这样，我根本无法入眠，翌日的写作就完全泡汤。宋楠能陪她睡整夜，实属不易，我心中大喜。录像在快进，到了后半夜，我发现她伺候她下地撒尿，而厕所里机位拍到的视频表明，宋楠动作轻柔，耐心细致，老婆根本没有大喊大叫。我伺候她如厕的时候她总喊叫，不知为什么。接下来的视频显示，老婆回到床上不睡了，"哇啦哇啦"要说话，当然又说不清楚，只见宋楠躺在她身边，用手轻轻拍打她，嘴上说：

"阿姨，您不想睡，我就陪您说说话，没关系，我也不睡了。卢叔叔去城里办事了，您放心，他明天就回来，不会有事儿的。有我在这儿陪您，他也会放心的。我给您讲个故事吧。"

宋楠给我老婆讲了一则格林童话，我老婆呲牙笑了。

这时，门锁响动，玄关传来宋楠的声音。我按下暂停键。宋楠喘着粗气把我老婆弄进屋里，我走出书房，笑着说："宋楠，辛苦你了！"

"哦，卢老师，您回来啦？"

"叫卢叔叔。"

"卢叔叔，您可回来啦！我刚刚接到主编电话，得赶紧回去。"

"不行，你别急着走，吃过午饭不迟。"

"卢叔叔，来不及了。我得马上回去。"

她出门没五分钟，就打电话告诉我，说昨天晚上和今天上午，印刷厂停电了，金主编怀疑是人为破坏，派她和另外两个人去印厂一趟，务必查清楚，到底是停电了还是另有原因。宋楠说："主编对机器拒绝工作产生了怀疑。"

傍晚，我出去倒垃圾，在小区门口接到前妻电话。她告诉我，小伍在国外出事儿了，为了救一个女学生，他跟两个黑人流氓搏斗，结果被捅了三刀，刚刚脱离生命危险。

我大惊失色："什么时候的事儿？你怎么知道的？"

"我是他亲妈！"

"我还是他亲爹呢！"

"可是警方联系不上你！昨天晚上你在哪儿？"

我无言以对，窘迫地低下头。但我讨厌她的口气，好像她是警官。

"呵呵，呵呵！"她不怀好意地冷笑着。

这时，电话响了，我瞟了一眼手机，犹豫着要不要接听。是金北贤。

"接吧。"她怂恿我，好像因为我心虚才不接手机的。事实上，在她面前我没有什么心虚的。

"金主编，你好！"

"卢老师，速到壤山，我告诉你事情的真相。"

"谢谢！我不想听真相。"我真是这么想的。我害怕真相。真相往往以杀手的面目出现。

最终，我没有拒绝金主编，勇敢地坐上了去壤山的高铁。我是一个男人。我不惧怕真相。我还是一个作家，我不回避任何真实。小说发不发表已经不重要，我更关心我的儿子。

金北贤在办公室接待了我。她把门轻轻关上，然后回到座位上，看着沙发上的我。

"还好吗？"她问。

"不好，相当不好！"我没有任何掩饰，并且说出了令我头疼的事情。

金北贤的表情从惊讶转为同情，又转为关心，只用了不到三秒钟。她好像特别冷静，冷静中又带有一丝温度。

"既然已经脱离生命危险，那就是万幸！别紧张了。至于以后，没关系，咱们慢慢想办法……好了，先不说这个了，我告诉你另一个真相……"

我没有打断她，既然她谈兴十足。

"你的小说《逃鹿》里边有这么个情节，主人公卢茂林在白头山看管俘虏，俘虏想把他推下悬崖逃跑，结果动手时没成功，反而在跟卢茂林撕拽时不慎掉下山崖。因为那个俘虏的哥哥是抗日救国军的司令，卢茂林的战友让他说谎，说是俘虏放羊时为了救羊不慎坠崖，卢茂林接受了他的建议。后来，俘虏被评为英雄。再后来，卢茂林为这件事儿后悔了一生。"

我点了点头。

"是不是有这么个情节？"

"是。你记性真好。"

"告诉我，你怎么想起这个情节的？完全是想象吗？"

"完全是。"

她瞪大眼睛，又摇摇头："我不信。"

"真是这样，"我换了下姿势，跷起二郎腿，看了眼天花板，"我考金州大学作家班时，有一门写作的考试，以'我丢失的一本书'为题，要求写一个短篇或者一个长篇的开头，我就写到这个故事，想到这个情节，这个情节导致我的书稿不翼而飞……后来，教授阅卷时给了高分。"

金主编默默点头，逐渐相信了我说的话。

"后来我听说，某位阅卷老师这么评价我——'这个人不像是在答卷，倒像是在家里正襟危坐写小说，太冷静了！'她说的倒也不错，我拿到卷子后，半小时内没动笔，绞尽脑汁地构思，结果，手快的考生都写完了，我才开始动笔。"

"了不起，了不起。"她站起来，往我杯子里续水。

一谈起写作，一聊起小说，我就忘乎所以，忘记了监狱里的儿子。

"那么，现在，我告诉你真相吧。"她坐回座位上。

我点点头，等着她说出真相。没有什么真相能比前妻端给我的真相更让人难以接受。

"对了，你离开平城，谁照顾你老婆呢？"说真相以前，金北贤又补问这样一个问题。

"我前妻在照顾她。"我如实说。

"嚯，够戏剧的，也挺和谐。"话里不无揶揄。

"她硬要这么干,我不答应都不成。我表示怕她下毒,怕她害死我老婆,你猜她怎么说?"

"怎么说?"

"她说,你老婆已经离死差不多了,我没有理由害她!你听听,她这话说得多孙子!"

"倒是真心话!"金主编点了点头,"女人嘛。"

我突然有点儿烦,催她说出真相,小说不被机器认可的真相。

"不是机器问题,真的不是。"金北贤站在桌子后面,抱着双臂,面对着我,"机器再高明,也没有人高明,问题出在印厂工人身上。一个年轻的工人,姓李,他喜欢看小说,我们每期杂志他都看,而且他有个癖好,一定要在印刷前就看,大概有一种先睹为快的感觉。姓李的小工人看过《逃鹿》大惊失色,愤愤不已,他当即做主,把你的名字输入到机器的电脑程序中,让印刷机只要见到你的名字就无法工作。"

"凭什么呀?他一个印刷工人,凭什么阻止我的小说印在刊物上,他有这样的生杀大权吗?"我恼怒地问。

"厂长是他爹。"

"别开玩笑。"

"是开玩笑。但是,《逃鹿》中那个俘虏是他爷。这个千真万确。他爷爷当了八十年烈士,你一篇小说就要把人家从烈士的位子上拿下来,他当然不答应。"

"真能开玩笑。"

"不是开玩笑。"

"有这么巧的事儿?"

"就是这么巧。"

"厂长是不是他爹?"

"不是。这个是开玩笑的。"

"他有没有其他背景?比如市里或者更高层?"

"没有。他只是他。他的大爷爷就是那个李参谋长，后来当了省军区的副司令，六十年代被枪毙。他的两个儿子，都在国外。"

简直是天方夜谭。我不相信这个真相，尽管它非常有趣。

"李参谋长的弟弟，就是那个伪金国辽化县的警察局长，他倒是有一个儿子在国内，而且混得非常好，可是早就离休了。印刷厂的小工人是他在六十岁第三次结婚时小老婆给他生下的。"

金北贤竟也用了"老婆"一词。她的长句充满悬念。

我什么话也不想说。我的心脏告诉我，不能太激动，否则老命难保。我也不打算写东西了，生活又给我上了一课，我卷进了一桩陈年旧案中！

"他没有权力这么做，没有。"我喃喃道。

"他有。但是，我让厂长把他干掉了。"

"干掉？"我大惊失色。

"别误会，不是杀掉，是开除。他被开除了。"

"不必，你把我开除了吧。从此我不写了。"

金北贤说："那不行，你必须写。"

我摇了摇头。

"必须，"她走到我身旁，蹲下来，握住我的双手，温柔地说，"你必须写。晚上我请你。"

这话很热，也有现实感，但我仿佛被淹没在了历史的洪流中。

跋

长城脚下的文学梦

我是大山的孩子。我的家乡在八达岭长城脚下,在延庆深山区的千家店镇花盆村。

我的文学梦可以追溯到1992年。"王朔热"令我的文学梦升温,萌生写作冲动。1993年,在连禾老师的指导下,一篇题为《父爱》的小小说在《北京日报·郊区版》发表——这是我的小说处女作。

第二年夏天,我认识了延庆作家华夏先生。那时候,华夏发表了大量文学作品,散文频频被《读者》《青年文摘》转载,小说屡屡在《十月》《青年文学》杂志发表。就是在那一年,我开始写作短篇小说,陆续有了《酒胆英雄》《我的妻子刘德华》。华夏把《酒胆英雄》推荐给《北京文学》,承蒙执行主编章德宁老师厚爱,这篇八千字的小说在两年后刊登。《我的妻子刘德华》深得华夏赞赏,他读后感觉"被震住了",感觉文坛"杀出一匹北方的狼"。后来,华夏把这篇小说推荐给《当代人》,不久便在该杂志发表。据说,杂志副主编谭湘到大学讲课,经常拿这篇小说举例子。那时,华夏给我起了个笔名——北狼,我受宠若惊,暗自窃喜,一口气当了二十年的"狼",直到2019年出版长篇小说《白乙化》时,才把笔名改成了周诠。

孟广臣先生是延庆文学的旗帜,也是20世纪六七十年代中国乡土文学的代表性人物。他和浩然是同时代的作家,他的《王来运经商记》摆在新华书店的时候我还在读初中。孟老师为人谦和，待人热情，对文学有一颗赤子之心。他甘当绿叶，甘为人梯，对许多延庆作家都有过指导和帮助。1998年，我申请加入北京市作家协会，他欣然做我的介绍人，这件事儿我从未忘记。

过去，我曾跟随孟老师去三河拜访过浩然先生，也曾跟他接待过刘恒主席。这让我大大开阔了眼界，受益匪浅。

1994年，我认识了著名作家阎连科老师。那年夏天，我在《收获》上读到《天宫图》，读后激动不已，提笔给作者写了一封信，寄给收获杂志社。一个月后，我收到阎老师的回信，令我大为惊喜，对我日后的文学创作产生了巨大影响。

从1998年到2017年，我在《啄木鸟》《北京文学》《清明》《作品》《青春》《小说家》等刊上发表了六部中篇小说、十五篇短篇小说，整整二十年的时间里，仅仅拿出这么点儿东西，实在汗颜。好在2019年6月出版了长篇小说《白乙化》，这才勉强对得起"作家"这顶帽子。

那之后的两年半时间里，我陆续写了《龙关战事》《逃鹿》《徐小伍的四分之一人生》《岛国故事》《李焕英的婚后生活》等七部中篇小说，这些小说有的已经发表，有的在等待发表。这次结集出版的五部中篇小说中，有一部已发表，其他四部尚未发表，也算首次与读者见面。

去年7月，《解放军文艺》刊发了《龙关战事》，这是一部抗战题材的小说，讲的是一个八路军副团长和一个国军副师长联手从日伪监狱里越狱的故事。有趣的是，八路军副团长徐昆生在长城下、长在长城下，熟悉、喜欢长城文化，而日本人安里同样是个长城迷，这两个相互对立、角逐的人物却有着共同的爱好，给身处战争中的人们赋予了一种文化相通的意味和志趣。小说发表不久，北京紫禁城影业的人找到我，拿走了这部小说的电影改编权，准备把它搬上屏幕。

北京冬奥会前夕，功德无量的"妫川文集"将要出版，我的小说集有幸入选，我感到非常高兴。为此，我要感谢文集的总策划赵安良先生，感谢编委会主任、妫川文学发展基金管委会主任乔雨先生，并向为此书付出心血的所有朋友们致敬！我将珍惜这份殊荣，在今后的日子里做好人生的加法和减法，拿出壮士断腕的决心，心无旁骛地进行文学创作，写出更好的小说来。

周诠

写于辛丑岁末